肖像画家的儿子

衬衫领

影子

牧羊女和扫烟囱工

穿红鞋子的小女孩

ANDERSEN'S FAIRY TALES
安徒生童话

[丹] 安徒生 著 　[丹] 尼尔森 绘 　石琴娥 译

北京理工大学出版社
BEIJING INSTITUTE OF TECHNOLOGY PRESS

目录
CONTENTS

火绒盒　001

豌豆上的公主　011

坚定的锡兵　015

会飞的衣箱　022

大克劳斯和小·克劳斯　031

奥勒·洛克奥依　046

猪倌　060

夜莺　067

雪女王　078

红鞋子　111

牧羊女和扫烟囱工　118

影子　124

衬衫领　137

瓶颈　141

接骨木妈妈　152

母亲的故事　162

沼泽王的女儿　170

读品

让阅读成为一种瘾

火绒盒

一个士兵迈着行军般的步伐沿着大路走来。"一、二、一、二……"他肩上背着背包，腰上挂着马刀，刚刚打完仗归来，此刻正在回家的路上。

在半路上，他遇见了一个老巫婆，那个巫婆模样像个丑八怪，下嘴唇几乎耷拉到胸口上。她叫住了他，说道："晚上好，当兵的。你的马刀多么锋利，你的背包多么巨大，你是个真正的士兵。所以，你想要有多少钱就可以得到多少钱。"

"那就多谢你啦，老巫婆！"士兵说道。

"你看见那棵大树了吗？"老巫婆用手指指他们两人身边的一棵树，"那棵大树的树身快要全都空掉啦。你爬到树顶上去就可以看见一个空洞，你从空洞钻进去，一直钻到大树的地底下。我在你的腰上绑一根绳子，你呼喊我一声我就把你拉上来。"

"我钻进大树里去干什么呀？"士兵问。

"去拿钱呀！"巫婆说道，"你下到大树底部的时候，会走进一个大厅，大厅里灯火通明，点着上百盏灯呢！你将会看见三扇门，门锁都能够打开，因为钥匙全挂在门上。你走进第一间房间，就会看到当中的地面上摆着一只大箱子，箱子上蹲着一条狗，眼睛足有茶杯口

那么大，不过你用不着害怕它。我将把我的蓝格子围裙给你，你把它往地上一铺，大胆地抱起那条狗放到我的围裙上，然后打开箱子，你想要多少钱就拿多少。不过这里全都是铜币，如果你想要拿银币的话，你就要走进第二个房间里去。那里也蹲着一条狗，眼睛足有磨坊的磨盘那么大，不过你也用不着害怕它，把它抱起来放在我的蓝格子围裙上，然后你就可以拿到银币了。如果想要拿金币的话，你只要走进第三个房间，就可以想要多少就能得到多少。不过那里蹲在钱箱上的狗更加吓人，它的眼睛就像圆塔那么大。那是一条真的狗，你用不着不相信，可是你也用不着害怕它，只要把它抱到我的蓝格子围裙上，它就不能伤害你了。你想要多少金币，只管拿就是了。"

"这倒挺不错，可是老巫婆，我能给你点什么呢？我猜你并不是无条件告诉我这一切。"

"不，"巫婆回答说，"我一个子儿也不要！只要你替我把一个旧的火绒盒拿上来就行啦，那是我的奶奶上回下去的时候忘记在那里的。"

"好，我答应你。现在就把绳子绑在我的腰上吧！"

"这就绑。"巫婆说道，"还有这条蓝格子围裙也交给你。"

之后，士兵就爬上树，钻进了那个空洞里，沿着树身往下滑到底。果然像巫婆说的那样，他来到了一个大厅，上百盏灯火把大厅照得通亮。

他打开了第一扇门上的锁。啊，那只狗眼睛像茶杯口那么大，死死盯着他。

"嗨，小乖乖。"士兵一边说道，一边把那条狗抱到巫婆的围裙上。他大把大把地抓起铜币往自己的衣袋里塞，把几个衣袋都装得鼓囊囊的。然后他盖上箱子盖，又把那条狗抱了回去，再走进第二个房间。哦，天哪！蹲在里面的那条狗眼睛真是大得像磨坊的磨盘。

"你不要那样瞪着眼看我，"士兵说道，"要不然你眼睛会疼的！"

他把那条狗抱到围裙上，打开箱子看见里面有那么多银币，就把衣袋里的铜币统统倒了出来，又把衣袋和背包全都装满银币。

然后他走进第三个房间。天哪，可真是吓死人啦！里面蹲着的那条狗眼睛真的像圆塔那么大，骨碌碌地在那张狗脸上转个不停。

"你好，"士兵说道，把手举到帽檐上行了个礼，因为他从未见过这样的狗。他更仔细地瞅了它一眼，觉得它不会咬自己，于是把它抱到围裙上，打开了箱子盖。瞧，里面有多少金币啊！他可以把哥本哈根全城都买下来，把做甜点的女人的所有棒棒糖都买下来，把世界上所有的小锡兵、小马鞭和小木马统统买下来。全是真的，都是真正的金币呢！这一回他把衣袋和背包里的银币全倒了出来，又把金币装了进去。非但所有的衣袋和背包，连软檐帽和靴子里也装满了金币。这一来他几乎连路也走不动了。现在他真的有钱啦。他把那条狗又给抱回到箱子上去。他关上了门，朝着树顶上喊道：

"把我拉上去吧，老巫婆！"

"你找到火绒盒了吗？"巫婆问道。

"真是该死，"士兵说道，"我把这桩事情忘掉啦！"

他转身回去找到了那只火绒盒，巫婆把他拉了上去。他又站到了大路上，衣袋里、靴子里和帽子里全都塞满了金币。

"你要这只火绒盒有什么用呢？"士兵问道。

"不关你的事，"巫婆说道，"反正你现在有钱了！快把火绒盒给我！"

"休想！"士兵说道，"你如果不肯马上告诉我拿它来做什么用的话，我会拔出刀来砍掉你的脑袋。"

"不告诉你！"巫婆说道。

士兵把她的脑袋砍了下来，她就倒在地上了。士兵用她的围裙把金币全都包起来，打成一个包袱背到肩上，又把火绒盒放进衣袋里，马上就进城去了。

那是一个漂亮的城市，他住进了最好的旅馆，订下了最上等的房间，点了他最爱吃的饭菜，因为他现在发了财，手头上有那么多钱。那个替他擦靴子的仆人觉得十分奇怪，因为这位有钱的富翁穿了这样一双可笑的旧靴子，当时士兵还来不及去买一双新的。第二天他买了一双新靴子，连身上也全换上了漂亮的新衣服。这下子那个士兵就变成了一位出色的绅士。大家把城里各种各样的事情告诉他，也讲到了他们的国王，还讲到了国王的女儿是个非常美丽的公主。

"在哪里才能见得到她呢？"士兵问道。

"她压根儿不让别人看到一眼，"大家都这么说道，"她住在一座巨大的黄铜宫殿里，四周都砌着高墙和岗楼。除国王之外，任何人都不许靠近她，因为有预言说她将会嫁给一个普通的士兵，而国王十分忌惮这个预言。"

"我非要见到她不可。"士兵想。可是他没有获得许可。他每天生活在欢乐之中，上戏院去看喜剧，乘坐马车在皇家园林里漫游，还非常好心地施舍了许多钱给穷人们。他从往日的亲身经历中知道，要是身上一个子儿都没有的话，这日子就会困苦得过不下去。现在他有钱了，身上穿着漂亮的新衣服，结交了许多朋友，他们人人都说他是个出色的人物，是个真正的骑士，这些话士兵听得很开心。他天天只花钱却不挣钱，终于有一天他只剩下两个先令了。他不得不从他住的那间上等的房间搬了出去，住到屋顶底下的一间小阁楼里去。他只能自己动手擦靴子，还用一枚大粗针来缝补靴子。他的朋友当中再没有人来看他，因为他们嫌要爬的楼梯级数太多。

晚上夜色漆黑一片，他却连一根蜡烛都买不起。他忽然想起，他在巫婆把他垂放下去直到树底地面的那棵空心大树里寻找到的那个火绒盒里，有小半截蜡烛头。他从火绒盒里取出那半截蜡烛头，还拿出打火石来打火。在打火石喷出火星的时候，房门一下子打开了，那条眼睛大小像茶杯口的狗，也就是他在空心大树树洞底下见到过的那条狗，站到了他的面前，说道：

我的主人，您有什么吩咐吗？

"这是怎么回事？我想要什么你就能拿来给我？快去拿点钱来给我。"他吩咐道。那条狗一闪身就不见了踪影。转眼工夫，它又闪现在他面前，嘴里叼了一大口袋钱。

现在士兵明白过来了，这真是一只好得不得了的火绒盒！他只要打一下火，那条蹲在

放铜币的钱箱上的狗就会出现。打两下火,那条看守银币的狗就会出现。他要是打三下火,那条看守金币的狗就来了。如今士兵又搬回到那间上等的房间里去住了,身上又穿起了漂亮的衣服,他的那些朋友马上都来使劲地巴结他。

一天夜里,他独自思量着:"那个公主不让别人看一眼,真是太可笑了。人人都说她长得非常美,可那又有什么用?她总是被关在那黄铜宫殿里不出来。难道就真的见不到她了吗?我的火绒盒在哪里?"他打了一下火,那条眼睛像茶杯口的狗立刻闪现在眼前。

"天已经快半夜了,可是我非常想见那位公主,想得要命,只要见一会儿就行。"

那条狗一闪身就消失在门外。士兵的念头还没有转过来,那条狗已经驮着公主回来了。她趴在狗背上睡得很香,模样真是美极了。人人都可以看得出来她是一位真正的公主。士兵忍不住亲吻了公主。那条狗又驮着公主跑了回去。

第二天清晨,国王和王后在喝早茶的时候,公主讲到头天晚上她做了一个稀奇古怪的梦,梦里有个士兵还有一条狗,那条狗把她驮在背上,而士兵则亲吻了她。

"这真是一个很动人的故事!"王后说道。当天夜里,有一个老宫女被派来整夜陪坐在公主的床边,要弄明白究竟那真的只是一场梦,还是别的什么情况。

士兵又想见到那位美丽的公主,想得要命。那条狗便又到了宫里,把公主驮在背上就尽力飞奔起来。年老的宫女赶紧套上雨靴追了上来,奔跑得同那条狗一样快。她看见那条狗驮着公主跑进了一幢好大的房子。她想这下子我知道是什么地方啦!她用粉笔在门上画了一个很大的十字记号,然后她回去躺下睡大觉了。过了一会儿,那条狗送公主回来,它一眼看到士兵住的那幢房子大门上画着一个十字记号,那条狗也用粉笔在全城家家户户的大门上都画了十字记号。它这样做真是太聪明啦,因为连那个宫女都认不出来哪一扇门才是要找的。

第二天大清早,国王和王后带着那个年老的宫女和所有的官员前来辨认公主究竟到过什么地方。"就是那里。"国王看到第一扇画着十字记号的大门就说道。

"不,是在那里,亲爱的。"王后说道,她看见另外一扇门上也画着十字记号。

"可是那扇门上也有，那扇门上也有。"大家说道，因为家家户户的门上都画着十字记号。他们明白过来这样寻找下去是白费力气的。

不过王后是个非常聪明的女人，不仅仅只会乘坐马车出去游玩。她拿起她的黄金大剪刀，把一大段丝绸剪成许多小块，然后缝成一个精致的小口袋，她在小口袋里装满了很细的荞麦粉，再把这个袋子绑在公主的背上，绑好之后她在口袋上剪出一个很小的孔洞。这一来不管公主到哪里去，荞麦粉就会一路洒过去。

到了晚上，那条狗又来了，驮了公主就飞跑到士兵那里去。士兵深深地爱上了公主，所以他很想当上王子，这样就可以娶她做妻子。那条狗一点也没有留意到，从公主住的宫殿直到它驮着公主爬进士兵房间的窗沿上荞麦粉洒了一路。到了第二天早晨，国王和王后弄明白了他们的女儿到过什么地方，就抓住了士兵，把他关进了监牢。

他被关在监牢里面，哦，那里多么黑暗，多么阴冷呀！人家告诉他说："明天就把你绞死！"这真是叫人听了心里不好受，他又偏偏把那只火绒盒忘记在旅馆里了。到了第二天早晨，他从小窗户的铁栅栏看出去，只看见人们蜂拥着出城去看他受绞刑。他听见鼓声咚咚响，看见兵士们列队行进。全城的人都跑出来看热闹。人群中有一个穿着皮围裙、趿拉着拖鞋的小鞋匠，他迈开大步飞快地奔跑，因为跑得太快脚上的一只拖鞋飞了出去，掉落在士兵从铁栅栏往外看的那扇窗户的墙壁下。

"喂，小鞋匠！你用不着跑得那么着急忙慌的，"士兵对他说道，"我到刑场之前，那里没有什么好看的。不过你如果愿意跑一趟，到我住的房间里替我把我的火绒盒拿来，你可以得到四个先令，不过你要大步飞奔才行。"小鞋匠一心想得到四个先令，就迈开大步飞奔着去拿那只火绒盒来交给了士兵。这一下可热闹了，我们来听听后来发生的事情吧。

城外竖起了一座绞刑架，四周站满了兵士和成千上万看热闹的人。国王和王后坐在法官和全体陪审员对面的华丽宝座上。士兵站到了绞刑架下的阶梯上。就在他们要把绞索套到他的脖子上的时候，他说在犯人受刑之前总是可以得到准许，让他满足一个无伤大雅的愿望。他非常想抽一袋烟，这是他在人世间抽的最后一袋烟了。

国王无法对这个请求说"不"字。士兵就掏出他的火绒盒,用火石打起火,一下,两下,三下!……那三条狗全都站到了他的面前:眼睛同茶杯口那样的,大得像磨坊的磨盘的,还有大得像圆塔的。

"快来救救我,别让我被人绞死!"士兵说道。他刚说完,那三条狗就一齐朝着法官和陪审员们扑了过去,咬住这个人的腿,又咬住那个人的鼻子,就这样把他们扔到半空中,摔下来的时候都跌得粉身碎骨。

"别碰我!"国王叫喊道。可是那条最大的狗已经把他和王后一口咬住,把他们两人也抛上了半空中。兵士们都吓坏了,所有的人都一齐呼喊道:

"小当兵的,你才是我们的国王,你娶了那位美丽的公主吧!"

他们把士兵推到国王的马车上,那三条狗在马车前奔跑跳跃,还高喊着:"好哇!""好哇!"男孩子们用手指夹紧嘴唇吹起了口哨,兵士们持枪敬礼。公主终于从黄铜宫殿里走了出来,成了王后,那是她心里十分情愿的。婚礼喜庆酒宴一直进行了七个昼夜。那三条狗都坐到了宴席上,一齐把眼睛睁得大大的。

豌豆上的公主

从前，有一位王子，他想要娶一位公主，而且必须是一位真正的公主。

他走遍了全世界，到处去寻找这样的公主，可是不管走到哪里，却总是寻觅不到他所要找的，一路上还遇到了不少麻烦。公主固然多的是，只是真假难辨，他不能判断她们是不是真的，他总觉得她们有些地方不那么像是真的。他非常沮丧地回到家，因为他一门心思想娶一位真正的公主。

有一天晚上，忽然之间来了一场可怕的暴风雨，一时间电光闪烁，雷声轰鸣，大雨倾盆而下。就在这样坏的天气里，城门处传来了敲门声，老国王亲自走过去开门。

门外面站着一位公主。

可是天哪，暴风雨把她弄成了一副什么模样！雨水顺着她的头发和衣裳哗哗地往下淌，从她的鞋帮里流进去，又从鞋跟里淌出来。她说自己是一位真正的公主。

"好吧，我们很快就会弄明白的。"年老的王后虽这么想，但是她嘴上却一声不吭。她走进卧室，把床上的床单、床垫和所有的卧具统统拿走，在床板上放了一颗豌豆。然后她拿来了二十张厚厚的床垫铺在这颗豌豆上，又在这二十张厚床垫上再铺上二十张羽绒垫。

那位公主便躺在这张床上过了一夜。

第二天早晨，大家问她睡得好不好。

"哎哟，睡得糟糕透啦。"她回答说，"我几乎一整夜都不曾合过眼。真是天晓得那张床上到底有点什么东西，我明明觉得自己躺在一样硬邦邦的东西上面，害得我浑身青一块紫一块的，真是可怕极了。"

这样一来，大家都明白她才是一位真正的公主，隔了二十张厚床垫还有二十张羽绒垫，她依然可以感觉得到那颗豌豆。只有真正的公主才有这样娇嫩的皮肤。

于是王子娶她为妻。他得到了一位真正的公主。

那颗豌豆被陈列在艺术博物馆里，如果没有人把它偷走的话，直到现在还可以在那儿看到它呢。

瞧，这是一个真实的故事。

坚定的锡兵

　　从前,有二十五个锡兵,他们是兄弟,因为他们是用同一把旧的锡汤匙铸出来的。他们肩上扛着毛瑟枪,双眼直直地看着前方。他们的制服鲜艳亮丽,上半身是大红色的,下半身是深蓝色的。他们在这个世界上听到的第一句话就是:"锡兵!"一个小男孩打开盒盖,拍着双手喊出了这个词。他得到了这些锡兵,因为这天是他的生日。他把他们一个个地排列在桌子上。这些士兵都一模一样,除了一个与众不同,他只有一条腿,因为他是最后一个铸出来的,熔化的锡不够用了。不过,他用一条腿照样站立得同别的锡兵一样稳当,这正是他引人注目的地方。

　　站着锡兵们的那张桌子上还摆了别的玩具,最显眼的是一座用硬纸做的金碧辉煌的宫殿。透过宫殿上小小的窗子,可以一直看到里面的厅堂。宫殿前面有一些小小的树,围绕着一面镜子,看起来像绿荫掩映着一泓清池。几只蜡做的天鹅在池面上游弋,它们是那么美轮美奂。然而最讨人喜欢的是倚立在敞开着的宫殿大门旁的一个小姑娘,她是用纸剪出来的,身上穿着一件特别可爱的薄如蝉翼的轻纱长裙,双肩上裹着一条细窄的蓝色缎带,就好像是披着一条长围巾一样,在缎带的正中缀着一小片亮晶晶的金箔鸡心,那鸡心足有她的脸庞那么大。那个姑娘是一个小舞女,她张开双臂,一条腿往上踢,踢到了半空中,以至于独脚的锡兵还以为她和自己一样也只有一条腿。

"她倒可以给我当妻子,"这个锡兵想道,"可惜她太高贵啦。她住在宫殿里,而我却住在一个纸盒里,而且还是二十五个人挤在一起。那纸盒可不是她待的地方,不过我要想法子同她相识结交。"

于是,他就在桌上摆着的一个鼻烟壶背后躺下来,尽量把身子躺平伸直,这样正好可以一清二楚地仰视那个小姑娘。她一直跷着一条腿站在那里,丝毫没有失去平衡。

到了天黑之后,别的锡兵都被整整齐齐地放回到纸盒里,那一家人也都上床睡觉了。这时候,屋里就热闹起来了,玩具们都出动,玩起了自己的游戏。他们或是串门拜访,或是开战打仗,或是举行舞会。那些锡兵也在盒子里不安分起来,他们想要出来同大家一起玩,可是却打不开盒盖。核桃夹子翻起了跟斗,石笔在石板上蹦蹦跳跳,屋里热闹非凡,连金丝雀也被吵醒了,开始"叽叽喳喳"叫个不停,而且出口的句句都是诗。只有那个锡兵和那个小舞女留在原地纹丝不动,她仍然跷起一条腿踮着脚尖站着,两臂朝外伸出。只有一条腿的锡兵这时候已经站立起来,他站得笔直,双眼一刻也没有从她的身上挪开过。

时钟敲了十二下,鼻烟壶的壶盖"砰"的一下弹开,跳出来的却不是鼻烟,而是一个黑色小精灵,原来那个鼻烟壶是一件冷不丁吓人一跳的工艺品。

"喂,锡兵,"小精灵叫道,"把你的目光挪开,不许再看她!"

锡兵佯装没有听到他的吆喝。

"哼,那就等着明天给你颜色看。"小精灵说道。

第二天早晨,孩子们都起来了,这个锡兵被他们挪到窗户边上。不知是小精灵使出的魔法还是风吹的缘故,窗子忽然一下子打开了。锡兵一个倒栽葱就从三楼摔了下去,那速度快得像飞一样。他在空中把那条腿伸得笔直,头朝下帽盔着地,枪上的刺刀插进了人行道的石缝里。

女佣和那个小男孩忙不迭地赶下楼来寻找他。有好几回他们差一点儿就踩在他的身上

了，可是仍然没有瞅见他。这时候，他只消大声叫喊"喂，我在这里！"，那么他们准会一眼看到他。可是，他觉得自己一身戎装地大声呼救未免太不合时宜了，于是他一声未吭。

天上淅淅沥沥地下起雨来，雨点越来越大，还越来越密，后来变成了瓢泼大雨。大雨停了之后，两个男孩子踩着水走过这里。

"瞧，"一个男孩子说，"这里有一个锡兵。他该坐船漂游一番。"

于是，他们用纸叠了一只船，把锡兵放到船舱里站好，他便沿着路边的沟渠漂流而下。两个男孩子跟在他身边奔跑，高兴地拍手叫喊。天哪，沟渠里水急浪高，波涛汹涌，因为方才那场大雨把沟渠里灌满了水。小纸船随波逐流，忽上忽下地颠簸着。锡兵被摇晃得头晕眼花，可是他仍然十分坚强，脸上的表情刚毅、沉着，脸色一点儿不变，双眼向前正视，那支枪依然牢牢地扛在肩上。

忽然间，一个旋涡打了过来，把小船冲到了一条很长的排水沟里，于是四周一片漆黑，就像回到了早先住的那个盒子里一样。

"真不晓得我将要去何方。"锡兵想道，"这一定是小精灵捣的鬼。唉，要是那位小姐也坐在这艘船上就好啦，纵然漂到天涯海角，我也无所畏惧。"

湍流里忽然钻出了一只很大的水老鼠，它是这条阴沟里的老住户。

"喂，你有通行证吗？"水老鼠盘问道，"把通行证拿出来看看！"

可是锡兵一动不动，把枪扛得更紧。小船继续往前漂流，水老鼠跟在后面紧追不舍。它张牙舞爪、一副穷凶极恶的模样，朝着阴沟里漂浮着的烂木头和草茎大呼小叫：

"拦住他，快拦住他！他还没有留下买路钱，他也没有通行证！"

可是，沟里的水流越来越急，锡兵已经可以看到阴沟尽头阳光灿烂的天空了。就在这时候，他的耳畔响起了一阵阵"轰隆隆"的巨响，这响声是那么吓人，足以使最勇敢无畏的人也吓得魂不附体。只要想一想，就会想到那排水沟到了这里便倾泻而下，水流都冲进了一条很大的运河里。这对他来说非常危险，就像我们被一股巨大的瀑布水流冲下去一样。

他离"瀑布"的尽头太近了，根本休想止得住。可怜的锡兵只能尽量挺直了身板，眼皮子眨都不眨一下，表明他一点儿都不害怕。那只小纸船冲下去后在旋涡里转了三四圈，船里浸满了水，一直浸到船帮，最后终于沉了下去。锡兵起先在齐脖子深的水里站立了片刻，那只小纸船越沉越深，连纸都被浸泡得发软了，水终于淹没了锡兵的头顶。

他什么都不想，头脑里只有一个念头，那就是他再也见不到那个娇艳、美丽的跳舞女郎了。他的耳边响起了这样的歌词：

永别了，永别了，英勇的武士，
你毫无畏惧地面对着死神！

现在，小纸船已经被水浸泡得稀巴烂，锡兵也沉没在水里，他很快就被一条大鱼吞到肚子里了。

嘿，鱼肚子里是多么黑啊，比在排水沟里黑得多，也狭窄得多。可是，锡兵仍然坚定、沉着，扛着枪平躺着。

那条大鱼在水里游来游去，又摇头摆尾地扑腾着身子，做出种种惊险的动作。但是到了后来，它渐渐平静下来，毫无动静了。

过了半晌，忽然一道闪电般的强烈光线照射进来，接着一个尖嗓门儿高声叫道：

"呀，锡兵！"

原来那条大鱼被捉住了，送到市场上卖给了一个厨娘。那个厨娘把大鱼带回去，拿进厨房就抄起一把大刀把鱼开膛破肚了。

厨娘把锡兵拈了起来，用两只手指夹住了他的腰，把他拿进房间去让大家开开眼，看看从鱼肚子里掏出来的这么一个不同凡响的、了不起的人物。可是，锡兵却一点儿也不觉得这有什么值得骄傲的。

他们把他放到桌上。哦，天下竟会有这样不可思议的巧事。锡兵又回到了他早先待过的那个房间里，他就是从这个房间的窗口摔下去的。那几个男孩子就是原来的那些人。桌

上摆的也都是原来的玩具，那座宫殿辉煌依旧，门口仍然站着那个美丽的跳舞女郎。她照样把一条腿跷到半空中，用另一条腿站得稳稳当当的。看见她，锡兵几乎忍不住激动得要流泪了，可是他毕竟还是忍住了。那个小舞女也很坚强，她看着他，他也看着她，他们两个人都默然相对，一切尽在不言中。

就在这个时候，一个男孩子伸手把锡兵拿起来扔进了壁炉里。他这样做毫无道理，想必又是鼻烟壶里的那个小精灵捣的鬼。

锡兵在熊熊的烈火中坚定地屹立不动，炽热的火焰在烧灼着他，但是这究竟是真正的火焰还是爱情的火焰呢，一时间他说不出来。他看到身上华丽的制服已经褪色了，但是这究竟是在旅途中被大雨淋得褪了色呢，还是由于伤心、悲哀而褪掉的呢，没有人能够说得出来。他看着那个小舞女，那个小舞女也看着他。他觉得自己在一点点地熔化，可是他仍然刚毅、坚定，肩上牢牢地扛着枪。

这时候，忽然有人打开了一扇门，一阵穿堂风吹过来，把那个小舞女吹得飘了起来。她飘飘忽忽地像个仙女一般飘然飞进了壁炉里，飞到了锡兵的身边。她的身体立即被点燃，化为一缕轻烟。

锡兵终于被烈焰熔化了，化为一坨小小的锡疙瘩。第二天早晨，女佣来倒炉灰的时候，她发现他化成的那坨小疙瘩竟是一颗心——一颗小小的锡做的心。而那个小舞女什么也没有留下，只留下了那片亮晶晶的金箔鸡心，不过已经被烧得乌黑了。

会飞的衣箱

  从前有一个商人，钱多得不得了，他可以用银币铺满整条大街，剩下来的银币还可以再铺一条长长的小巷。不过他不做这样的傻事，他非常明白怎样把钱花到刀刃上，他若是借出去一枚铜板，就要收回一枚银币。他一生经商都是如此精明，后来他终于寿终正寝。

  他的全部财产由他的独生子继承，那个不肖子寻欢作乐、挥霍无度，天天晚上都去参加化装舞会，用大面额的钞票糊风筝，用金币而不是石头到湖边去玩打水漂。他这样糟蹋钱财，没过多久就山穷水尽，手头上只剩下四枚一先令的铜板和一双旧拖鞋、一件旧睡袍，除此之外，就一无所有了。他的旧友都不再来找他，也想不起他，因为他没有钱再同他们一起逛街了。

  不过，他的朋友中有个好心人送给他一只旧衣箱，并且对他说："把你的家当收拾进去吧。"他感到盛情难却，可是他实在没有什么家当可以收拾进去，于是他干脆自己坐了进去。

  这只箱子真奇怪，只要按上箱锁，箱子就会飞起来。商人的儿子坐在箱子里，按上了箱锁，箱子就载着他从烟囱里飞了出去，高高地飞到云端上，越飞越远。箱底每一回发出

吱吱嘎嘎的声响就会把他吓个半死,因为万一箱子散了架,破了底,他就会从半空中翻好几个跟斗,摔到地上一命呜呼。幸亏老天爷保佑他,他坐在那只箱子里居然飞到了土耳其,平平安安地降落在这块国土上。他把箱子藏在树林里的枯叶堆里,就大摇大摆地进城去了。他的这身打扮帮了他的大忙,他可以在城里通行无阻,因为大家知道土耳其人就是穿着睡袍、趿着拖鞋在大街上走来走去的。他走着走着,遇到了一个抱着孩子的奶妈,他问道:

"喂,向您打听一下,土耳其奶妈,城边上那座大宫殿里住着什么人?怎么窗子都开得那么高?"

"我们国王的女儿就住在里边。"那个奶妈回答说,"她算过命,算命人预言她将来会为一个情人而坠入不幸,所以任何人都不许走进那里,除非由国王和王后亲自陪着。"

"多谢啦。"商人的儿子说道。于是,他出城回到树林里,坐进箱子,径直飞过宫殿屋顶,从窗子爬进公主的房间。

公主正躺在沙发上睡觉。她是那么娇艳、美丽,看得叫人心动,商人的儿子忍不住亲吻了她一下。公主惊醒过来,见到眼前这个陌生的男子不禁害怕起来。可是他对她说,自己是土耳其的神灵,是从天上飞进来的。这么一说,公主就放下心来,心情也就开朗起来。

他们两个人并肩坐在一起,他陪她聊天。他赞美她的一双眼睛,说她的那双眼睛美得不得了,好似两个深邃莫测的黑水湖,而她的思绪就如同小美人鱼那样在波光粼粼的水面上游来游去。他又赞美她的前额,说她的前额有如一座雪山,山巅上建造了金碧辉煌的殿堂,而殿堂里收藏着天下最美丽的图画。他又向她讲起鹳鸟送子的故事,说世上那些最可爱的婴儿全是鹳鸟叼在嘴里送来的。

哦,他讲了那么多好听的故事。后来他向公主求婚,公主一口答应了。

"不过,你要在星期六来,"她说,"那天父亲和母亲要来和我一起喝茶。我要是嫁给一个土耳其的神灵,他们一定会引以为豪的。不过你一定要准备一个真正好听的故事,因为我的父母最爱听故事了。我母亲爱听寓教于乐的故事,而我的父亲喜欢令人发笑的故事。"

"好的,我不带别的彩礼给新娘,只带一个故事。"商人的儿子说。

于是,他们分别了。公主送给他一把弯刀,刀身上嵌满了金币,这些金币对他来说大有用场。

他坐进箱子飞走了。他先到城里买了一件新袍子,然后回到树林里,坐在那里苦思冥想编故事。要赶在星期六之前编出个好故事来,毕竟不是那么容易的事。

到了星期六,他总算把故事编出来了。

国王、王后和宫廷里所有的大臣都在公主那里喝茶,他们亲切地接待了他。

"您给我们讲个故事好吗?"王后说,"讲一个含意深刻、富有启迪性的故事。"

"对,不过也要使人听了哈哈大笑。"国王说。

"行呀,"商人的儿子回答说,"我马上就讲,请大家侧耳细听。"

从前,有一捆火柴,他们对自己的高贵出身很自豪。按照家谱排列,他们的老族长就是大森林里那棵最古老的参天针叶松树,每根火柴都是用这棵针叶松上砍下来的枝杈做成的。那捆火柴如今被摆在一个架子上,放在火柴盒和一口旧铁锅之间,火柴扬扬得意地向他们侃起自己青春年少的日子来。

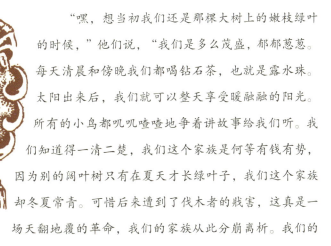

"嘿,想当初我们还是那棵大树上的嫩枝绿叶的时候,"他们说,"我们是多么茂盛,郁郁葱葱。每天清晨和傍晚我们都喝钻石茶,也就是露水珠。太阳出来后,我们就可以整天享受暖融融的阳光。所有的小鸟都叽叽喳喳地争着讲故事给我们听。我们知道得一清二楚,我们这个家族是何等有钱有势,因为别的阔叶树只有在夏天才长绿叶子,我们这个家族却冬夏常青。可惜后来遭到了伐木者的戕害,这真是一场天翻地覆的革命,我们的家族从此分崩离析。我们的老族长被做成了一艘豪华大海船上的主桅杆，只要他愿意，就可以带着那艘船去周游全世界。其余的枝杈都被派上了不同的用场。而我们承担的重任就是要把火种传播给世上的芸芸众生，这就是我们这些出身高贵的树木不惜屈尊进了厨房的原因。"

"可是我时运不济，"火柴身边的铁锅叹了口气说道，"自从我来到了这个世上，从第一天起我就整天用来煎炒，然后被洗净擦亮，忙个不停。我做的都是苦差事，所以这个厨房里功劳最大的非我莫属。我唯一的乐趣是在开饭之后，浑身被擦得干干净净地躺在这架子上，同我的伙伴们聊聊天，说些有趣的事。我们大家都被关在屋里，面对四堵高墙，只有水桶偶尔被拎到院子里，所以对外面的情况不大知道。我们唯一的消息来源就是菜篮子，因为他天天上市场，所以见闻不少，他一张嘴就讲政府和百姓之间的冲突。前两天有一只旧瓦罐听得心惊胆战，一骨碌滚下去，摔得粉碎。我可以告诉你们，那家伙准是个自由思想家。"

"行啦，你唠叨起来没完没了。"火绒匣说。那匣子里的铁片敲击了一下燧石，燧石便冒出了火花，"让我们在一起过一个开心的晚上吧。"

"好哇，我们来讲讲谁出身最高贵吧。"火柴说。

"大可不必，我不喜欢自吹自擂，"瓦罐瓮声瓮气地说，"我们还是开个晚会，讲点有趣的故事吧。我先来开个头，讲个大家都曾亲身经历的现实生活中的故事，这样大家就会觉得身临其境，从中得到乐趣。我开始讲了：在波罗的海靠丹麦的海岸边……"

"这个故事开头很精彩，叫人听得过瘾，"盘子们说，"这个故事一定会讨大家喜欢的。"

"是的，这个故事发生在我年轻的时候，那时我借住在一个很安静的家庭里，那家的家具总是擦得锃亮，地板刷得干干净净，窗帘每半个月洗一次。"

"你的故事讲得真有趣，"扫帚说，"一听就知道这是女性在讲故事，所以故事里才会这么干净。"

"说得一点儿不错。"水桶说道。他高兴得跳了一下，水晃出来溅了一地。

瓦罐把故事一口气讲完，那故事的结尾像开头一样精彩。

盘子们听得心花怒放,你推我搡,发出了一阵乒乓响。扫帚从垃圾桶里拖出一根芹菜把它作为花环戴到瓦罐的头上。他明知这样做会得罪别人,可是他仍然这么做了。

"今天我给她戴上了花环,明天她也会给我戴的。"

"好啦,我要表演舞蹈了。"火钳说着就跳起舞来。天哪,他跳得多起劲,还把一条腿高高地跷到了空中。坐在角落的旧椅子垫看得捧腹大笑,却一下子笑破了肚皮。

"我现在也能戴上花环吗?"火钳问道。于是,扫帚又给他找来了一个花环。

"他们只是一些没有见过世面的普通百姓而已。"火柴们暗自想道。

现在该轮到茶炊表演唱歌了,可是他说自己在感冒,肚里凉飕飕的,除非肚里的水煮沸,否则他是唱不出声音来的。大家都知道他在装模作样、故意推托,分明是不肯唱罢了,因为除了在客厅的餐桌上同嘉宾在一起的时候,他向来是不肯轻易开口的。

窗台上搁着一支旧的鹅毛笔,使女们常常用它来写字。这支鹅毛笔毫无惹人注目之处,只不过曾经在墨水瓶里插得很久很深,他却因此而自鸣得意。

"若是茶炊不肯唱的话,"他说,"那也就算了,不必勉强。窗外挂着的鸟笼里有一只夜莺,他的歌喉嘹亮,可是他还没有学会我们的语言,不过今天晚上我们可以先不必计较。"

"我认为这太不合适啦。"大煮水壶说道,他是厨房里的歌唱家,又是茶炊的异母兄弟,"在这样一个晚会上,让大家听这么一只外国洋鸟叽里咕噜地唱谁也听不懂的洋曲子,难道这是爱国心吗?不妨请菜篮子来评评理吧!"

"我窝了一肚子的火,"菜篮子说,"你们吵得我实在烦死了,谁也想不出我心里有多烦恼。我们这样乱哄哄地折腾了一个晚上,难道闹得还不够吗?赶快收拾一下,把厨房里整理得干干净净岂不是更好吗?各人都回到自己原来的位置上去,我来带领大家收拾整理,只消花一点点工夫,这里就全变样了。"

"行呀,我们动手大干一番吧。"大家说道。就在这会儿,房门被推开了,进来的是那个女佣。于是,大家都安静下来了。他们虽然都不吱声,可是都不服气,因为他们个个都觉得自己很行,自己什么都会干,而且都认为自己的出身很高贵。

"是呀,如果让我来做主,"他们各自在思忖,"那么这个晚上一定可以过得很开心。"

女佣拿起火柴来划了一下,"嘭"的一声响,火光蹿得老高。

"现在人人都可以看见了,"火柴想道,"我们是第一,我们燃起的火焰多么明亮,我们的形象是多么辉煌。"可是还没有等他们想完,火柴早已烧光,变成了灰烬。

"一个多么好听的故事呀!"王后说,"我好像身临其境,觉得自己就在厨房里看着火柴烧成了灰烬。行呀,您可以娶我们的女儿为妻。"

"一点儿不错,"国王说,"你星期一就来迎娶我们的女儿吧。"国王不再用"您"

而用"你"来称呼商人的儿子了，因为他们马上就要成为一家人了嘛。

于是，婚期确定下来了。在婚礼前夜，全城张灯结彩，灯火通明。国王和王后将糖果、糕点散发给百姓。街上的孩子个个欢呼雀跃，还把手指伸进嘴里吹口哨，真是一派喜气洋洋的景象。

"是呀，我也应该做点什么事情来让大家开开心。"商人的儿子暗自思忖。于是，他去买了各种各样的鞭炮、烟花、钻天火箭，凡是能想到的烟火，都被装进了那只衣箱里，他带着它们飞上了天。

"嘭。"他在天上点燃了鞭炮，他飞得有多高，声音就有多响。

所有的土耳其人起初都吓了一大跳，他们脚上的拖鞋都蹦起来，飞过了他们的头顶。夜空中这样五彩缤纷、亮光闪闪，那是他们从来都不曾见过的。如今他们不再将信将疑，而是真心相信他们的公主将嫁给一个土耳其的神灵。

商人的儿子坐着那只会飞的衣箱飞向树林，他想道：

"我非得再进城去一趟不可，去听听大家究竟是怎么评论的。"他非常高兴，高兴得有点得意忘形。那也是情有可原的。

城里的百姓说法不一，他问到的每个人都讲述自己亲眼见到的情景，彼此的说法有很大的出入，可是他们都觉得天空里美极了。

"我亲眼见到了土耳其神灵的真身了，"有一个人说，"他的双眼像是闪闪发光的星星，他的胡子像是泡沫四溅的水。"

"他身上穿着烈焰熊熊的长袍在空中飞过，"另一个人说，"长袍的衣褶里有许多小天使伸出头来四处张望。"

一点儿不错，他听到的全都是赞美的好话，第二天他就要去迎娶公主了。

他回到树林里，要坐到那只衣箱里歇息了。可是那只衣箱在哪里呢？他怎么找也找不到了。原来，方才放烟火的时候，有一颗烟花的火星落在衣箱里烧了起来，把衣箱烧成了灰烬。他再也不能飞了，再也不能飞到他的新娘的身边去了。

公主整天站在宫殿的屋顶上等待，一直到现在还在等待。

可是他呢，他只能浪迹天涯，到处去讲故事，不过再也讲不出像厨房里的火柴那样有趣的故事来了。

大克劳斯和小·克劳斯

从前,在一个村子里住着两个同名同姓的人,他们两个人都叫克劳斯。可是有一个人有四匹马,另一个人只有一匹马。为了把他们区分开来,大家就把那个有四匹马的叫作"大克劳斯",把那个只有一匹马的叫作"小克劳斯"。现在我们就来听听他们的日子过得怎样吧,因为这完全是真人真事。

整个星期小克劳斯都要为大克劳斯犁地,还要把自己唯一的那匹马牵来借给大克劳斯用。大克劳斯也把他的四匹马全牵来帮小克劳斯干活,可是每星期只帮他一天,而且都是排在星期天。嗨哟,到了这一天小克劳斯有多神气,他把鞭子在五匹马的头上挥舞得噼啪直响,就好像这五匹马全都是他自己的,但也就是一天而已。

在这一天,灿烂的阳光照得人心旷神怡。钟楼上所有的大钟都叮叮当当地敲响起来,召唤着大家去教堂。人们都穿上节日盛装,腋下夹着赞美诗集,去听牧师布道。在路上,他们会看到小克劳斯正赶着五匹马犁地,他干得又使劲又欢腾,把鞭子抽得噼啪直响,嘴里还不停地吆喝着:

"快点儿吧,我的五匹马儿。"

"你不能这样说,"大克劳斯说道,"因为只有一匹马是你的。"

可是当有人走过他的身边时,小克劳斯就忘记他不应该这么说,仍旧吆喝道:

"快点儿吧,我的五匹马儿。"

"现在我要你不要再这么喊叫,"大克劳斯说道,"你如果再这样叫喊一回,我就朝你的那匹马当头一击,把它当场打死,你连它都没有了。"

"我决不会再这么喊叫了。"小克劳斯说道。可是当有人走过,向他点头打招呼的时候,小克劳斯又高兴得忘乎所以,觉得自己有五匹马犁地是件了不起的事,于是他又情不自禁地吆喝起来:

"全给我用力呀,我的五匹马儿。"

"现在我可要对你的马儿使劲啦!"大克劳斯说道。他操起一柄铁锤,朝着小克劳斯的那匹马的马头上砸了下去,那匹马当即翻倒在地,马上就送了命。

"哦,天哪,我连一匹马都没有了。"小克劳斯说道,他放声大哭起来。后来他把死马的皮剥了下来,挂在风口里吹干,待到马皮吹干之后,又把皮子装进一个口袋里。他把马皮背在肩上,拿到城里去卖。

他有一段很长的路要走,要穿过黑黢黢的大森林。再加上天气又坏得吓人,他走着走着就迷了路,等到他回过头来重新走上正道的时候,天已经擦黑了。不管是进城也好,还是回家也好,都有不少路,半夜之前都走不到。

在大路旁边有一座很大的农舍院落,房子窗户上的百叶窗都紧闭着,可是百叶窗顶上的缝隙里却露出了一线亮光。"我不妨在这里借宿一夜吧。"小克劳斯想道。于是他走上前去乒乒乓乓地敲起门来。

有个农妇来把门打开,可是她一听小克劳斯想要借宿过夜时,就叫他快点走开,因为她的丈夫不在家,她不便接待陌生人。

"这么说来,我只好在屋外露宿一夜啦。"小克劳斯说道。那个农妇没有理睬他，自顾自锁住房门，把他关在外面。

紧挨着农舍有一个很大的干草堆，在农舍和干草堆之间还有一个平顶小矮棚，棚顶上铺着干草。

"我可以睡到那上面去。"小克劳斯看着小矮棚的平顶，"那倒是一张很惬意的床。但愿鹳鸟不会飞下来啄我的腿。"棚顶上有个鹳鸟窝，一只活生生的鹳鸟就站在鸟窝旁边。

小克劳斯爬到了棚顶上，躺了下来，又翻了个身，这样可以躺得更舒服一些。窗户上的百叶窗关得并不严实，顶端留出了一截缝隙，他可以一眼望到农舍里面。

农舍的房间里，一张大桌子上摆着美酒佳肴，有香喷喷的烤肉，还有肥美的鲜鱼。桌子旁边端坐着那个农妇和教区的牧师，再也没有别的人。农妇忙着为牧师斟酒，牧师伸出叉子叉起了鲜鱼，看起来这道菜挺对他的胃口。

"要是能去吃上一点，那该有多好哇。"小克劳斯想道，他伸长了脖子往窗户里面看。上帝啊！桌上摆的糕点是多么馋人，真是一桌子好吃的啊！

就在这时候，他听见大路上有了动静，有人骑着马朝这栋农舍走来了，那是农妇的丈夫回家来了。

那个农夫是个好人，不过有个古怪的毛病，那就是容忍不了任何牧师，只要一见到有个牧师在他的眼前，他就会勃然大怒，火冒三丈。也正是因为这个缘故，所以这位牧师只好趁他不在家的时候才来向农妇问个好。好心的农妇见到他来，就把家里各种各样最好吃的饭菜都端出来招待他。这会儿他们听见农夫回家来了，都害怕得不得了。农妇连忙央求牧师钻进放在屋角落里的一只空的大木箱里去躲起来。牧师只得照着吩咐去做，因为他知道她丈夫最不愿意见到牧师。那个农妇赶紧把美酒和佳肴一股脑儿都收拾起来，放进烤炉里面，因为若是让农夫看到这些东西，他一定会问个究竟，弄明白是为了款待什么人。

"唉，老天爷呀！"小克劳斯在棚顶上眼睁睁地看着这些好吃的东西一下子收得精光，不禁叹了口气叫出声来。

"哦，棚顶上有人吗？"农夫问道，他一抬头就看见了小克劳斯。

"你为什么要躺在那上面呢？快下来，跟我进屋去吧。"

于是小克劳斯便把他走迷了路的事告诉了那个农夫，并且还央求借宿一个晚上。

"行呀，那不用说，"农夫说道，"不过让我先喂饱了肚子再说。"

那个农妇非常殷勤地侍候他们两人，她在大长桌上铺了台布，又把一大盆粥端到他们面前。农夫早已饥肠辘辘，便大口大口地喝起粥来，吃得很香。可是小克劳斯却不禁想起那些好吃的烤肉、鲜鱼和糕点来，他知道这些东西全都被收了起来，放在烤炉里面。

在桌子底下他的脚边上放着他的口袋，口袋里装着他从家里带出来要到城里去卖掉的那张马皮。小克劳斯对粥一点胃口也没有，于是他用脚踩了踩他的口袋，口袋里的马皮发出很响的吱吱嘎嘎的声音。

"喂，那是什么响声？"农夫问道，朝着桌子底下瞅过去。

"嘘，"小克劳斯对着自己的口袋嘘了一声，同时却更用力地踩了一下口袋，袋里装的干皮子发出更响的吱嘎声。

"喂，你那口袋里装的是什么东西？"农夫又问道。

"哦，是个魔法师。"小克劳斯说道，"他在说，我们用不着喝粥，他已经给我们变出来满满一烤炉的烤肉、鲜鱼，还有糕点。"

"太妙啦，"农夫说着急忙去开烤炉的炉门，炉子里果然摆满了好吃的，那都是他的妻子藏进去的，不过农夫却信以为真，觉得那必定是装在口袋里的那个魔法师变出来的。农妇一句话也不敢说，只好把这些菜肴、糕点全都端上桌来。于是他们两人就狼吞虎咽，又是吃鱼，又是吃肉，又是吃糕点。小克劳斯又踩了踩他的口袋，干皮子又发出了响声。

"这一回魔法师又在说什么？"农夫问道。

"他在说，"小克劳斯说道，"他还给我们变出了三瓶酒，也放在烤炉里。"

于是那个农妇只得把她藏起来的美酒又端了上来。

农夫喝着酒，心里乐滋滋的。他相信小克劳斯的口袋里果真装着一个魔法师，而这样的魔法师他很想弄到手。

"那个魔法师也能变个魔鬼出来吗？"农夫问道，"趁我这会儿高兴，我倒想见见魔鬼。"

"噢，行呀。我想要我的魔法师变出什么来，他就一定会做到……喂，你变得出来吗？"小克劳斯一边问，一边又用力踩了一下那个口袋，口袋里的干马皮又发出了吱嘎的响声。"你听见了吗？他在回答说他能变得出来，可是魔鬼的模样实在太吓人，不值得看。"

"哦，我一点也不害怕，那么魔鬼会是什么模样呢？"

"哼，他的模样长得倒挺像一个牧师。"

"啊，"农夫说道，"那真是太丑了。你要晓得，我最不能容忍的就是见到牧师。不过现在反正是一码事啦，我明白了那就是魔鬼，这样我心里会好受一些。现在我更有勇气了，可是不要让他靠我太近。"

"我还要问问我的魔法师才行。"小克劳斯说着又踩响了那袋干马皮，还趴下去侧耳细听了一番。

"他在说什么？"

"他叫你去打开摆在墙角里的那只大木箱，你就能亲眼看见魔鬼了，那个魔鬼愁眉苦脸地钻在里面。不过你要把箱盖紧紧抓牢，不要让它溜走。"

"你来帮我把箱盖抓牢，好吗？"农夫说道，他走到那个牧师藏身的大木箱前，牧师躲在箱子里面，怕得浑身瑟瑟发抖。

农夫把箱盖掀开了一道缝，往箱子里看去。

"啊！"他发出一声惊叫，身子往后一蹿，又蹦回来，"一点不假，我亲眼看见了魔鬼，它长得同我们这里的牧师一模一样，多么可怕呀！"

然后他们又对酌起来，一直喝到深夜。

"说什么你也要把你的那个魔法师卖给我不可，"农夫说道，"要多少钱你就开口说吧，我马上就可以给你整整一斗钱。"

"不行，我不能卖。你想想看吧，我能从魔法师那里得到多大的好处啊。"

"但是我实在太想得到它了。"农夫说，他一个劲儿地央求。

"好吧，"小克劳斯说道，"看在你今晚肯让我留宿，待我这么好的分上，我就卖给你算啦。一斗钱也就行了，不过要满满的一斗钵。"

"你可以得到满满的一斗钱，"农夫说道，"可是墙角里的那只箱子你也要把它带走，我一刻也不愿意把它放在屋里。真不知道那个魔鬼还在不在里面。"

小克劳斯把装着干马皮的口袋给了农夫，换回来整整一斗钱，钱一直装到了斗口。农夫还送给他一辆手推车，好把钱袋和那只大木箱装了推走。

"再见。"小克劳斯推着那一斗钱和大木箱走了，可是那个牧师却还在大木箱里。

树林的另一侧有一条大河，水很深，又流得很急，河面也很宽，谁也别想游过去。河上刚造好了一座大桥。小克劳斯走到桥中央，就停住脚步自言自语起来，说得声音很响，为的是让大木箱里的那个牧师听见。他说道：

"不行，我拿这么一个笨重的大木箱怎么办？它重得像是里面装满了石头。我实在推不动了，要是再推下去非把我累死不可，所以我还是把木箱扔到河里去算啦。如果木箱能漂流到我家，那敢情好；如果漂不回来，那么也就一了百了啦。"

说着他伸出一只手去拽起箱子，把它抬高一点，就好像要把它掀到河里去似的。

"不要扔，不要扔，千万不要扔！"牧师在箱子里急得直叫，"快把我放出来。"

"哼，"小克劳斯假装非常吃惊的样子说，"那个魔鬼还在箱子里面待着呢。我非要把木箱扔进河里去不可，这样也许能把魔鬼活活淹死。"

"千万不要，赶快住手，"牧师又在箱子里叫起来，"要是你放我出来，我就送给你整整一斗钱。"

"好吧，那就又当别论啦。"小克劳斯说着打开了箱子。牧师马上爬了出来，把空箱子推到了河里就一口气跑回家去。小克劳斯从牧师那里又得到了整整一斗钱。他早先已经从农夫那里得到过一斗钱，这下子他的手推车里装满了钱。

"唉，那匹马真卖出了好价钱。"小克劳斯自言自语地说道。他回到自己的小屋里，把所有的钱都倒在地上，堆成一堆。

"大克劳斯要是知道我把那匹马卖出去弄到这么多钱，他一定会火冒三丈的。不过我现在还不能把事情的经过如实告诉他。"

他派了一个小男孩到大克劳斯那里去借一只斗来。

"他借斗要派什么用场呢？"大克劳斯疑惑不解。于是他在斗的底上抹了点焦油，这样一来，只要用它来称东西，总会粘住一星半点的。果真灵验得很，因为斗送回来的时候，底下竟粘着三枚崭新的半先令银币。

"这是怎么回事？"大克劳斯惊诧不已，他马上跑到小克劳斯那里去问他，"你是从哪里弄到这么多钱的？"

"噢，那是用我的马皮换回来的，昨天我把那张马皮卖掉啦。"

"这么说来，真是卖得好价钱。"大克劳斯说道。他跑回家去，拿起一把斧头，朝他那四匹马都当头劈了一斧头，然后剥下皮来，用小车装着推进城去叫卖。

"卖皮子呀，卖皮子呀，谁要赶快来买。"他走街串巷地叫卖。

所有的鞋匠和制革匠都跑来问他要卖多少钱。

"一斗钱一张。"大克劳斯回答道。

"你莫非发疯了不成？"他们全都惊呆了，一个个叫喊起来，"你以为我们手上有整斗整斗的钱吗？"

"卖皮子呀，卖皮子呀，谁要赶快来买。"大克劳斯又吆喝起来。

可是当所有人问他价钱的时候，他又回答说："一斗钱一张。"

"他一定是在戏弄我们。"他们全都这样说。于是鞋匠们抄起了他们的皮膝垫，制革匠们拎起了他们的皮围裙，都动手抽打起大克劳斯来。

"哼，卖皮子呀，卖皮子呀！"他们朝他发泄着怒火，"我们会给你换一张皮，把你身上的皮换成一张血淋淋的猪皮。"

"快把他赶出城去。"他们都愤怒地喊叫。大克劳斯只得拔腿就逃,能跑多快就跑多快。他还从来不曾被人这样痛打过。他回到家里以后说道:"我非要叫小克劳斯偿还这笔债不可,我要打得他一命呜呼。"

就在这时候,在小克劳斯家里却有人一命呜呼了,他的老祖母年迈去世了。老祖母生前脾气很坏,对待小克劳斯也很蛮横,不过小克劳斯心里仍然十分难过。他把已经死去的老祖母抱起来,放到自己的那张暖和的床上,就好像要等着她复活过来重返人间似的。他让老祖母在那里躺一个通宵,而自己却坐在墙角的一张椅子上打盹,以前他也曾这么睡来着。

深更半夜,正当小克劳斯坐在椅子上打盹的时候,大门忽然开了。大克劳斯手拿一把斧头闯了进来,他很清楚地知道小克劳斯的床在什么地方,便径直走到床铺跟前。他以为床上躺着的那个人就是小克劳斯,就举起斧头朝已经死去的老祖母头上砍了下去。

"哼,给你点厉害尝尝。你再也休想欺骗作弄我了。"说完之后,大克劳斯就走回家去了。

"那家伙真是心狠手辣。"小克劳斯说,"他想要害我的性命,幸亏我的老祖母已经死了,要不然岂不是被他活活砍死了吗?"

他给老祖母穿上最好的衣服,又向邻居借来了一匹马,把马套在大车上。然后他把老祖母抱到大车后面的座位上扶正坐好,安置得妥帖稳当,免得老祖母在马车奔驰颠簸的时候摔出来。他驾车穿过森林,在日出时分来到一家大客栈。小克劳斯在客栈门前停下车,走进店堂去买点吃的。

客栈老板是个富翁,手头上钱多得数不清。他是个好人,可惜脾气急躁,就好像他肚子里都塞满胡椒和鼻烟一样。"早上好,"客栈老板招呼小克劳斯说,"你今天穿戴得那么整齐,又来得那么早,莫非你是要进城去?"

"一点不错。"小克劳斯说道,"我陪我的老祖母进城去。她在外面的大车上坐着,腿脚不大利索,所以我就没有让她下车进到店里来。请你送给她一杯蜜酒好吗?你送去的时候说话要大点声,她耳朵背得厉害。"

"好的,我会的。"客栈老板说道。他斟了一大杯蜜酒,端出去送给那个已经死去的老祖母，不过老祖母看起来还是身子坐得笔直。

"这是你孙子给你老人家买的蜜酒。"客栈老板大声说道，可是那个老祖母却一声不吭，动也不动，因为她早已死掉了。"你没有听见吗？"客栈老板放开喉咙大声嚷嚷，能叫得多响就叫得多响，"你孙子买的蜜酒来啦。"

他把这句话喊了一遍又一遍，只见老祖母依然端坐不动，毫无声息。他的火气蹿上来了，他一发火就把杯子扔到了老祖母的脸上。蜜酒顺着老祖母的鼻子淌了下来，她身子朝后一仰就摔倒在车上，因为她只是被安放在座位上，并没有用绳子绑住。

"哎呀，"小克劳斯狂喊一声，冲出客栈店堂，一把揪住客栈老板的胸口，"你打死了我的老祖母！你看，她脑门上有多大的一个窟窿。"

"啊，我失手杀人啦。"客栈老板吓得惊叫起来，"那都怪我火气太大。亲爱的小克劳斯，我给你一斗钱，还要像安葬我自己的亲祖母一样把你的老祖母收敛下葬。但求你千万不要把这桩事情张扬出去，否则我就没命了，他们会砍掉我的脑袋的。"

于是小克劳斯又得到满满一斗钱。客栈老板并没有食言，他像安葬自己的亲祖母一样把小克劳斯的老祖母厚敛重葬。

小克劳斯回到家里，就立即打发他的小男孩到大克劳斯那里去借个斗来用用。

"什么？"大克劳斯惊愕不已，"难道我竟然没有把他砍死吗？我亲自过去瞧瞧。"

于是他带着那只斗来到小克劳斯家里。

"天哪，你从哪里弄到这么多的钱？"大克劳斯眼睛睁得滚圆，死死盯住了那一堆钱。

"你砍死的是我的老祖母，而不是我。"小克劳斯说，"她已经被我卖掉了，到手一斗钱。"

"那真是大价钱啦。"大克劳斯说道。他匆忙回到家里，拿起那把斧头，马上把他自己的老祖母砍死，然后把她放到马车上，驾着车就进城去。他把车赶到药店老板住的地方，问他是不是想买个死人。

"那死者是什么人？你从哪里弄来的？"药店老板问道。

"她是我的祖母，"大克劳斯说道，"我把她砍死了，要卖一斗钱。"

"上帝保佑，"药店老板喊道，"你怎么满嘴胡说八道，莫不是发了疯不成？这些话可不能随便乱说，否则你要掉脑袋的。"接着，药店老板又苦口婆心地劝他，说他干了一桩多么可怕的事，而干这种伤天害理的坏事的人，必定逃不过严厉的惩罚。大克劳斯越听越怕，他吓得赶忙从药店里逃了出来，跳上马车，挥动鞭子抽打着马，一溜烟地跑回家去。药店老板和其他人都以为他很残暴，没人敢去拦他。

"我非要向小克劳斯讨回这笔血债不可。"大克劳斯把车赶上大路之后就这样说道。他一回到家里就找出了一个最大的口袋，然后直奔小克劳斯的家里。

"你又捉弄了我一回。"大克劳斯说道，"第一回害得我把我所有的马匹都宰杀了，这一回又害得我杀了自己的老祖母。这全是你设下毒计害我的。不过你休想再捉弄哄骗我啦。"他抱住小克劳斯的腰，把他塞进袋子里，又把袋子扛到肩上，再对着袋子里的小克劳斯喊道："这一回我把你扔进河里去淹死！"

到河边去有很长一段路要走，小克劳斯这么个大活人分量可不轻，大路旁边不远处有一座教堂，教堂里正奏着管风琴，呜呜咽咽的十分动听，人们都起劲地高唱着赞美诗。大克劳斯把装着小克劳斯的口袋放在紧靠教堂大门的地方，想先进去坐着歇歇脚，听听赞美诗再继续往前走。因为袋口是扎紧的，小克劳斯逃不出来，而所有的人又都在教堂里面，所以他就放心地走进教堂去。

"唉，完啦。"小克劳斯在袋子里长吁短叹，他把身子左拧右扭，可是怎么也没有办法把扎住袋口的绳子弄得松开。正在这个时候，走来了一个赶牛的老头，他满头白发白得像雪一样，手里拿了一根很长的拐杖，赶着一大群牛走过来——公牛、母牛都有。这些牲畜走过来的时候被那个装了小克劳斯的口袋绊住了腿，于是它们便抬腿把口袋踢翻过来。

"唉，可怜可怜我吧，"小克劳斯悲叹道，"我这么年轻就快要进天国去了。"

"唉，我这个可怜的人哪，"赶牛的老头说道，"这把年纪却还去不了天国。"

"快把袋口解开，"小克劳斯喊道，"钻到袋子里来换我出去，你马上就可以去天国。"

"我真是求之不得，太愿意啦。"赶牛老头说道。他为小克劳斯解开了袋口，小克劳斯一下子就跳了出来。

"麻烦你替我照料牲口好不好？"赶牛老头说道。他钻进了袋子里，小克劳斯把袋口扎紧，自己赶着那一大群牛走开了。过了半响，大克劳斯从教堂里走了出来，他又把袋子背到自己的肩上。他觉得袋子变得轻多了，因为赶牛老头只有小克劳斯一半的分量。

"哦，小克劳斯变得轻多了。一定是我进教堂去听了福音更有力气的缘故。"

大克劳斯一口气走到那条又深又宽的大河旁边，把装着赶牛老头的袋子扔进了河里，然后他朝着沉到河水里去的那个袋子叫喊，因为他仍然以为袋子里装的是小克劳斯。

"哼，你就躺在水里吧，再也休想来捉弄我啦。"

他朝着回家的路走去，刚刚走到十字路口，就见小克劳斯赶着牛群走来。

"这是怎么回事？"大克劳斯吃惊地说道，"难道我没有把你淹死？"

"一点不错，"小克劳斯说道，"大约半个钟头之前，你把我扔进了河里。"

"那么你从哪里弄到这么多膘肥体壮的牲畜呢？"大克劳斯问道。

"那可不是普通的牛群，那是海牛。"小克劳斯说，"我把事情经过原原本本地告诉你吧，我真对你感激不尽，多亏你把我扔进了大河里，我才发了这笔横财。你看，我是真正富起来了……想想你把我塞进袋子里去的时候，我可真是害怕。你把我从桥上扔进冰凉的水里，寒风在我耳边呼呼吹过，我自以为必死无疑。我一下子沉到了河底，幸好没有什么东西砸在我身上。河底长着最嫩最软的青草，我掉在软绵绵的草丛中，那袋子的袋口自己就解开了。有一个美得不得了的姑娘，身穿雪白的裙袍，湿漉漉的头上佩戴着一顶绿色的花冠。她拉着我的手说：你终于来了，小克劳斯，我先送你几匹牲口吧。前面大路上再过去三里路的地方有一大群牛，那就是我要赠送给你的礼物。这时候我才知道，这条河对于水底的居民来说就是一条宽阔的大路。不管是出海还是去这条河尽头处的陆地，他们都在这条大路上或是步行，或是驾车行驶。河底长满了最美丽的鲜花和绿油油的青草。各式各样的鱼儿在我身边游过，速度快得像小鸟在天空中飞一样。水底居民全都长得非常漂亮，那些牛群都壮得不得了，慢悠悠地在河底的山冈上和山谷里吃草。"

"既然河底下那么惬意,"大克劳斯说,"那么你为什么又回到我们中间来了呢?换了我的话就不上来啦。"

GREAT · CLAUS · AND · LITTLE · CLAUS

"一点不错，我真的有点失策了。"小克劳斯说，"不过那时我没有想到这么做。那位水底姑娘对我说，我只要在大路上再走几里路，就可以找到一大群牛。她所说的大路，其实指的是那条大河，因为她只能顺着河流行走，别的地方她是去不了的。我知道这条大河曲曲弯弯，拐来拐去，没有什么笔直的地方，于是我挑了一条捷径，就是先爬到陆地上来，穿过田野，然后再回到河底去，这样可以少走一半路，我可以更快地把一大群牛弄到手。我照这样做了，喏，那一大群海牛都成了我的啦。"

"你这家伙真走运！要是我也沉到河底去，你说我能再得到一大群海牛吗？"

"我相信你是可以得到的，"小克劳斯说，"不过丑话说在前头，我没有力气把你塞进袋子里去，但如果你自己钻进去的话，我倒还愿意出力把你推进河里去。"

"那就很感谢你啦。"大克劳斯说道，"不过你要记住，如果我到河底去跑一趟却得不到海牛的话，那么我上来非把你揍扁了不可。"

"哦，别这样，对人不要太凶嘛。"小克劳斯说道。

他们两人一起朝河边走过去。那一大群牛早已口渴极了，一看到河水就没命地往前奔跑，想要尽快喝上水。

"你看那些海牛有多性急，"小克劳斯说道，"它们都急着想重新返回河底下去。"

"来，快来帮我一把，"大克劳斯说道，"要不然小心我揍你。"大克劳斯钻进一个大口袋里，那个口袋一直搭在一条公牛的背上。

"再放块石头进来，"大克劳斯说道，"我怕沉不到底。"

"噢，那倒用不着你担心，"小克劳斯回答说，不过他还是在口袋里塞了一块大石头，然后把袋口扎紧，朝着河里一推。

扑通一声响，大克劳斯落到河里，马上就沉到河底。

"我想他找不到什么牛群了。"小克劳斯说道，接着就赶着自己的牛群回家去了。

奥勒·洛克奥依

全世界没有人能像奥勒·洛克奥依那样知道那么多故事，他讲的故事真好听。

屋外天色渐渐暗下来，孩子们只得乖乖地待在屋里，坐在饭桌旁或自己的小凳上。这时奥勒·洛克奥依就来了。他悄无声息地走上了楼梯。他的脚上只穿了一双长筒袜，走起路来就不会发出响声。他又不发出一点响声地拉开房门，朝孩子们喷了一点点叫人眼皮重重地抬不起来的牛奶。孩子们迷迷糊糊地睁不开眼睛，这样也就看不见他了。他又悄悄地走到孩子们的身后，朝他们的脖子轻轻吹气，于是孩子们的脑袋重重地抬不起来，可是一点儿也不觉得疼，因为奥勒·洛克奥依对待孩子们没有什么坏心眼。他只想让他们安静下来，最好是把他们送到床上去，因为孩子们只有睡到床上才会安静下来，他才能安安生生地给他们讲故事。

孩子们睡熟以后，奥勒·洛克奥依就坐到床前。他身上的穿着很讲究，外套是用丝绸做的，可是那颜色就不好说了，因为那件外套会随着他身体的扭动而显得五彩缤纷，一会儿是绿色，一会儿是红色，一会儿又是蓝色。他的两边腋下各夹着一把伞。一把上面画着许多图画，他就撑开这把画满图画的伞，支在那些乖孩子的头顶上，于是他们整夜都能够梦见好故事；另一把伞上光秃秃的，什么图画都没有，他撑开那把伞，支在淘气包的头顶上，于是他们便

呆头呆脑地一觉睡到大天亮，连一个好梦都不曾做一个就醒过来了。

现在让我们听听奥勒·洛克奥依在整整一个星期里讲的故事，他每天晚上到一个名叫亚玛尔的小男孩身边，对他讲故事。一共有七个故事，因为一星期有七天嘛。

星期一

晚上奥勒·洛克奥依把亚玛尔弄到床上后对他说，"我先把房间收拾一下。"

他说完这话，房间里原先长在花盆里的鲜花都变成了大树，长长的树枝一直向上长直到碰到了天花板，又折向四面墙壁蔓生，于是整个房间看上去就像绿荫掩映之中的一座凉亭。所有的树枝上都开满了鲜花，每朵花都比玫瑰花好看，那香味好闻极了，要是有人去咬一口尝尝的话，那滋味比果酱还甜。树上结的果实个个都像金子似的黄灿灿，熟得像塞满葡萄干的蛋糕裂开了口子，那味道真好，再也找不出更好吃的东西啦。

就在这时，从亚玛尔放课本的抽屉里传出一声声鬼哭狼嚎般的尖叫。

"这是怎么一回事呀？"奥勒·洛克奥依问道。他走到桌前，拉开抽屉一看，原来是一块小石板在抽搐，因为在石板上演算的那道算术题里硬是挤进来一个算错了的数目，害得这道题的所有数字都你推我搡，闹得不可开交，险些儿把石板都挤碎了。那根用细绳子拴在石板上的粉笔，像一只小狗一样又跳又蹦，想要帮忙把那道算术题里算错的数目赶出去，可是它毫无办法，因为它挣脱不开那根细绳的束缚。

亚玛尔的习字本也在哭闹，声音真是刺耳。习字本每一页的边上都写着大写字母，每个大写字母旁边都有一个小写字母，大写字母都顺着次序从上往下排成一行，小写字母也是这样排着。这些就是供人摹写的字帖范本。在这些大、小写字母的旁边还有一行字母，它们个个都自以为同那些范本一模一样，因为这些字都是亚玛尔照着范本临摹下来的。可是它们七歪八扭地趴在格子线上，一个个像要摔出去似的，而它们本来应该在线上站得笔直。范本字母谆谆教诲说：

看见了吗，你们应该这样站才有模有样。

看好，要朝外斜出一点，再用力扭过身去。

亚玛尔写的字母说：

唉，我们也愿意站成这样。可我们浑身软弱无力，使不上劲。

"那么我用橡皮来把你们擦掉。"奥勒·洛克奥依说。

哎哟，那可不行！

它们惊叫起来，一下子全都站得笔直，看起来个个精神抖擞。

"唉，这会儿只好不讲故事了，"奥勒·洛克奥依说，"我要先让这些字母操练操练。一、二！一、二！"他真的带着它们操练起来，直到它们个个都站得笔直，看起来同范本字母差不多。

可是等奥勒·洛克奥依一走，那些字母又像以前一样七歪八扭了。

星期二

亚玛尔一上床，奥勒·洛克奥依马上掏出具有魔力的小喷壶，朝房间里的家具上喷了一遍，于是所有的家具立刻会张嘴说话了。它们叽叽喳喳地交谈起来，所有的家具都在喋喋不休地夸耀自己，唯独那只痰盂没有挤进来凑热闹。它一声不吭地站在墙角生闷气，心里在琢磨：怎么这些家伙虚荣心那么强，一个个只是滔滔不绝地自吹自擂，时时刻刻只替自己着想，压根儿想不起来恭顺地站在墙角里让人把痰吐到痰盂里面的自己呢？

在五斗柜上方的墙上挂着一幅镶在金色框架里的大油画。画上古树参天，芳草如茵，草

地上鲜花烂漫，一条小溪水清如镜，穿过森林，绕过宫殿和城堡，然后流向远方的大海。

奥勒·洛克奥依用他的具有魔力的小喷壶朝那幅画上喷了喷，于是画上的小鸟便叽叽喳喳地唱起歌，树上枝条摇曳，天上云朵飘动，云朵投在地面上的阴影也跟着一起往前移动。

奥勒·洛克奥依把亚玛尔抱到那幅画的画框跟前，亚玛尔把双脚伸进画框，竟然踩在了高高的草丛里。阳光透过树枝间的缝隙照到了他的身上。他跑到水边，坐进一条靠在河边的小船上，那船身被漆成红白两色，船帆闪着银白色的光。六只天鹅飞来，脖子上都戴着金环，前额都有颗亮晶晶的蓝星，它们拉着这条小船穿过苍翠的森林，森林里的参天大树在娓娓讲述强盗和女巫的故事，而鲜花却在讲述那些讨人喜欢的小精灵和从蝴蝶那里听来的故事。

小船徐徐往前驶去，一群群最好看的鱼儿跟在后面游弋，身上的鱼鳞有如片片黄金、白银在闪光。有时它们忽然跃出水面，又落回，溅得浪花四起。在空中，那些红面孔和蓝面孔的大大小小的鸟儿排成长长的两行，跟在小船后面飞着。蚊子在"嗡嗡"地飞上飞下追逐着小船，金龟子在瓮声瓮气地哼哼唧唧。它们都想跟亚玛尔一起走，都有自己的故事要讲给他听。

这是一趟惬意的水上航行。有时浓荫覆盖，四周就会暗淡下来。有时森林就像一个在阳光下鲜花盛开的美丽大花园，浓荫里掩映着一栋栋装着明亮的玻璃窗的大理石宫殿。许多公主站在宫殿的阳台上，她们都是亚玛尔认识的熟人，那一张张脸蛋都是时常同亚玛尔在一起玩耍的小女孩子的脸蛋。她们个个都朝他伸出手来，手里拿着令人馋涎欲滴的棒棒糖，比任何卖糕点的女人做得更美。亚玛尔走过的时候，伸出手去捏住了一只棒棒糖的边沿，那个公主却偏偏捏得紧紧的不肯松手，于是他们俩就把棒棒糖掰成两半，公主只捏住了一小半，而亚玛尔得到了一大半。每个宫殿门前都有王子在站岗守卫，这些小王子肩上背着金黄的军刀，还把葡萄干和玩具锡兵撒得满天飞，就像下大雨一样，那叫一个气派。

不一会儿，亚玛尔就乘着那条小船驶过了森林，很快又驶出了那间宽敞的厅堂，驶过了城里的闹市，来到了他的保姆住的地方。小时候照顾他的那个保姆一直抱着他，对他非常疼爱，保姆向亚玛尔频频点头挥手，还哼起了她特意为亚玛尔编的那首好听的儿歌：

我时常惦记着你，
可爱的小宝贝，我的亚玛尔。
我亲吻着你的小嘴，你的前额和红润的脸蛋。
我听到你咿咿呀呀讲话，可惜我要向你说声再见。
愿上帝保佑你茁壮地成长，你是从天国来到人间的天使。

所有的鸟儿都齐声唱起了这首儿歌，所有的鲜花都在它们的茎梗上翩跹起舞，连古老的大树也都点头赞许，仿佛奥勒·洛克奥依也在讲故事给它们听。

星期三

屋外滴滴答答，下着好大的雨啊！亚玛尔在睡梦中都听到了雨声。奥勒·洛克奥依推开窗一看，只见窗台都快要没到水里去啦，窗外一片汪洋，几乎成了真正的大海。有一艘华丽的大海船竟然紧靠着房屋停泊。

"你愿意跟我一起出海航行吗，小亚玛尔？"奥勒·洛克奥依问道，"你今天晚上到外国去游览一趟，明天早上又可以回到自己的家里来。"

亚玛尔一听，马上把星期天才穿的漂亮衣裳穿到身上，站到那艘华丽的大船的船舱里。瞬间，大雨立即停住，天空马上晴朗起来。他们乘船驶过大街小巷，绕过教堂，驶进了浩瀚无际、波涛汹涌的大海。他们航行得那么远，以至于见不到一片陆地。他们看到一大群鹳鸟也离开了那边的家园，跟随他们往前飞到温暖的地方。它们一只跟着一只，排成一行在天空中飞着，飞得那么远，飞得那么久，以至于有一只鹳鸟已经累得扇不动翅膀，身体不断往下沉。它渐渐地落到后面，同别的鹳鸟拉开了一大截距离，到了后来虽然它还在奋力拍打翅膀,却再也飞不动了,身体一个劲儿地往下沉。它飞得越来越低,越来越低,它的两脚碰到了船桅上的缆绳,它便一下子顺着风帆滑落下来,"啪"的一声跌倒在甲板上。

船上的小水手一把抓住了它,把它关进家禽笼子里,同鸡呀、鸭呀、火鸡呀关在一起。那只鹳鸟怯生生地站在它们中间,茫茫然不知所措。"瞧瞧它那副傻样。"母鸡们说道。雄火鸡昂首挺胸,把身子凸得鼓鼓的,神气活现地盘问它是什么东西。鸭子们一边往后退回去,一边你推我揉地挤在一起,"嘎嘎""嘎嘎"地大声叫嚷。

鹳鸟向它们讲起了暖和的非洲,讲起了那里的金字塔,还讲了那些能在沙漠中像野马一样飞奔的鸵鸟。它讲的这些东西鸭子连一句也听不懂,于是它们又挤在一起你推我揉地叫道:

"咱们是不是都觉得它是个大傻瓜?"

"没错,它准是个大傻瓜。"鸭子伸长脖子抖抖翎毛说道。

于是鹳鸟只好闭上嘴巴不再吭声,闷声不响地想念它的非洲。

"你那两条又细又长的腿倒挺好看的。"雄火鸡说,"它可以卖多少钱哪?"

"嘎嘎,嘎嘎。"鸭子们一齐咧开嘴大笑起来。鹳鸟仍闷声不响,只当没听见而不去理睬。

"喂,你可以跟着大伙儿一起笑嘛。"雄火鸡对它说,"方才的那句话讲得实在太风趣啦。要不然就是你太肤浅,太没有见识了,所以根本就听不懂我在说些什么,这么说来我们只好孤芳自赏啦。"雄火鸡发出一阵"喔喔"的啼叫声,鸭子们也一齐起哄,"嘎嘎""嘎嘎"地叫个不停。它们自得其乐,可是吵得叫人受不了。

小亚玛尔走到家禽笼前,把笼门打开,招呼了鹳鸟一声,鹳鸟便立即跳了出来,跳到甲板上,站在他的面前。现在鹳鸟已经充分休息,缓过劲来,它先不住地对亚玛尔点头以表示感谢,然后就展开双翅飞上天空,朝温暖的地方飞去。这时母鸡在咕咕叫,鸭子在嘎嘎叫,雄火鸡气得把脑袋涨得通红。

"哼,我们明天就把你们煮了熬汤喝。"小亚玛尔气呼呼地说道。

他一下子就醒过来了，仍旧躺在自己的小床上。奥勒·洛克奥依带他出海航行，那真是妙不可言。

星期四

"你知道我带来了什么吗？"奥勒·洛克奥依说，"不用害怕，你看，就是这只小老鼠。"他举了举手里托着的那只挺讨人喜欢的小老鼠走到亚玛尔面前。"它特意来邀请你去参加婚礼。有两只小老鼠今晚要成亲，它们就住在食物储藏室的地板底下，那是个很惬意的洞府。"

"可是我怎样才能钻进地板底下的老鼠洞里去呢？"亚玛尔问道。

"我自有法子，"奥勒·洛克奥依说，"我会把你变得很小。"他举起他那只有魔力的小喷壶朝亚玛尔喷了一下，亚玛尔马上就一点一点地小下去，直到只有手指头那样小。

"你可以借玩具锡兵的衣服穿，你穿它的衣服正合身，在社交场全身戎装看起来很神气。"

"对，一点不错。"亚玛尔说道。一转眼他已经穿上了制服，像个最神气的玩具锡兵一样。

"请你坐到你妈妈的顶针里好吗？"那只小老鼠说，"那样我就可以荣幸地拉着你去啦。"

"天哪，那就烦劳你啦。"亚玛尔说，于是他就坐进顶针里，由那只老鼠拉着去参加婚礼。

他们先驶进地板底下，在一条长长的甬道里前进，那条甬道低矮，刚刚能够让那辆顶针车通过。朽木上发出来的磷光把整条甬道照得通亮。

"这里的气味很好闻，不是吗？"那只给顶针车驾辕的小老鼠说道，"整条甬道都用烟熏咸猪肉皮擦过的，所以才有这样好闻的香味，再也找不出更好闻的气味啦。"

他们很快就来到举办婚礼的大厅，大厅右首女宾席上，站满了老鼠女士，它们都在吱吱吱地说个没完，喳喳喳地笑个不停，好像是在相互说笑逗趣似的。左首男宾席上，老鼠男士们很有风度地不时伸出前爪去捋捋嘴边的髭须。新婚夫妇站在大厅当中的一块空心干奶酪皮上亲热地接吻，它们已经订过婚，这会儿是它们的婚礼喜庆大典。

祝贺的嘉宾们纷至沓来，大厅里拥挤不堪，到了后来鼠满为患，到了几乎挤得快要踩死几只的地步。新婚夫妇又站得正好把门口挡住，客人们既进不去也出不来。整个大厅也像那条长长的甬道一样，是用烟熏咸猪肉皮擦过的，喜庆酒宴吃的佳肴也是烟熏咸猪肉皮。甜食端上来了，那是一颗鲜豌豆，老鼠家族的一只小老鼠已经在豌豆的皮上啃出了新婚夫妇的名字，就是它们名字的头一个字母，这真是难得品尝的稀罕美食。

所有的老鼠都赞不绝口，夸这次婚礼庆典真是喜气洋洋，大家尽兴而归。

婚礼过后，亚玛尔又坐着老鼠拉的顶针车回家了。他真的出席了一场非常出色的社交活动，不过他只能缩到手指头那么小，小到能穿得下玩具锡兵的军服才行。

星期五

"简直难以相信，会有那么多上了年纪的老人愿意同我待在一起，"奥勒·洛克奥依说，"那些做过见不得人的事情的家伙对我这样说：'亲爱的小奥勒，我们整夜无法闭上眼睛，只好通宵达旦地睁着眼睛躺着，眼看着我们做过的那些坏事一件件都像恶狠狠的小妖精一样坐到床沿上，用滚烫的热水来浇我们。请你来把它们撵走，让我们能安安生生睡个好觉。'他们个个愁眉苦脸，长吁短叹，还说：'我们情愿出钱请你来，晚安，奥勒。钱就放在窗台上，你自己去拿好了。'可是我对他们说：'我向来干什么事情都不是为了钱。'"

"那么今天晚上我们干什么呢？"亚玛尔问道。

"我不知道你今晚是否愿意再去参加一个婚礼？"奥勒·洛克奥依回答说，"不过这场婚礼同我们昨天看到的那种热闹场面完全不一样。你妹妹的那个大玩具娃娃看上去挺像男子汉的，它叫赫尔曼，它要和玩具娃娃伯莎结婚了。今天正赶上伯莎的生日，会有许多礼物送来。"

"对，我知道这件事，"亚玛尔说，"每当玩具娃娃们想要添置新衣服的时候，我妹妹就会让它们过生日或者举行婚礼。这样的事已经有过一百次喽。"

"那么今晚这场婚礼就算是第一百零一次吧。第一百零一次往往是空前绝后的一次，所以自会不同凡响，值得一看。"

亚玛尔朝桌上瞅了一眼，桌子上摆着用硬纸板做的玩具房子，每扇窗户都灯火通明。房屋大门前所有的玩具锡兵都站成队列持枪敬礼。那对新婚夫妇在房里席地而坐，把头靠在一张桌子腿上，一副若有所思的样子，今天真是有理由值得遐想，大喜的日子嘛。

奥勒·洛克奥依穿上了老祖母的黑色裙袍，为它们俩主持了婚礼。仪式刚结束，房间里所有的家具都齐声唱起了喜庆的颂歌，歌是由铅笔作词、配乐的，曲调采用的是军乐队中明快而强烈的敲击乐节奏。歌声唱道：

> 我们的歌声好像劲风吹，吹到了屋里新婚夫妇面前。
> 它们俩拘束、矜持、痴呆呆，一动不动活像两根木头签。
> 它们俩装聋作哑不吭声，原来是用缝手套的皮子做成的。
> 恭喜，恭喜呀，木头签子，恭喜，恭喜呀，手套皮子，
> 哪怕刮风下雨天公不作美，我们仍热烈祝贺，齐声高唱。

然后新婚夫妇就收下贺喜的礼品，不过凡是送来的贺礼是吃的东西，它们却一概不收，因为爱情就是它们最好的食粮，它们有爱情就足够了。

"我们是到乡下住段日子，还是到国外去旅行？"新郎问道。

燕子和老母鸡都来帮忙出主意，燕子是时常出远门旅行的，而老母鸡来自乡下的农庄，而且在那儿孵出了五窝小鸡。

燕子给它们讲那些温暖的远方的湖光山色，那里的葡萄一串串沉甸甸地挂在藤上，那里的空气宜人，峰峦变幻着色彩，那种绮丽的风光是这里见不到的。

"可是它们哪有好吃的甘蓝菜，"老母鸡不服气地说，"有一年夏天，我带着我的小鸡住在乡下，那里有个大沙坑，可以在里面踱来踱去，用脚刨沙子。还可以走进种甘蓝菜的菜园子，那么大一片碧绿的甘蓝菜，真是好吃。我再也想不出来还有什么更好的地方可去啦。"

"可是甘蓝菜不管在哪个地方都一样，"燕子说，"再说这里的天气老是那么糟糕。"

"不错,可是我们对这种天气早就习以为常了。"母鸡说道。

"这里天寒地冻,真是冷得要命。"燕子说道。

"越天寒地冻,甘蓝菜就越好吃。再说这里也不是没有天热的日子,记得四年前的一个夏天热了整整五个星期,热得都叫人喘不过气来。这里也没有毒蛇,更没有豺狼。谁要是不承认我们这地方是世上最美好的地方,那它一定是个坏蛋,它压根儿不配住在这个地方。"

母鸡咕咕地抽噎了半晌,又说:"我也出门旅行过。有一回我被关在鸡笼里放到马车上,一口气赶了十二里路,颠得真是难受,出门旅行真是活受罪。"

伯莎说:"一点不错,鸡妈妈真是个明理的聪明人。我也不喜欢去高山旅行,整天爬上又爬下。我们还是到乡下去,在大沙坑和菜园子里散散步吧。"这对新婚夫妇就这样商定了。

星期六

"先讲个故事给我听,好吗?"奥勒·洛克奥依以为已把亚玛尔哄睡着了,谁知小亚玛尔这样说道。"今天晚上我们没有时间讲故事啦。"奥勒·洛克奥依说道,把他最美丽的一顶伞撑开支在亚玛尔的头上,"瞧这些中国人!"那顶伞看起来就像一只好大的中国碗,伞面上画着蓝莹莹的树木和石拱桥,桥上站着几个中国人,他们都在连连点头。

"今天我们要把全世界都清扫一遍。"奥勒·洛克奥依说,"你要知道明天是圣洁的星期天,一切都要干干净净。我要到教堂钟楼上去看看，看那些小精灵是不是把教堂的大楼都擦得锃光瓦亮，好叫钟声敲起来清脆悦耳。我还要到田野里去跑一趟，看看风儿是不是把青草和树叶上的尘土都吹走了。最费劲的活是我必须把天上的星星一颗颗摘下来擦洗干净。在我把它们兜在我的围裙里之前，我要先给它们每一颗都编一个号，还要把摘掉了星星的那个空当也编上同样的号，这样在擦洗之后它们才能对号入座回到原来的位置上去。要不然，星星的大小不一，空当的窟窿眼的大小也不一，搞错了位置星星就镶嵌不进去，便会从天上跌下来成了流星。所以千万不能弄错，要不然它们就会一个接一个地掉下来，我们会看到好多好多的流星。"

亚玛尔卧室墙上挂着的一幅古老的画像开口说话了，"先生，我是亚玛尔的曾祖父。我很感谢您，您总是费心地给这个孩子讲故事。不过您也千万不要把他的想法搞得乱了套，星星是没法从天上摘下来擦洗的，它们同地球一样，是宇宙中的天体，这就是它们的本来面目。"

"谢谢您提醒，老曾祖父，"奥勒·洛克奥依说，"想必您是这一家子的祖宗了，不过你也休想倚老卖老。要知道我比您的年纪大得多，辈分高得多。罗马人和希腊人都将我尊奉为睡梦之神。我出入于那些最显赫、高贵的体面人家，而且今后还要去。不管是面对大人物，还是面对小人物，我都有分寸，用不着别人来教我该怎么做。我走啦，您要讲什么，就随意吧。"

"哟，如今这世道连话也不让人讲了？"古老的画像抱怨说。这一下亚玛尔就惊醒过来了。

星期日

"晚上好！"奥勒·洛克奥依打招呼，亚玛尔点头会意，他一下子奔过去把墙上那幅古老的画像翻过去，让那位曾祖父面对墙壁，省得再来干扰。"现在讲个故事给我听吧，"亚玛尔说，"讲一个住在豆荚里的五颗绿豌豆的故事吧！讲一个公鸡爪子向母鸡爪子献殷勤的故事吧！要不讲那个故事：一根用来织补的大粗针，却自以为是细得不能再细的绣花针？"

"可是好听的故事听多了也会腻味的，"奥勒·洛克奥依说，"我想让你看点什么，看看我的弟弟，他的名字也叫奥勒·洛克奥依，可是他到别人家里去了一回就再也不去了。他来的时候，一进门就让人骑到他的马上，然后就讲故事。他只会讲两个故事：一个故事太美啦，美得世上谁也想不出来；可是另一个故事却又悲惨之至，令人形容都形容不出来。"

奥勒·洛克奥依把亚玛尔抱到窗前，指指窗外说：

"朝那儿瞧，你就可以看见我的兄弟，另一个奥勒·洛克奥依啦。他还有个名字叫死神，大家通常都这么称呼他。你看到了吧，他长得一点儿都不凶，哪像图画书上画得那么吓人，有的还把他画成了一具骷髅。他根本不是那样的。你看，他的上衣缀有银线的刺绣，他身上穿的是最漂亮的轻骑兵制服，黑色的大斗篷在马背上随风飘荡。你瞧，他正策马飞奔过来。"

亚玛尔看到，那一个奥勒·洛克奥依纵马飞驰过来，一路上把一些老人和年轻人都拉到马上和他同行。有的人坐到他的前面，有的人坐到他的后面。不过他总要先问一声：

"你的成绩报告单上是怎么写的？"

"都很好。"他们回答得含糊其词。

"不行，让我亲自看过才算数。"他说道。

他们只好乖乖地把成绩报告单拿出来给他看。那些得到"优"和"良"的都可以坐到他的前面，听那个最好听的故事；那些得到"中"或"差"的只能坐在他的背后，听那个最悲惨的故事。听悲惨故事的都听得浑身发抖，吓得大哭起来，他们想要跳下马来逃走，可是那也不行，因为他们一坐到马背上，就像生了根一样不能动弹了。

"这么说来，死神才是最可爱的，奥勒·洛克奥依，"亚玛尔说，"我一点都不怕他。"

"你也用不着怕他。只要有一份好的成绩报告单，就不用怕他了。"

"嗯，这个故事讲得不错，能给人以启发，"那幅曾祖父的古老画像喃喃地说，"看起来我说他几句还是挺管用的。"于是他心里十分得意。

这些就是奥勒·洛克奥依讲的故事。要想听到更多、更好听的故事，那么等到今天晚上他自己来讲给你听吧。

猪倌

从前有一个可怜的王子,他有一个王国,不过那个王国非常小。虽说很小,毕竟还供得起他结婚娶亲,而他也十分想结婚娶亲。

他真是胆大包天,居然敢问皇帝的女儿:"你肯嫁给我吗?"他这样胆大妄为,是因为他名气很大,只要他求婚,几十个公主都会欣然同意。那么这个皇帝的女儿肯不肯这样做呢?

我们听下去就会知道啦。

在王子父亲的墓前长着一丛玫瑰,那是最美丽的玫瑰,要五年才开一次花,而且每次只开一朵花。这朵玫瑰散发出的香气,只要闻一下,一切烦恼和忧愁都会忘掉。王子还有一只夜莺,唱起歌来婉转动人,仿佛天下所有好听的曲调都被它唱出来了。王子要把这两样东西献给皇帝的女儿作为求婚的礼物,因此那丛玫瑰和那只夜莺被装进两只大银盒里。

皇帝传旨把它们抬进大厅。那位公主正同宫女们在那里玩"有个陌生人来了"的游戏,因为除了玩游戏,她们也没有别的事情可干。公主见到两大盒礼物高兴得拍起手来。

"但愿是一只小猫咪。"公主说道。可是她打开盒子一看,里面却是那丛美丽的玫瑰。"哦,这朵花做得这么精美。"宫女们都异口同声地说。"何止精美!"皇帝说,"像真的一样!"

公主伸手去摸了摸那丛花，一脸愠色，几乎要哭出来了。"哎哟，爸爸，"她惊叫起来，"它不是做出来的，而是真花。""哎哟，"所有的宫女一齐惊叫起来，"原来是真花呀。"

"让我们先看看另外一只盒子里装的是什么东西，然后再发脾气也不迟。"皇帝说道。于是，那只夜莺被拿了出来。它引吭高歌，歌声婉转，悦耳动听，没有人可以挑出一点儿毛病。

"棒极啦！真好呀！"宫女们为了显示自己有品位都用法语称赞着。不过那法语一个比一个说得糟糕。

"这只鸟的叫声使我想起了已经升天的先皇后爱听的八音匣，"有一位年老的骑士说，"不但音调上有异曲同工之妙，连唱腔也是一模一样。"

"是呀。"国王像个小孩子那样哭出来了。

"哼，我不相信它是一只真鸟。"公主说道。

"不会有错，它确实是一只真鸟。"那几个送夜莺来的人说道。

"好吧，那就把这只鸟放飞吧！"公主说道。她一口回绝，不许那个王子前来相亲。

那个王子却没有被吓住，他抓了一把泥土把脸抹成棕褐色，又把帽檐拉得低低的，遮住了半边脸，就跑来敲皇宫的大门。"皇帝陛下，您好，"王子说，"我可以到皇宫里来当差吗？"

"想来当差的人太多了，"皇帝说."不过还缺个人来管猪圈，皇宫里养着好几头猪呢。"

就这样，王子当上了皇宫里的猪倌。他住进猪圈旁的一间破房子里，既然当了猪倌就只能住在这地方。白天他一刻不停地忙碌。晚上，他用手工做出一口很精巧的小锅，锅的四周挂了许多小铃铛，只要锅里的水烧开了，小铃铛就会发出叮叮当当的响声，奏出古老的歌谣：

哎哟哟，我可爱的奥古斯丁，

统统完蛋啦，完蛋啦，什么都完蛋啦……

那口锅子还有一个神奇之处，那就是：只要把手指朝锅子里冒出来的热气一伸，就马上可以闻到全城烟囱里的炊烟，闻得出各家各户烹饪菜肴的香味，每家在烧什么一下子就知道

了。这比起那丛天生的真玫瑰来真是要好玩多啦。

过了几天,那位公主在宫女们的陪伴下出来散步,她听到这首曲子便停下了,因为她会弹这首曲子。《哎哟哟,我可爱的奥古斯丁》是她唯一会弹的曲子,而且只会用一根手指来弹。

"这不就是我会弹的那首曲子吗?"公主说,"看来这个猪倌还有点教养。听着,快进去问问他,那个乐器他要卖多少钱?"

一个宫女只好进屋去打听,她进屋前先脱下自己脚上漂亮的鞋子，换上了一双木头拖鞋。

"喂，你那口锅要卖多少钱？"那个宫女问道。

"我只要公主给我十个吻就行，这样我才肯卖。非要这价钱才卖，少一个都不行。"小猪倌一口咬定。

那个宫女走了出来，公主赶紧问道："他怎么说？"

"我真说不出口，"宫女说，"太难听啦！"

"那你就凑在我耳朵边悄悄地说。"公主说道。于是，宫女就凑在她耳边讲给她听。

"他太放肆啦。"公主一扭身就走开了，可是走了没几步路，小铃铛又清脆地响起来了：

哎哟哟，我可爱的奥古斯丁，
统统完蛋啦，完蛋啦，什么都完蛋啦……

公主忍不住地说道："快去问问他，是不是可以由我的宫女代替我亲吻他十下？"

"不，谢谢。一定要公主吻我十下才行，不然我宁可留着这小锅。"小猪倌寸步不让。

"真是可恶。"公主说，"哎，你们为我挡着点，别让人看见了。"

宫女们在她身后排成一长排，把她们的裙袍撩起来挡着。小猪倌终于得到了公主的十个吻，而公主得到了那口神奇的小锅。那真是太有趣了，好玩得不得了。

那天晚上和第二天，那小锅里的水总是在沸腾。全城没有哪家烟囱里冒出来的炊烟是公主和宫女们闻不到的，城里家家户户在做什么饭，烧什么菜，她们全都了如指掌，从宫廷侍从大臣到鞋匠的家里在煮些什么，她们都知道得一清二楚。宫女们高兴得连连鼓掌，手舞足蹈。

"谁家晚饭就着甜羹啃煎饼，谁家晚饭喝麦片粥吃肉排，我们全都知道。"

"真是最有趣不过啦。"宫廷女侍从长说。

"是的，不过大家要守口如瓶，不许声张出去，我毕竟是皇帝的女儿嘛。"公主吩咐说。

那个小猪倌其实就是贫穷的王子，只不过公主她们都以为他是个实实在在的养猪人，而不晓得他的真实身份。他不想闲着无事让一天白白过去，总想做点东西。他又用手工做出了一个拨浪鼓，只要用手捻着它转起来，它就会奏出华尔兹圆舞曲、霍帕兹快步舞曲、波尔卡舞曲等从古至今所有好听的舞曲。

"真是太妙啦。"公主走过那里时听见了就这样说道，"我从来不曾听到比这更美妙动听的曲子。快去问问他，那乐器要卖多少钱，不过我只肯出钱，不愿再吻他了。"

"他要公主给他一百个吻。"那个前去向小猪倌打听价钱的宫女回来说。

"我相信他一定是鬼迷心窍啦。"公主气得一扭身就走了。刚走没几步，又停下了。"唉，我是皇帝的女儿，有责任鼓励艺术。快去告诉他，他可以像昨天一样得到我的十个吻，其余的吻都由我的宫女们来给。"

"可是我们不愿吻他。"宫女们都这么说。

"瞎说，"公主说，"既然我都吻他，你们也可以。你们要记住，是我供你们吃住，还发给你们工钱的。"那宫女只好又进屋去问小猪倌。

"必须由公主亲自给我一百个吻，"小猪倌一口咬定说，"要不然就拉倒。"

"统统都站到我的身边来。"公主吩咐说，宫女们就排成一圈替公主挡着。

"猪圈旁边围着一堆人，不知道在看什么热闹。"国王说道，他刚好走到阳台上看见了那一大堆人。他揉揉眼睛，戴上眼镜。"大概是那些宫女瞎胡闹，我要去查看查看。"国王一边说，一边把鞋后跟拉起来，平时他都只是把脚往鞋里一塞就趿拉趿拉地走了。

老天爷呀，他走得飞快，眨眼工夫就来到了院子里，放轻了脚步走过去。那些宫女正忙着数接吻的次数，因为买卖要公平，不能让他占便宜多受一个吻，也不叫他吃亏少受一个吻。所以大家根本没有注意国王已走到她们身边。国王站到她们背后踮起脚朝里面看。"真是岂有此理！"他看到公主和猪倌在接吻，叫了起来。他脱下鞋就朝他们的脑袋上打去，这时公主才吻了第八十六下。

"滚出去！"国王怒吼起来，他气得半死。公主和猪倌都被赶出了他的王国。

公主站在荒野里伤心地哭泣，小猪倌却对她大加苛责。这时候，天气骤变，大雨倾盆而下。

"唉,我真是个苦命的人!"公主说,"早知有今日,何不当初就应允了那个王子的求婚?我真是太不幸啦!"

小猪倌走到一棵大树背后,擦掉了脸上涂抹着的泥土,脱掉了身上穿的脏衣服,换上了华丽的王子服。他的相貌是那么英俊,以至于公主不得不向他行了屈膝礼。

"如今我已看得一清二楚,所以十分鄙视你的为人。"那个王子说,"你不肯下嫁给一个诚实正直的王子,你不懂得珍惜天然的玫瑰和夜莺,可是为了一件玩意儿,你就肯贬低身价去同一个猪倌亲吻。现在你就只好自作自受啦。"

王子说完就径直回到他的王国,紧闭城门把公主关在城外。这下公主只好站在城外唱道:

哎哟哟,我可爱的奥古斯丁,
统统完蛋啦,完蛋啦,什么都完蛋啦!

夜莺

你们都知道,在中国,皇帝是中国人,他周围的人也是中国人。这件事是许多年前发生的,正是因为这个缘故才值得一听,免得天长日久被人遗忘就再也听不到了。

这个皇帝的皇宫是全世界最华丽的,全用最富丽堂皇的彩釉瓷砖和琉璃瓦砌成,那瓷砖和琉璃瓦的价钱可昂贵啦,不过却又薄又脆,一碰就碎,所以要摸摸它非要小心才行。皇宫御花园里见得到天下最珍稀的花,那些名贵的花上都系着小银铃铛,会发出叮叮当当的清脆响声,使得走过的人不得不看它们。是呀,皇宫御花园里一切东西都布置得美轮美奂,令人叫绝。这座花园一望无际,连园丁也弄不清楚尽头在什么地方。要是一个人在花园里不停地往前走,就会走进一座枝叶繁盛的大森林,森林里古树参天,在森林边沿还有很深的湖,那个大湖碧波万顷,大船可以在那些大树伸在湖面上的枝丫下面航行。

在一棵大树的枝头栖息着一只夜莺,它婉转啼鸣,歌声悦耳动听。连忙碌不停的穷渔夫在夜间到湖上去收网的时候,也会忘掉干活,一动不动地站在那里倾听,嘴里喃喃地说:"天哪,那鸟儿叫得多好听啊!"可是他不得不去干活,所以只好把那只鸟忘掉。第二天夜里,那只鸟又唱起来了,渔夫走到那里又会说道:"天哪,那鸟儿叫得多好听啊!"

世界各国的人来到这位皇帝的京城，欣赏这座大都城、金碧辉煌的皇宫和御花园，可是他们一听到夜莺的歌唱，都称赞说："这才是最美的。"

这些旅行者回到本国后都谈了自己的观感。有学问的人还写了大量关于这座大都城、金碧辉煌的皇宫和御花园的书，但他们也没有把夜莺忘掉，而且对它评价最高。那些会吟诗的学者还写了许多最美丽的诗篇，赞颂这只住在深湖旁边树林中的夜莺。

这些书传遍了全世界，有几本也传到了皇帝的手里。皇帝坐在金宝座上读了又读，一面读，一面不时地点头，因为他看到那些关于他的都城、金碧辉煌的皇宫和御花园的描写感到很高兴。

"最美妙的莫过于那只夜莺的歌唱！"书上这句话写得清清楚楚。

"这是怎么回事？"皇帝说，"夜莺！我怎么一点都不知道！难道在我的帝国里有这样的一只鸟吗？而且它居然就在我的花园里，可我从来都没有听说过，我读了这本书才知道这件事。"于是皇帝把他的侍臣叫进来。这侍臣地位很高，凡是比他官小的人敢于冒失地跟他讲话或者问他一件事，他都对其置若罔闻。

"据说这里有一只非同凡响的鸟儿叫夜莺，"皇帝说，"人家都说它是我的伟大帝国里最珍贵的东西。为什么从来就没有人在我面前提起过呢？"

"我从来没有听到过这个名字，"那个侍臣说，"从来没有人把它进贡到宫里来。"

"我要它今天晚上就进宫来，"皇帝说，"让它来为我歌唱。全世界都知道我有什么宝贝，而我自己却一无所知。"

"以前从不曾听过这名字，"侍臣诚惶诚恐地说，"我马上就去找它，非把它找到不可。"

可是到哪里去找它呢？那个侍臣在皇宫里到处搜寻，楼上楼下全都找了。上上下下跑遍了所有的楼梯，又走遍了每一个厅堂和每一条走廊，可是他遇到的每一个人都像他一样都不曾听过夜莺这个名字。后来侍臣实在没办法，只好回到皇帝那儿，说这一定是写书的人胡编的神话。他说："陛下切莫相信书上所写的东西，这些东西往往是杜撰出来的，即所谓虚构的。"

"可是我读的那本书，"皇帝说，"是日本国的天皇呈献的，它不会是胡编乱造的。我要听夜莺歌唱，必须在今天晚上把它送进宫来。我下圣旨叫它来。如果它不来，用过晚膳之后皇宫里所有的人都要挨板子。"

"遵命！"侍臣说。他又慌慌张张地上上下下跑遍了所有的楼梯，走遍了所有的厅堂和走廊。皇宫里一半的侍臣都跟着他一起寻找，因为他们都不情愿挨板子。他们逢人就打听这只全世界都知道，而宫里的人却一无所知的奇妙的鸟儿夜莺。

最后他们在厨房里问到一个穷苦的小女孩。小女孩说：

"夜莺？我知道得再清楚不过啦，它唱得多么好听啊！每天晚上，我把饭桌上的剩饭收拾起来，带给我正在生病的可怜的母亲，她住在湖边。在我回来的路上，因为走得疲倦，就坐在树林里休息一会儿，就会听见那只夜莺在歌唱。听得我泪水涟涟，它的歌声温柔得好似我母亲在亲吻我。"

"小帮厨，"那个侍臣说，"你若是能带我们到夜莺那里去的话，我可以在厨房里给你安排一个固定的差事，让你伺候皇帝用膳。不过皇帝已经下旨，一定要在今晚把夜莺送进宫。"

于是他们一起走进树林，走到那只夜莺常常栖息的那棵大树底下。

宫廷的一半侍臣都跟着去了。他们正在走的时候，一头母牛朝着他们哞哞直叫。

"哦，"一个宫廷随从说，"总算找到它了！这头畜生个子不大声音可特别，这声音我以前在什么地方听见过。"

"弄错啦，那是母牛在叫，"帮厨的小女孩说，"我们还要走一大段路才能到那个地方。"

沼泽里的青蛙发出了呱呱的叫声。

"倒也动听！"宫廷大法师说，"我听到它啦！它听起来像庙里的钟声。"

"错啦，那是青蛙在呱呱叫，"帮厨的小女孩说，"不过很快我们就可以听到它歌唱啦。"

这时夜莺开始唱起来。

"这才是！"那个小女孩说，"听呀，听呀！它就在那边。"小女孩指了指树枝上一只灰色的小鸟说道。

"果然好听！"那个侍臣说，"不过我真想不到它是这副模样，它看上去真是其貌不扬，

这一定是因为它见到有那么多达官贵人在这儿,吓得失去了光彩。"

"小夜莺,"帮厨的小女孩高声叫道,"我们最仁慈的皇上很想让你唱歌给他听。"

"非常乐意效劳。"夜莺说道,接着就唱出动听的歌来。

"这声音洪亮清脆得像是玻璃钟的声音,"那个侍臣说,"它的小嗓子唱得多好。说来也稀奇,我们怎么以前都没有听到过它的歌声?它进宫去一定会大获成功。"

"我还要为皇帝再唱一首歌吗?"夜莺说道,它以为皇帝就站在它跟前。

"尊贵的小夜莺,"那个侍臣说,"我万分荣幸地邀请您今晚去出席一个宫廷盛会,您可以用迷人的歌声去赢得仁慈的皇上的宠爱。"

"我的歌声只有在碧绿的树林里听起来才是最好听的。"夜莺说道。不过它听说皇帝的愿望时,还是乐意去了。

皇宫里一尘不染,到处布置得焕然一新!彩釉砌成的墙壁和琉璃砖铺就的地面金碧辉煌,在上千盏金灯的映照下闪闪发光。走廊上摆满了名花,花上都系着银铃铛,只要有人往来或是有穿堂风吹来,银铃便会发出一阵阵清脆的叮当声,几乎掩盖住了人们自己的话音。

在大厅正中皇帝的宝座那里,人们竖起了一根黄金的细杆,夜莺就立在那根细杆上。宫廷里的人都来了,连那个帮厨的小女孩也得到许可站在门口,因为她现在已经有了宫廷厨娘的头衔。大家都穿着最华贵的礼服,都盯着这只灰色的小鸟。皇帝朝夜莺点了点头。

于是夜莺唱了。它唱得实在太动听了,皇帝双眼里噙着晶莹的泪花。夜莺又唱下去,它的歌声愈唱愈甜美,打动了皇帝的心弦,皇帝眼里的泪水顺着脸颊淌了下来。皇帝听得心仿佛都被融化了,他传下圣旨,要把自己的那双金拖鞋挂在夜莺的脖子上。夜莺谢绝了,说能为皇帝歌唱已是它得到的殊荣了。

"我已经看见皇帝眼里的泪水了,"夜莺说,"这就是给我的最高的奖赏。皇帝的眼泪具有特殊的力量,对我来说,这是最高的荣誉。"夜莺又歌唱起来,唱得更加悦耳动听。

"这是我见过的最惹人爱的办法。"在场的贵妇人都这么说。她们在嘴里含了点水,好在说话时带着咯咯的颤音,她们以为这样就能与夜莺媲美了。

皇宫里的小厮和使女也发表意见，说他们也听得很舒服，老实说要讨得这帮人的欢心是很不简单的，他们可是最难讨好的人。总之，夜莺获得了极大的成功。它如今留在皇宫里了，待在自己的鸟笼里，还享有白天走出鸟笼两次、夜里出来一次的自由。夜莺每次外出必须由十二名仆人前呼后拥地伺候，每人手里都牵着一根拴在它腿上的丝线。这样的飞法实在毫无乐趣。

整个都城里的人都在谈论这只了不起的鸟儿。当两个人相遇的时候，一个人说"夜"字，另一个人就接着说"莺"字，于是两人一同叹息，无须多说就彼此会意。有十一个屠夫的孩子都起了"夜莺"这个名字，虽说他们谁也不会歌唱。

有一天，一个大盒子呈献到皇帝面前，盒子上写着"夜莺"两个大字。

"这又是一本写我们这只名鸟的新书吧。"皇帝说。可是打开盒子一看，里面并没有书，只有一件小小的工艺品。那是装在盒子里的人造夜莺，模样儿同那只真的夜莺一样，只不过它浑身镶满了钻石、红宝石和蓝宝石。这只人造夜莺只要上足了发条，便会唱出一首那只真夜莺所唱的歌，同时它的尾巴还会上下动，尾巴上用黄金白银做成的翎毛熠熠闪光。脖子上系着一条缎带，缎带上写着："日本国皇帝的夜莺比中国皇帝的夜莺稍逊一筹。"

"真是精美极了。"宫廷里的人都异口同声地赞美。那个前来进献的使臣也获得了"皇室首席人造夜莺使者"的头衔。

"如今这两只鸟可以在一起歌唱了，那是再好不过的二重唱。"有人说道。

于是那两只鸟就在一起唱歌了，可是这办法却行不通，因为那只真的夜莺唱得随心所欲，而那只人造夜莺只会唱固有的老调子。

"这不能怪它，"宫廷乐师说，"它唱得一板一眼，节拍准确，符合宫廷派的风格。"

于是它只好独唱了。它获得了同真夜莺一样的成功，可是它更胜一筹，因为它看起来是那么赏心悦目，就像镶满宝石的手镯和镶嵌钻石的胸针一样，浑身光华闪闪。

那只人造夜莺把同一首曲子唱了三十三遍，而且毫无倦意，大家都乐意继续听下去，皇帝却说该让真夜莺唱唱了。可是那只真夜莺到哪儿去了呢？谁也没有注意它已从打开的窗户里飞出去了，回到它的青翠的树林里去了。

"那只鸟儿究竟在捣什么鬼？"皇帝问道。

宫廷里所有的人都异口同声地咒骂那只真夜莺，骂它是一个忘恩负义的东西。

"幸亏我们现在有了那只最好的鸟。"他们说。

那只人造夜莺又不得不歌唱了，唱的仍是同一首曲调，不过已经是第三十四遍了。虽然如此，他们还是记不住它，说是曲调实在太复杂了。宫廷乐师把这只鸟儿捧上了天，信誓旦旦地说它比那只真夜莺好得多，它不仅浑身珠光宝气，而且内在机械构造也极佳。

"尊贵的皇帝陛下，诸位女士们、先生们，要知道，我们永远也猜不到那只真夜莺要唱点什么。可是这只人造夜莺却凡事都安排好了：要它唱什么曲调，它就唱什么曲调。我们对它肚里的一切知道得一清二楚。我们甚至可以把它的身体打开，让人看出它的内部活动：那些曲调是怎么唱出来的，会在什么地方抑扬顿挫……"

"这正是我们的要求。"大家都这么说。宫廷乐师得到恩准在下一个星期日把这只鸟儿带出宫外到民间去展示。皇帝降旨说，老百姓们也应该听听它的歌。老百姓们果然听得如痴似醉，就像喝了醇香的茶那样，因为喝茶是中国的时尚。所有的老百姓还按照他们的习俗喊了一声"好"，同时举起手指连连称赞。但是，那听到过真夜莺歌唱的渔夫却说："它的声音倒也挺好听，也很逼真，可惜总是有点欠缺，至于欠缺什么我说不上来。"

那真夜莺被逐出了帝国。那人造夜莺被放在紧靠皇帝卧榻的丝绸垫子上，垫子四周堆满了金银珠宝，全是它得到的赏赐。它平步青云，被册封为"皇家首席歌唱大师"，其官位列于左边首位，因为皇帝素来认为人心所在的左边是最重要的。就是皇帝的心脏也长在左边。

宫廷乐师为人造夜莺写了一部二十五卷的书，这部书篇幅冗长、晦涩难懂，而且是用难得不能再难的中国字写的。大臣们都说他们拜读过这部巨著，而且还看得懂书里写的内容，因为他们都怕被认为是蠢材而挨板子。

就这样整整一年过去了。皇帝、朝臣和所有的百姓都能背下那只人工夜莺唱的每一个音调。正因为大家都学会了，所以更加疼爱它。他们都能够跟着它一起唱，而且他们也真的这样做了。街上的孩子们唱着"叽叽叽、咯咯咯",皇帝本人也高歌"叽叽叽、咯咯咯"。真是热闹得很。不过有一天晚上,当人造夜莺唱得最起劲而皇帝躺在御榻上听得最入神的时候,夜莺肚子里忽然发出啪的一声,有什么东西断裂了,接着一阵稀里哗啦响,所有的齿轮一律停摆,音乐顿时停止了。

皇帝马上跳下御榻,命令把他的御医召进宫。可是御医却束手无策。于是又召来了钟表匠。他费了好多口舌问这问那,又细细琢磨查看,总算勉强把那只鸟修好了,可是钟表匠说必须尽量少让它唱,因为它肚里的敲击键磨损得十分厉害,又没有新的可以替换,再说就算换了,也无法保证音色的纯正。这真是天大的不幸!如今这只人造夜莺每年只能唱一次,而且不准超过这个限度。宫廷乐师又出来讲话,这次倒没有长篇大论,只是简单地说:虽少犹妙,仍是绝唱也。既然他都这么说了,那么这只鸟儿应该仍旧和早先唱得一样绝妙。

转眼五年过去了。一个天大的悲哀降临到这个国度,深受中国百姓爱戴的皇帝一病不起,继位的新皇帝已选好。

皇帝躺在他宽大而华贵的御榻上,周身冰凉,脸色铁青,整个宫殿的人都以为他死了,于是所有的朝臣都赶紧跑去觐见新皇帝。皇帝寝宫里的贴身侍从都跑出来议论这件事,侍女也聚在一起。在大厅和过道里都铺上了布,这一来有人走动也听不见脚步声,因此四周一片沉寂。可是皇帝还没有咽气,他脸色苍白,身体僵直地躺在那张华贵的御榻上,床的四周丝绒帷幔高挂,沉甸甸的金穗子低垂。高处有一扇窗子打开着,月光从窗子里照进来,照到皇帝的身上,也照到了那只人造夜莺的身上。

可怜的皇帝只觉得有一样笨重的东西沉甸甸地压在胸口上,压得他连气都喘不过来。他睁开眼睛一看,原来是死神坐在自己的胸口上,还戴着他的金皇冠,一只手握着他的金宝剑,另一只手里拿着他的色彩华丽的三角形令旗。许多奇形怪状的脑袋从床幔的褶缝里钻出来,有的狰狞丑恶,有的温和可爱,它们都象征着皇帝做过的好事和坏事,它们一个个逼视着皇帝,死神坐在皇帝的心口上主持这场最后的审判。

"你记得那件事吗?"它们紧追不放地审问,"你记得那件事吗?"皇帝头上止不住直冒冷汗。

"这么多事我都不想提。"皇帝说,"音乐,音乐!快把中国大鼓敲起来。"皇帝气咻咻地叫道,"它们讲的这些事我一句都不想听。"

然而它们还是一股劲儿地追问下去。死神一个劲儿地点头,就像中国人那样点头。

"音乐,快点音乐!"皇帝呼叫起来,"你这只享福的小金鸟啊,我曾赐给你那么多金银财宝,我甚至把我的金拖鞋也挂在你的脖子上。唱呀,快唱呀!"

可是那只鸟却闷声不响地站在那里,没有人来给它上发条,所以它连一点声音都发不出来。死神仍瞪着它那双空洞洞的大眼睛盯着皇帝。房间里一片寂静,可怕的寂静。

忽然,在窗口上传来甜润、清脆的歌声,这是那只真夜莺在歌唱,它栖在窗外的树枝上。它听说皇帝不幸得了重病,所以特地来为他歌唱,带给他安慰和希望。当它唱得欢快时,那些幽灵的脑袋渐渐变淡了,皇帝虚弱的身体里血也越流越酣畅,连死神也屏息凝神听起来。

"唱下去,小夜莺,唱下去吧!"死神说。

"那你肯把金剑和令旗还给皇帝吗?你肯把皇冠脱下来还给皇帝吗?"夜莺问道。

死神为了听夜莺唱一首曲子,把宝物都交了出来。夜莺放声歌唱,唱到教堂的墓地上盛开了白玫瑰花,接骨木随风散出阵阵清香,未亡人的点点泪珠洒落在青翠的嫩草上。死神听呀听呀,愈听就愈牵挂他的花园,于是就化为一股冰凉的寒雾,从窗口里飘出去了。

"谢谢,谢谢,"皇帝连声说,"你这只神圣的极乐鸟,我已把你认出来啦!你就是那只被我逐出我的帝国的夜莺!然而你却不计前嫌,用你那甜美的歌声把死神从我的病榻上撵走,把死神从我的心窝上赶走。我该怎样赏赐你,才能报答你的救命之恩呢?"

"你已经给我赏赐了,"夜莺说,"我第一次为你歌唱的时候,你流下了泪水,我永远也不会忘记。这些泪珠就是滋润歌者心田的最珍贵的珠宝。现在你好好地睡吧,一觉睡醒,你就会康复。现在我为你唱支歌曲吧。"

夜莺轻声唱起来,皇帝沉沉睡去,这一觉真是安稳解乏呀。

阳光从窗户里照射进来。皇帝一觉醒来,精神焕发,精力充沛。他身边的侍从一个都没

有回来，因为他们都以为他死了。可是夜莺却依然站在窗外的树梢上不停地歌唱。

"你留下来永远陪在我的身边吧！"皇帝说，"你喜欢怎样唱就怎样唱。至于那只人造的鸟，我要把它砸个粉碎。"

"不行，不可以那样做，"夜莺回答说，"它已经尽力了，让它仍旧留在宫中吧。我无法在皇宫里筑巢住下来，不过我想来的时候，就会栖在窗外的树枝上为你歌唱，使你高兴，也让你深思。我要歌唱一切欢乐，也要歌唱所有的不幸。我要歌唱隐藏在你身边的善与恶。我这只会歌唱的小鸟将飞遍全国，飞到穷苦的渔夫家去，飞到清贫的农夫家去，总之飞到离你和你的宫廷很远的地方去。要知道，我爱你的心更甚于你头上戴的皇冠，尽管皇冠也有它神圣的一面。我会来的，我会来为你歌唱，不过你要答应我一件事。"

"什么事我都答应。"皇帝说。他亲自穿上皇袍，又把他的那柄沉重的金剑紧贴在心口上起誓。

"我只求你一件事，"夜莺说，"请你千万不要告诉任何人，说你身边有一只小鸟随时都把民间的疾苦告诉你。"夜莺说完便飞走了。

侍臣们陆续进来瞧瞧他们死去的皇帝，可是他们都愣住了，而皇帝却说："早安！"

雪女王

第一个故事　镜子和碎片

这故事结尾的时候你就会知道,原来他是个坏心眼的家伙,是个真正的"恶魔"。

有一天,他心里乐滋滋的,因为他做成了一面镜子,这面镜子有一种特别奇怪的魔力,就是每一样真善美的东西照出来的时候就会缩小得几乎看不见,而每一样假恶丑的东西在这面镜子里照出来都一清二楚,还比原来更甚。美丽的风景照出来像是一堆煮糊了的菠菜泥,善良的好人在这面镜子里看起来都成了丑八怪,要么是倒栽葱,要么不见了肚皮,面孔的形状变得七扭八歪叫人压根儿认不出来,哪怕只有一颗小小的雀斑也会变成鼻子嘴巴上一大片。

"看着真叫人开心。"恶魔说。如果哪个人头脑里有了一片虔诚的好念头,那么他在镜子里会被照成龇牙咧嘴狂笑的怪模样,惹得那个恶魔看着自己精巧手艺做出来的这件稀罕物得意起来。那些上过坏人学校(他办了一所坏人学校)的人到处宣扬说有个奇迹显灵啦,他们说如今人们破天荒地可以用这面镜子照出全世界和全人类的真实面目啦。他们捧着这面镜子走遍了四面八方,到了后来没有哪一个地方、没有哪一个人不曾被他们照得面目全非的。

他们还想飞到天上去，飞进天堂里去把天使们和上帝取笑一番。他们捧着那面镜子飞得愈来愈高，那面镜子就龇牙咧嘴狂笑得愈厉害，他们也愈来愈捧不住它了。他们愈飞愈高，快要飞近上帝和天使们了，这时镜子狂笑得剧烈颤抖起来，从他们手里滑了出去，跌落到了地面上，摔成几十亿个、甚至更多的碎片。镜子虽摔得粉碎，可却比以前带来了更多的不幸。

因为有些碎片还没有沙粒大，可以在全世界到处飘飞。只要它们飞进人的眼睛里去，就会牢牢粘在眼珠子上，于是这些眼珠看到的每件东西都改变了模样，或是只着眼于看事物坏的一面。因为每一粒碎片都具有那整面镜子的魔力。有些人的心里掉进了碎片，那就更糟糕啦，那颗心就变成了一坨冰。有些碎片大得可以做成窗玻璃，可是透过这样的窗玻璃去看人，连自己的朋友都认不出来了。有些碎片做成了眼镜，可是戴了那样的眼镜就无法公平正直地看待事物。

这些事情逗得那个恶魔很开心，连肚子都笑疼了。直到现在那些碎片还在到处漂来浮去。

第二个故事　小男孩和小女孩

大城市里房子和人多得要命，哪来那么多空地可以让所有的人都能够有个小小的花园呢？多半人家只能满足于在花盆里栽几朵花。有两个穷人家的孩子，他们倒有一块比花盆稍大一点的花园。他们不是亲兄妹，却亲热得像亲兄妹一样。他们的父母是住在对门的邻居，两家都住在屋顶阁楼上。两幢房子的屋檐快要连接在一起了，屋檐之间有一道水槽通过，水槽上面就是他们两家各自的小窗户。只要一步跨过水槽就可以从自己的窗户到对面的窗户去。

两家父母都在窗外摆了一个大木箱，里面种着他们自己吃的蔬菜；还有一小丛玫瑰花，每个木箱里各一丛，都长得十分茁壮。两家父母忽然想出了一个主意，把木箱横放在水槽上，这样一来木箱的两端就从这边的窗户顶到那边的窗户，乍一看就像两道开满鲜花的长堤。豌豆的藤蔓低垂在木箱的四周，玫瑰的长枝条攀附在窗框上又相互缠到了一起，那两个窗户就像是两座用鲜花和绿叶点缀起来的凯旋门。

那两只大木箱都很高,两个孩子都知道他们是不可以爬上去的,不过他们常常得到允许走到窗外去,在大木箱背后的屋顶上游戏,或者坐在玫瑰丛底下的小木凳上玩耍,他们在那里玩得很开心。

到了冬天,他们就没有这样的乐趣了。窗户上结起了厚厚的冰,有些日子里,整个窗户都结满了冰。在这样的日子里,他们就把铜钱烤得滚烫,再把它放到结着厚冰的窗玻璃上去,

玻璃上熔出了一个很好看的瞭望孔，圆圆的，在每扇窗户的瞭望孔背后都露出了一只温暖可爱的眼睛，是小男孩和小女孩的眼睛。小男孩的名字叫凯依，小女孩名叫杰尔达。在夏天里他们只要纵身一跳就可以到对面去，可是到了冬天他们只能先走下那么多级楼梯，再往上爬那么多级楼梯，还要从漫天纷飞的大雪中穿过去。

"漫天的大雪就像一群群白色的蜜蜂在飞舞。"老祖母说道。

"那它们是不是也有一只蜂女王呢？"小男孩问，他知道真正的蜜蜂那里有一只蜂女王。

"有的，它们有女王，"老祖母回答道，"她总是在'蜂群'最拥挤处飞舞。她是当中最大的一个，从不肯静静地留在地上，她要飞到天空中去再回到乌云间。她常常在冬夜飞过城里的大街小巷，还朝窗里张望，窗玻璃上就冻上一层形状稀奇的厚冰，像是花朵一样。"

"是呀，我见过。"两个孩子齐声说，他们相信这是真的。

"雪女王会走进这里来吗？"小女孩问道。

"让她进来好了，"小男孩说道，"我把她放到滚烫的火炉上，她一会儿就融化掉啦。"

晚上，小凯依回到自己家里，衣服脱了一半就爬到窗户旁边的那张椅子上去，从窗玻璃的小圆孔里朝外张望。窗外，一片片雪花从空中飘落下来，有一片最大的飘落在一只种花的木箱的边沿上。那片雪花变得越来越大，后来就变成了一个少女，身上披着最精细的雪白薄纱裙，那是几万片闪烁着星光的雪花凝结成的。她长得非常美丽娇嫩，不过是个冰人，浑身都是光闪闪的冰。她却又是个活人，她的眼睛忽闪忽闪地发出亮光，就像两颗明亮的星星在眨眼，不过她的眼神里却没有平和，也没有宁静。她朝着窗户点头，还招了招手。这下小男孩吓坏了，赶紧从椅子上跳了下来。就在这会儿，窗户外面好像有一只大鸟飞过。

第二天结起了白皑皑、亮晶晶的霜。后来冰雪都融化开来，春天来到了，太阳光芒四射，大地上长出一片绿色的嫩芽，燕子飞来又飞去忙着衔泥筑巢，窗户又打开来了。那两个孩子又高高地坐在屋顶上他们的小花园里。这一年夏天，玫瑰开得有多美啊！小女孩刚学了一首讲到玫瑰的赞美诗，她就把这首赞美诗唱给小男孩听，他也跟着歌唱起来：

玫瑰花盛开在深谷里，

在那里我们见到了圣婴耶稣。

唱完后，那两个孩子手拉着手去亲吻那些玫瑰花，又抬头看看光芒四射的太阳，还朝着它说话，好像圣婴基督就在里面。那些夏天的日子是多么美好啊，在室外露天里玩耍又多么开心啊，那一丛丛的玫瑰多么新鲜，它们好像永远也开不败似的。

有一天凯依和杰尔达并排坐着看一本讲飞禽走兽的图画书，就在教堂钟声敲十二点的时候，凯依说道："哎唷，什么东西刺了一下我的心！什么东西吹进了我的眼睛里！"

小女孩伸出手臂搂住他的脖子，他使劲眨眨眼睛，可是眼睛里没有吹进什么东西。

"我想它又被吹落掉啦。"小男孩说道，其实那粒东西没有落掉，还粘在眼珠子上，就是那面镜子破裂时溅出来的碎屑。我们都记得那是一面魔镜，那些可恶的玻璃会把所有伟大的和美好的事物都照成渺小的和丑恶的，可是又把丑恶的东西照得更加丑恶，哪怕只有一点点毛病就会弄得人人都知道。可怜的小凯依，有一粒碎屑刺进了他的心里，他的那颗心马上就会变成一坨冰，他已经不觉得刺痛了，可是碎屑还是留在心上。

"你哭什么？"他问道，"你哭起来模样真难看。我觉得一点事儿都没有啦！""哦，"他忽然呼喊起来，"那株玫瑰已经叫虫子咬啦！这株玫瑰七歪八扭的。它们全都那么难看，就像种着它们的木箱一样难看。"他先抬脚去踢木箱，然后又伸手拔掉了两株玫瑰。

"凯依，你这是在干什么？"小女孩叫喊起来。

他一眼看到小女孩吓得要命，就又伸出手去拔掉了另一株玫瑰。然后他一纵身跳进了自己家的那扇窗户，就此离开了善良的小杰尔达。后来她送图画书来的时候，他却说那是给吃奶的婴儿看的。当老祖母讲故事的时候，他总是要说"但是"来打断她的话。待到他觉得腻烦不再插嘴的时候，他就跟在老祖母身背后去学她走路和行动的样子，戴上一副眼镜，学她讲话的腔调，学得那么逼真，大家都被惹得哈哈大笑。他很快就学会了那条街上每个人的讲话腔调和走路的姿势，他们的怪模怪样，还有难看的动作全叫他给模仿得惟妙惟肖。大家都说道："那孩子的头脑真机灵！"可是他们哪里知道那是深深地刺进他心里去的，并且粘在他眼睛上的玻璃碎屑搞的鬼。所以他连全心全意爱他的小杰尔达也戏弄起来了。

现在他玩的游戏也跟以前不一样了，都是要动一番脑筋的。入冬以后有一天下起了大雪，他拿来了一面很大的取火镜，又把他的蓝色外衣的下摆拉起来让雪花飘落到上面去。

"杰尔达，快朝镜子里瞧。"他说道。雪花都变得很大，看起来像是一朵朵美丽的鲜花，或者是有十个尖角的星星，真是都很好看。"你看，它们多么美妙，"凯依说道，"比真的花好玩多啦！它们一点毛病都没有，只要没有融化掉以前，形状都是一模一样的。"

过了一会儿，凯依手上戴着大手套肩上背着雪橇走过来，朝着杰尔达的耳朵里大声嚷嚷说："我得到许可到那个大广场上去，同别的孩子一起滑雪橇。"说完他头也不回地就走了。

在广场上那些胆子大的孩子们把他们的雪橇拴在农夫的车辆背后，拖着滑了很长一段路，这真是让人开心得要命。正当他们玩得非常高兴的时候，来了一辆大雪橇，它全身都漆成了雪白的颜色，雪橇上坐着的那个人身上裹着一件厚厚的白色裘皮大衣，头上戴着一顶白色裘皮帽子。大雪橇绕着广场转了两圈，凯依赶紧把自己的小雪橇拴到了大雪橇上，就这样被它拖着朝前滑。那辆大雪橇越滑越快，马上滑进了另一条街。坐在大雪橇上的那个人转过脸来，亲热地朝着凯依点点头，好像他们老早就认识一样。每一回凯依想要解开自己的小雪橇的时候，那个人总是回过头来朝他点点头，凯依只好规规矩矩地坐着一动不动。那辆大雪橇笔直地驶出了城门。雪下得非常大，小男孩伸出手去连五个指头都看不见，可是雪橇还是像飞一样地往前滑去。凯依连忙去解绳子想甩掉那辆大雪橇，可是却一点用处都没有，他的小雪橇已经牢牢地冻在了大雪橇上，他们像风一样前进。他拼命大喊大叫，可是没有人能听得见他的呼喊。在漫天大雪之中雪橇片刻不停地飞驰过去，有时候还蹦跳起来，好像是越过了沟渠和篱笆。他怕得要命，他试图祈祷，可脑子里除乘法口诀之外什么都记不起来了。

雪越下越大，到了后来雪花大得像一只只雪白的大母鸡了。这时，雪幕裂开，大雪橇朝旁边蹦跳一下，停了下来。坐在大雪橇上的那个人站起身来。原来那件裘皮大衣和帽子都是雪做的，那是个女人，又高又苗条，浑身雪白。她就是雪女王。

"我们滑了很长一段路哪！"她说道，"冻坏了吧？快钻进我的大衣里来！"她把他抱到大雪橇上坐在自己身边，给他披上那件裘皮大衣，可是他只觉得像是跌进了雪堆里一样。

"还冷吗？"她问道。她亲了亲他的前额。哎哟，这个吻冰凉，不，比冰还要冷，一直凉透了他的心，虽然他的半个心早已变成了一坨冰。他觉得自己快要冻死了，然后他觉得很舒服，不再在意那寒冷了。

"我的雪橇，别把我的雪橇忘了。"这是他想得起来的第一件事情。他的雪橇绑在一只大白母鸡身上，那母鸡背着他的雪橇跟随在他们的后面。雪女王再次亲了凯依，这一吻使得他把杰尔达、老祖母和所有人全都忘光啦。

"不能再亲你了！"她说，"再吻下去你就会冻死的。"凯依看着美丽的她，想不出还有哪一张脸比她的脸更聪慧、更可爱了。她这会儿看起来一点不像是个冰雪人儿，一点不像上一回站在窗外朝他招手的样子。在他的眼里她是完美的。他一点也不觉得害怕，他告诉她自己学会了心算，会算分数，他还知道这个国家的大小和人口。她听他讲话时总是笑眯眯的。可是他却讲不出什么来了，他觉得自己知道得太少了。他抬头看着一望无际的天空，雪女王已经带着他飞了起来，飞在那黑沉沉的天空中。狂风在呼啸，在怒号，好像唱着古老的歌谣。

他们飞过了许多森林和湖泊、海洋和陆地。在他们身下，冰冷的寒风在呼啸，狼群在嗥叫，到处是白茫茫的冰天雪地，"呀呀"乱叫的黑压压的一群乌鸦恰好从他们头顶上飞过。一轮又大又清新的月亮高高地挂在天边，发出明亮的光芒。在这个漫长的冬夜，凯依久久地凝望着月亮，天亮的时候他在雪女王的脚下睡着了。

第三个故事　老奶奶的魔法花园

那么，凯依走了以后，小杰尔达是怎么过的呢？凯依到底上哪里去了呢？后一个问题谁也不知道，没有人带来关于他的任何消息。那些孩子们只说得出他们看见他把自己的小雪橇拴到了一辆大雪橇上，就穿过另一条街滑出城门去了，可是没有人知道他去了哪里。许多人都掉了眼泪，小杰尔达伤心得痛哭了好久，她知道他一定死了，他一定是跌进了学校旁边流过的那条河，淹死了。哦，那些黑暗又漫长的冬天日子真难熬呀！

春天，温暖的阳光又回来了。

"凯依死了，再也回不来了。"小杰尔达说道。

"我不相信。"太阳先说道。

"凯依死了，回不来了。"她对燕子说道。

"我不相信。"它们齐声回答道。到了后来连小杰尔达也不相信了。

"我要穿上我的那双新的红鞋子，"一天清早她说道，"这双鞋子凯依从来没有见过。我要到河边去打听打听。"

那时天还很早，她亲了亲还在熟睡的老祖母就穿上红鞋子，一个人走出城门来到了河边。

"真的是你把我的小哥哥带走了吗？"她问河水，"你要是肯把他还给我，我就把这双新的红鞋子送给你。"

她觉得河里的波浪怪里怪气地点了点头。于是她就脱下那双比什么都宝贝的红鞋子，把两只鞋都扔进了河里。可是那两只鞋都落在靠近河岸的水里，被波浪轻轻一冲又送回到她的跟前，好像河水不情愿收下她最心爱的宝贝，因为河水并没有把小凯依冲走。可是她却以为她没有把鞋子扔得足够远，所以就爬到一只停泊在芦苇丛中的小船上，一直走到船尾去把那双鞋子重新扔进河里。偏巧这只小船没有系牢，她这么来回一摇晃，小船就从岸边漂离出去。她一见小船漂离了河岸就急忙回过身来想要下船，却已经来不及了，还没有等她回到船的这一头，那只小船早已离开河岸一英尺多远，还漂得越来越快。

小杰尔达吓坏了，她怕得哭了起来，可是听到她哭声的只有灰麻雀，灰麻雀又不能把她背回到岸上。它们沿着河岸一路跟随过来，叽叽喳喳地唱起歌来安慰她，它们唱道："我们在这里，我们在这里！"小船顺着波浪往前漂去，小杰尔达坐在船上一动也不敢动，双脚上只剩下了袜子，她的两只小红鞋就漂在她的后面，可是它们离小船越来越远，因为小船漂得越来越快了。河岸两边风景很好看,美丽的鲜花盛开,古树又高又大,青草遍地的斜坡上牛羊在吃草,可是到处见不到一个人影。"说不定河水要把我带到小凯依那里去。"她想。

这么一想心里就舒坦得多了。她站起身来一连好几个钟头都眼望着两岸碧绿的田野。后来她漂到了一个大樱桃园,那里有一座小房子,房子上有奇形怪状的红窗子和蓝窗子,屋顶上铺着干草。房子大门外站着两个木头兵,有船只经过的时候它们就举起手来敬礼。

她朝着它们呼喊,因为她以为它们是大活人,可是木头兵当然不会吱声回答。这时候河水把小船冲向岸边,她很快漂到木头兵的身边。杰尔达叫喊得更响。从房子里走出来一位很老很老的奶奶,老奶奶拄着拐杖,头上戴着一顶很大的遮阳帽,帽子边上画着各种美丽的花朵。

"可怜的女孩,"老奶奶说道,"你怎么会到水流这么急的大河里来?还漂到了这么遥远的地方。"老奶奶蹚进水里,用弯头拐杖把小船钩牢拖到岸上,再把小杰尔达抱了出来。

杰尔达非常高兴,总算又踩在干燥的陆地上了,不过她对这个陌生的老奶奶有点害怕。

"来吧,告诉我你是谁,怎么会到这里来的。"老奶奶说道。

杰尔达把事情的经过都告诉了她。她一边听一边摇着头,嘴里说着"哼,哼"!杰尔达讲完经过之后就问老奶奶有没有见到凯依。老奶奶说没有,可是他一定会来的。她劝杰尔达不要难过,先来尝尝她的樱桃,再看看她的鲜花,那些鲜花比哪一本图画书上画的都要好看,因为每一朵花都会从头到尾讲一个故事。她拉着杰尔达的手走进小屋子里,关上了门。

小屋子的窗子开得很高,窗玻璃有红蓝黄三种颜色。阳光一照进来屋子里就五颜六色,奇光异彩。桌上放着最鲜美的樱桃,杰尔达愿意吃多少就尽管吃。她很爱吃,就吃了好多。她吃樱桃的时候,老奶奶拿起一把金梳子替她梳头发,那一头长长的金灿灿的鬈发垂在她非常可爱的小圆脸周围,那张善良的圆脸看起来就像一朵玫瑰花那样美丽。

"我早就巴不得有这样一个可爱的小姑娘了,"老奶奶说道,"你看,我们两个人待在一起有多快活!"她又给杰尔达梳头发,梳呀梳,越梳杰尔达就越记不起那个陪着她玩的小哥哥凯依了。因为老奶奶会魔法,不过她不是一个坏心眼的巫婆,她施法术只是为了让自己高兴。她走进花园,用她的那柄弯头拐杖伸向所有的玫瑰。哦,那些玫瑰花开得有多美呀,可是它们这一下全都沉到黑魆魆的地底下去啦,谁也看不出来它们早先长在什么地方。那个老奶奶生怕杰尔达一见到玫瑰花就会想起她自己家里的玫瑰,就会记起凯依,就会离开这里。在这以后她才把杰尔达领到花园里来。哦,这里多么香、多么美啊!

所有能够想得出来的花卉,在不同季节里开的鲜花,全都在这里盛开着。哪本图画书上都画不出那么鲜艳美丽的花了。杰尔达高兴地跳呀蹦呀,一直玩到太阳落到高高的樱桃树背后才回来。给她睡的那张床非常漂亮,床上还有大红丝绸面的被子和枕头,被子里和枕心里装的都是蓝色的紫罗兰花。她睡得很香,快活地做起好梦来,就像一个王后在新婚那天一样。

第二天她又可以在温暖的阳光下同那些鲜花在一起玩了,这样过了许多天。杰尔达认得出每一种花,虽说那里有许许多多种花,杰尔达心里总觉得少了一种,可究竟少了哪一种却说不出来。一天,她坐在那里盯着老奶奶的那顶遮阳帽出神,那顶帽子上画着各式各样的鲜花,而最美丽的就是一朵玫瑰花。原来老奶奶把别的玫瑰花沉到地底下去的时候,偏偏忘记了这朵玫瑰。不过人嘛,难免有想不周全的时候。

"这里看不到玫瑰!"杰尔达跑到花圃里去细细寻找,一行一行地寻找,却就是找不见一株玫瑰。她坐到地上大哭起来,两行热泪一个劲地往下滴,泪水正好都洒落在一株玫瑰沉下去的地方,把那里的泥土浸湿了。那株玫瑰马上就冒出了地面,绽开出鲜艳的花朵。杰尔达拥抱这株玫瑰,亲吻着玫瑰花朵,记起了自己家里的那丛玫瑰,也就想起了凯依。

"哎哟,我耽搁了那么多天,"小姑娘说道,"我不是来寻找凯依的吗!你们知道他在哪里吗?"她问玫瑰花,"你们相信他死了,再也回不来了吗?"

玫瑰花说道,"他没有死。我们刚到过地底下,死掉的人都躺在地底下,凯依不在那里。"

"谢谢你们。"小杰尔达说道。她走到别的花朵前面,看看它们的小花萼问道:"你们知道凯依在什么地方吗?"

每一朵鲜花都站在太阳底下梦想出自己的童话故事,小杰尔达听到了许许多多的故事,却没有一种花知道凯依的下落。

那么金百合花讲的是什么故事呢？它讲道：

"你听见过敲鼓的声音吗？咚，咚！总是两下：咚，咚！去听听女人的哀号悲恸吧！去听听牧师的召唤吧！印度女人身穿大红长裙站立在殉葬的柴堆上，火舌冉冉升起，舔着她的身体，还有她那死去了的丈夫的遗体。印度女人想的不是涅槃，而是心里牵挂着周围人群中的一个活人，他的眼光比火焰还要炽热，他的眼睛里喷出的那团火焰却熊熊燃烧在她的心里，柴堆上的火焰马上就要把她的躯壳烧成灰烬，可是那火焰难道能够把她心里熊熊燃烧着的那团火焰也烧成灰烬吗？"

"我一点也听不懂。"小杰尔达说。

"这是我的童话。"金百合花回答。

那么牵牛花讲了些什么呢？它讲道：

"在山间小道旁耸立着一座古老的骑士城堡，常春藤沿着古老的红墙往上长，叶子一片又一片地长满了阳台的周围。一位美丽的少女站在阳台上，她把身子探出栏杆外，往下面的小路看。枝头盛开的玫瑰花没有哪朵比她更娇艳。随风飘舞的苹果花没有哪朵比她更婀娜。她往外张望时，身上漂亮的丝绸裙就会发出窸窸窣窣的响声，好像在说：'他还没有来吧！'"

"你是在讲小凯依吗？"小杰尔达问道。

"我只是在讲我的童话，我的梦想。"牵牛花回答道。

那么雪莲花讲了什么故事呢？它讲道：

"在两棵树中间挂起了绳子，绳子上又绑了一块长木板，这就成了一架秋千。有两个可爱的小姑娘坐在上面荡秋千，她们的裙袍像雪一样的洁白，帽子边上飘着长长的绿缎带。有个比她们大一点的小哥哥站在秋千上，他的胳膊挽住了秋千绳，一只手里拿了个小碗，另一只手里拿着一根细管子，他在吹肥皂泡。秋千荡起来的时候，肥皂泡就会向上飞，颜色千变万化好看极了。最后的那个肥皂泡挂在细管子上随风飘荡。秋千荡来荡去，那肥皂泡变成了细长条。有一条小黑狗身体轻得就像这个细长的肥皂泡，它用后腿站立起来想要到秋千上去。秋千荡来荡去，小黑狗站立不住了，只得四脚都落地。它生气了，汪汪地吠了起来，肥皂泡就爆得粉碎了。一块荡来又荡去的秋千板,一个爆得粉碎的肥皂泡,这就是我的歌谣。"

"你讲的故事很好听,可是你却讲得那么伤心,再说你一句都没有提到凯依。"

那么风信子讲了什么故事呢?它讲道:

"有三个姐妹,个个长得美丽动人又白净娇嫩,有一个身穿大红裙,另一个穿蓝的,还有一个浑身雪白。在明亮的月光下,她们手拉着手在风平浪静的湖边跳着舞。她们不是小妖精,她们都是人。湖边上飘来一股股芬芳的香气,她们顺着香气走进森林里去漫游,森林深处香气愈来愈浓。后来有三口棺材,里面躺着那三个美丽的姑娘,从森林深处飘到了湖面上。萤火虫绕着她们飞来飞去,那一点一点的亮光好像是一圈圈摇曳不定的烛光。那几个跳舞的姑娘是在熟睡还是已经死去了?花的香味说她们是三具尸体,晚钟为死者长鸣。"

"你让我听得心里好难过,"小杰尔达说道,"你身上的香气那么浓,叫我想起了那三个死去的姑娘。唉,凯依真的死去了吗?玫瑰花去过地底下,它们说他没有死。"

"叮,当,"风信子身上的铃铛发出了响声,"我们不是在为小凯依敲丧钟,我们不认识他。我们只是在唱我们会唱的唯一的一首歌。"

杰尔达走到毛茛花身边,它们在碧绿发青的叶子中间像一球球黄油似的油光光亮晶晶。

"你真像一颗明亮的小太阳,"杰尔达说道,"请你告诉我,倘若你知道的话,在哪里能找到陪我玩的那个小哥哥?"毛茛花脸上油光发亮,它又瞅了杰尔达一眼,可是毛茛花唱的什么歌呢?它歌唱的也不是凯依。

"春天来到的第一个大晴天里,阳光把一个小院子照耀得暖融融的。阳光顺着邻居家的白墙照下来,照在墙根上刚刚绽放的黄色迎春花上,在温暖的阳光里那朵黄花像金子一样灿灿发光。老祖母坐在屋外的椅子上,正在等着那个在有钱人家当女佣的外孙女抽空回来看看她,那个穷苦而美丽的女孩子回来了,她亲吻了老祖母。那充满亲情的吻里有金子,是心灵的金子,亲人的嘴上有金子,家里的土地上也有金子,连这清晨的时刻里也有金子。好啦,这就是我的小故事。"毛茛花说道。

"我那可怜的老祖母,"杰尔达叹口气说道,"她一定在牵挂着我,为我悲伤难过,就像上回她为凯依伤心一样。不过我很快就会回家去的,还会带着凯依一起回去。向鲜花去打听是一点没有用的,它们只会唱自己的歌,我可是一点音讯都探听不到。"

她把小裙子撩起来扎住,这样可以跑得快一点,可是在她跳过水仙花的时候,腿上却被那株花敲了一下。她停下来,看着那些高高的黄花问道:"说不定你们知道点什么吧?"她朝水仙花弯下腰去问道。那么水仙花又讲了个什么故事呢?它讲道:

"我看得见我自己,我看得见我自己,"水仙花说道,"哦,我的香味有多么好闻!在屋顶阁楼里,站着一个小舞女,半裸着身子,她有时踮起一只脚,有时两只脚都落地。她伸出腿来登上全世界的舞台。她只不过是视觉上的一个幻影。她把茶壶里的水倒在她手里拿着的一块布上,那是她的紧身围腰。'爱清洁是个好习惯。'她常常这样说道。有个衣钩上挂着一件雪白的裙子,就是用茶壶里倒出来的水洗干净了再放在屋顶上晾干的。她穿上这条裙子,在脖子上围上一条橙黄色纱巾,她的裙子就更白得耀眼啦。她把脚高高地往上踢,神气活现地单腿站立着,就好像花茎上的鲜花。我能够看得见自己,我能够看得见自己。"

"我没有心思管闲事哪,"杰尔达说道,"你本来就用不着对我讲这些。"

她跑到花园的尽头,园门上着锁,可是她用力拧了一下生了锈的门锁,锁就自己掉下来了,门也可以打开了。小杰尔达光着两只脚又跑进了广阔的天地。她回头朝身后看了三回,没有人在背后追上来。到了后来她实在跑不动了,就坐在一块大石头上。她抬头朝四周望去,夏天早已过去,如今是深秋季节了,不过在那座美丽的花园里却一点都感觉不到,那里仍旧阳光明媚,盛开着一年四季所有的花卉。

"天哪,我白费了多少日子,"小杰尔达说道,"秋天都来到了,我不能再闲逛下去!"她站起身来朝前走去。

可是她的那两只小小的脚已经又酸痛又疲劳,四周又那么寒冷,那么荒凉。长长的柳叶早已枯黄,冰凉的露水滴滴答答地滴落下来。那些大树上的叶子一片又一片地落到地上,只剩下黑刺李的枝头上还挂着一些果实,可是那些果实却酸得叫人牙疼。

唉,这广阔的世界变得灰蒙蒙的,叫人闷得慌。

第四个故事　王子和公主

杰尔达只好休息一会儿再走。在她坐的那个地方的对面，有一只大乌鸦在雪地里蹦来跳去，它在那里看了杰尔达很长时间，然后对着小杰尔达叫道："呀呀，你好，你好……"

要想让它口齿再清楚一点那是做不到的，不过它已经对这个小姑娘表示了好意。乌鸦问她为什么孤单单一个人出来在这个广阔的世界里闯荡。"孤单"这个字眼的意思，小杰尔达现在已经弄明白了，它的滋味她也已经尝到了。于是她就把自己的生活和经历过的事情全都告诉了大乌鸦，还问它见到过凯依没有。

乌鸦沉思一会儿后，点点头说道："说不定就是……说不定就是……"

"什么！你见到过？"小姑娘叫起来，她使劲地亲吻拥抱乌鸦，差点儿把它憋死。

"轻点儿，轻点儿，别太高兴，别太高兴，"乌鸦说道，"我相信我知道是怎么回事啦！我相信那个人就是小凯依！不过他如今有了公主就把你忘掉啦！"

"他和一位公主住在一起，是吗？"杰尔达问道。

"是的，你听我说，"乌鸦说道，"可是学你们人类讲的话太难啦，我讲不大好，要是你懂乌鸦语的话，我就可以讲得更明白点。"

"可惜我不懂，"杰尔达说，"我的祖母会，她听得懂也能够讲。要是我学会了该多好哇。"

"不要紧，"乌鸦说，"虽然我讲得不好，不过我会努力的。"它讲了它所知道的一切："在我们现在所在的这个王国里，有一位公主。她聪明得不得了。她一直看全世界所有的报纸，虽然她那么聪明，看了之后还是照样全忘记掉。不久之前，她刚刚坐上了王位，有人说那宝座上坐起来真不舒服。有一天她忽然唱起了一首歌：

为什么？哦，我为什么还不结婚？

"'哦，这首歌可是说对了。'她说道。于是下定决心要结婚。她想要一个善于对答如流的人来当丈夫，要不然身边站着一个模样挺好看的傻小子那该有多别扭哇。她把王宫里所有的侍从女官都找来一起商量。她们听到她的打算都很高兴。"

"你可以相信，我告诉你的每句话都千真万确，"乌鸦说道，"因为我有一个脾气温柔的未婚妻，它可以在王宫里随意到处走动，所有这些事情都是它告诉我的。"

它的未婚妻当然也是一只乌鸦啦，因为乌鸦要配对成双，总是也去找一只乌鸦的。

"各家报纸马上就把这件事情登出来，报纸四周还镶着一圈心形的花边，每颗心之间嵌着公主名字的开头字母。报纸上写道：每一个长相好看的小伙子都可以自由地到宫里来同公主说话，公认的最健谈的小伙子，就会被公主挑中当她的丈夫。"

"是呀，是呀，"乌鸦说道，"事情就是这样，你可以相信我。年轻小伙子成群结队地赶来，王宫前面人山人海，还有不少人奔跑着赶来。可是一天、两天都过去了，却没有人被挑中。这些小伙子在王宫外面的大街小巷里倒是挺能说会道的，可是一走进王宫的大门，看到了穿着制服浑身银光闪闪的卫兵，走上台阶的时候看到了两旁列队站着服装华丽、浑身金光灿灿的侍从，又看到了那些灯火辉煌的大厅，他们一个个都发怵变傻了。等到他们站在公主坐着的宝座面前的时候早已什么都说不出来了，只会把公主说的最后一句话重复一遍。公主一听心里就烦。反正进到王宫里去的那些小伙子就像把鼻烟吞到肚里去一样地迷迷糊糊。一出宫，他们又能说会道了。那些人排起了长队等着进王宫，从城门口一直排到王宫门前。"

"我还进城去看了热闹，"乌鸦说道，"那些人肚子又饿嘴里又渴，可是在王宫里他们哪里找得到什么吃的喝的，连一杯热开水都喝不上。有几个最聪明的家伙带了面包和黄油去，可是他们不肯分给周围的人吃。他们是这样想的：让别人看上去就是一副肚皮饿得不得了的样子，公主就不会选中他们了。"

"不过凯依呢，小凯依呢？他是什么时候到那里的？他是不是也在人山人海当中？"

"别急别急！就要讲到他了。第三天来了一个小不点儿，没骑马也没乘车。一点都不怕地大步走到王宫前。双眼就像你的一样明亮，一头长发很漂亮，就是身上的衣服太破旧了点。"

"那就是凯依，"杰尔达欢呼起来，"哦，我总算找到他了。"她高兴得拍起手来。

"他的背上背着一个背包。"

"不，那是他的小雪橇，"杰尔达说道，"他是乘雪橇才走丢的。"

"就算是吧，"乌鸦说道，"我看得不大真切。不过听我的那个未婚妻说，他走进王宫大门，看见身穿银光闪闪制服的卫兵，再沿着两旁站立着的穿金光灿灿服装的侍从走过，他一点也没有被吓慌了神儿，反而朝着他们点点头说：'你们老在台阶上站着真没意思，我可是要进去啦。'大厅里灯火通明，各部部长们和大臣阁下手里都举着金酒杯。脚上都脱掉了靴子，走来走去连一点响声都没有。那个场面才叫庄严哪！可是他却穿着靴子，那双要命的靴子还吱吱嘎嘎发出很大的响声，他心里一点没有怯场。"

"那保准就是凯依，"杰尔达说道，"我知道他好刚好有一双新靴子，我在老祖母屋里就听见过那双靴子发出的吱吱嘎嘎的响声。"

"是呀，那双靴子吱吱嘎嘎地吵得烦人，"乌鸦说道，"他倒一点没有不好意思，照样高高兴兴走到公主面前。她坐在一颗大珍珠上，那颗珍珠足足有纺纱车上的摇轮那么大。她的身边有那么多人伺候：有一群侍从女官，她们又带着侍女，还有侍女的侍女。还有一群骑士，他们也人人带着跟班，还有跟班的跟班，跟班的跟班还带着一个小听差。那些人都围着公主站成一圈。愈是站得靠近门的就愈是神气活现。跟班的跟班的那个小听差就总是趿着拖鞋站在门口，那副神气活现的架势真是叫人看不下去。"

"真叫人受不了，"小杰尔达说道，"那么凯依到底给公主选中了没有哇？"

"我若不是一只乌鸦的话，公主选中的早就该是我啦，再说我已经订过婚了。因为他的口才同我一样好，那是在我用乌鸦语说话的时候。这是我那个脾气温柔的未婚妻告诉我的。他胆子很大又很讨人喜欢，他说他到这里来不是为了求婚，只是想要听到公主讲的聪明话，因为他觉得公主聪慧过人。公主一下子就中意了他。"

"没错，一定是凯依。他那么聪明，连分数都能心算。哦，你肯把我领进王宫里去吗？"

"唉，话说得轻巧，可是怎么做到呢？我先和我温柔的未婚妻去商量一下，它会给我们出好主意的。不过我要把话说在头里，像你这样的小姑娘是不会得到许可进入王宫的。"

"会的，会的，"杰尔达说道，"凯依一听说我来了，马上就会来接我进去的。"

"你坐在这块石头上等我回来。"乌鸦说完，把头一扭就飞走了。

一直到了天黑以后，乌鸦才飞回来。"呀呀——"乌鸦叫道，"我的未婚妻要我向你多问几声好。这里有个小面包给你吃，是它从王宫的厨房里叼来的，那里面包多得要命，你肚子饿了吧！你要走进王宫里去，那是办不到的，再说你还赤着两只脚。那些穿银色制服的卫兵和穿金色服装的侍从都不会放你进门的。不过不要哭，你还是能够溜进去的。我的未婚妻知道有一条小小的后楼梯，可以通到卧室去。它还知道在哪里可以叼得到钥匙。"

他们走进了王宫的花园，踏上一条很宽的林荫大道。树叶一片又一片地飘落下来，王宫里的灯火一盏又一盏地熄灭掉了。乌鸦带着小杰尔达来到一扇后门前，那扇后门半开半掩。

哦，杰尔达又害怕又渴望，她的那颗心怦怦直跳，好像是去做什么坏事一样，她只不过要弄清楚凯依究竟在不在那里。是的，那一定就是他，她清清楚楚地记得他的那双明亮的眼睛，他的一头长长的头发，她眼前好像看到了他在微笑，就像他们在家里坐在玫瑰花下面那样。他看到她来一定会高兴得要命，要听她讲讲她走了多么长的路，这都是为了他。还要让他知道在他走丢了以后，家里每个人都是那么悲伤难过。哦，这次见面真是令人既开心又伤心。

他们走上楼梯，在一张柜子上点着一盏小灯，在地板的中央站着脾气温柔的乌鸦，它把脑袋转来转去看着杰尔达。小姑娘照着老祖母教她的那样向脾气温柔的乌鸦行了屈膝礼。

"我的未婚夫满口称赞你，我的小姐，"脾气温柔的乌鸦说道，"您的遭遇，挺惹人心酸的。您拿着这盏灯好吗？我走在你们前头，沿着这条路径直走，不会碰上什么人的。"

"我觉得我们身背后有人在追上来，"杰尔达说。这时候有样什么东西像是墙上的影子那样在她身边嗖地一闪而过。原来那是马的鬃毛在飘舞，是几匹四条细腿跑得像飞一样的奔马，绅士淑女们骑在马背上，猎人们跟随在马背后。

"那些只是一个个梦，"乌鸦说道，"它们来把高贵的绅士淑女们的思想领出去打猎，那样更好，您可以趁着他们在床上熟睡不醒的时候仔仔细细地把他们看清楚。不过我希望您要是有一天得到了荣耀和显赫的地位，可千万不要忘记了我们。"

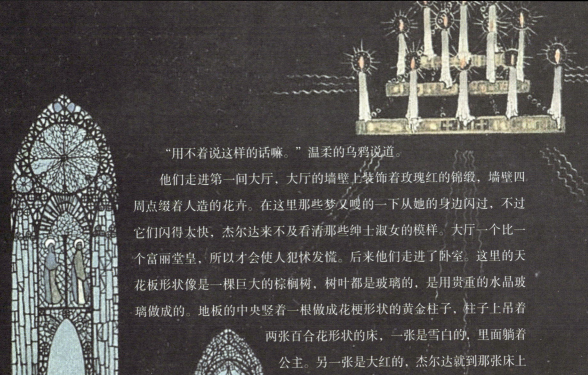

"用不着说这样的话嘛。"温柔的乌鸦说道。

他们走进第一间大厅,大厅的墙壁上装饰着玫瑰红的锦缎,墙壁四周点缀着人造的花卉。在这里那些梦又嗖的一下从她的身边闪过,不过它们闪得太快,杰尔达来不及看清那些绅士淑女的模样。大厅一个比一个富丽堂皇,所以才会使人犯怵发慌。后来他们走进了卧室。这里的天花板形状像是一棵巨大的棕榈树,树叶都是玻璃的,是用贵重的水晶玻璃做成的。地板的中央竖着一根做成花梗形状的黄金柱子,柱子上吊着两张百合花形状的床,一张是雪白的,里面躺着公主。另一张是大红的,杰尔达就到那张床上去找小凯依。她撩起了床外面大红花瓣一样的床帏,看见了一段皮肤黑黝黝的细脖子。

啊,一定就是凯依!她大声地叫喊他的名字,把那盏小灯挪到他的面前。这时候那些梦全都骑在奔马的马背上冲进了卧室里。

床上睡着的那个人从梦中醒了过来,他把头转过来……却不是小凯依!

王子又年轻又英俊,只是脖子有点像小凯依。公主从白色百合花的床帏朝外面张望,问是怎么回事。小杰尔达放声大哭起来,还把事情的经过和乌鸦怎样帮助她全都讲给了公主听。

"你是个挺可怜的小姑娘。"王子和公主说道。他们称赞了两只乌鸦,说他们一点不生它们的气,可是这种事情以后不许再做了。不过这一回它们还是应该得到奖赏的。

"你们愿意在王宫外面自由地飞翔呢,"公主问道,"还是愿意留在王宫里出任宫廷乌鸦,在王宫的厨房里叼食剩饭剩菜来吃饱肚皮?"

两只乌鸦都行屈膝礼,恳求给它们固定的职位,因为它们想到了自己的老年。"到了老年不愁吃喝,日子该过得多宽心呀!"它们这么说道。

王子从床上下来,把床位给杰尔达睡,他此刻尽已所能。她两只小手合拢在一起,想道:"不管怎样,人呀、动物呀都是那么好心。"她的眼皮垂了下来,一下子就睡熟了,睡得很香。这时候所有的梦又闪进来了,飞到她的睡眠里。它们这一回都像是上帝的天使,拉着一个小雪橇,雪橇上坐着凯依在向她点头。可是这全都是梦,所以她一觉睡醒过来那些梦又都不见了。

第二天她从头到脚都换上了丝绸的和丝绒的衣服。他们邀请她在王宫里多住一段时间,过上几天好日子。可是她只要求得到一辆小小的车和一匹马,还有一双小靴子,她就可以到广阔的世界里去寻找凯依了。

她得到了靴子,还有一个暖手的裘皮手筒,身上穿得整洁漂亮。准备动身的时候,门口停着一辆纯金的新马车,王子和公主的徽章像星星一样在车身上闪闪发光。赶马车的车夫、仆役、开道先行的马队——是呀,怎么能没有开道的马队呢?——他们人人都戴着黄金的帽子骑在马背上。王子和公主亲自把她扶上了马车,并且祝福她一路平安。乌鸦已经结了婚,它蹲在杰尔达身边,要送她三英里路。另一只乌鸦没有跟着来,只站在门口拍着翅膀告别,因为自从有了固定职位之后,它吃得太多了,头疼得不得了。那辆马车里装满了甜脆饼干,座位上放着水果和圣诞节吃的果仁姜饼。

"再见啦,再见啦!"王子和公主喊道。小杰尔达哭起来了,乌鸦也哭起来了。就这样他们走完了头三英里路,乌鸦也要向她告别了,这是最难受的分别。它飞到一棵树上,不停地拍着翅膀,一直到它看不见那辆像明亮的太阳那样金光灿灿的马车。

第五个故事　小女强盗

他们一行人要穿过黑沉沉的森林，可是那辆马车却像一把火炬那样一路照亮过去。炫目的亮光照耀得森林里的强盗们连眼睛都睁不开了。他们忍不住要动手了。

"那是金的，那是金的。"他们叫嚷着冲了上来，把马匹都勒住，把那些小骑士、车夫和仆人全都杀死，还把小杰尔达拖出了马车。

"她白白胖胖的，长得很好看，是吃果仁吃得那么胖的。"老女强盗说道。她长着一脸长长的浓毛，连睫毛都长得垂下来盖住了眼睛。"就像一只白嫩的小羊羔，味道一定很好吃的！"她说着就抽出了一把尖刀，明晃晃的真是吓人。

"哎哟，"老女强盗话还没有说完就尖叫起来，因为她的耳朵被背在背上的女儿狠狠地咬了一口。她这个女儿又任性又刁蛮，这一口咬得老女强盗疼得钻心，而那个小女强盗却很开心。

"你这个讨厌的小淘气！"老女强盗说道。这样一来她就来不及把杰尔达杀掉了。

"她得陪我玩，"小女强盗说道，"她的裘皮手筒和漂亮衣服都得给我，还要在我床上陪着我睡。"她又狠狠地咬了一口，老女强盗痛得蹦到半天高，又转来转去跳个不停，逗得强盗们个个哈哈大笑，说道："瞧，她背着小崽子在跳舞呢！"

"我要坐到车里去！"小女强盗说道。

她想怎样做就怎样做，因为她给娇宠坏了，脾气犟得很。

她和杰尔达坐上了马车，从树桩和荆棘上驶过去一直来到森林深处。小女强盗年岁同杰尔达差不多，不过身体更结实一些，双肩更宽一些。她的皮肤黝黑，眼睛也很黑，看样子心里很烦闷。她搂着杰尔达的腰说："只要我不生你的气，他们不会杀你。我说你是一位公主吧？"

"不是。"小杰尔达说道，她把她碰到的事情都告诉小女强盗，还说她有多么喜欢小凯依。

小女强盗一本正经地看着她，又朝她点了点头说道："我不许他们杀你，就算我真的生

你气了,那也该我自己动手。"她替杰尔达擦干了眼泪,又把自己的双手伸进那只漂亮的裘皮手筒里去,手筒又柔软又暖和。

马车停住了,他们已经到了强盗山寨的院子里。寨墙从上到下都布满了裂缝。渡鸦和乌鸦从窟窿和裂缝里飞进飞出。又高又大的巴儿狗跳得老高老高,哪一只都看上去能把一个活人吞到肚子里去。它们一声都不吠叫,因为这里禁止狗叫。

那间宽敞的大厅十分破旧,已被烟熏火燎得到处黑乎乎的。大厅中央的石板地上烧着一堆火,冒出来的黑烟升到了房顶上,却再也找不到出路,弄得大厅里烟雾腾腾。有一口大锅里煮着汤,野兔和家兔被串在铁钎上在火上烤着。

"今天晚上你跟着我,还有我的所有小动物一起睡在这里。"小女强盗说道。她们吃喝完了之后,她就把杰尔达领到铺着干草和毯子的墙角去了。在她们头顶上的板条和横木上栖息着十来只鸽子,它们好像都已经睡熟了,可是那两个小姑娘一走过来,鸽子们都动了起来。

"这些鸽子全是我的。"小女强盗说道,一伸手就把身边的那只抓了起来,捏着鸽子的两只爪子不停地摇晃它,直到它张开翅膀乱拍。

"亲亲它!"她叫道,把鸽子打到了杰尔达的脸上。

"那里关的都是森林里不安分的坏痞子,"她接着说道,指了指房顶上很高的地方用木条挡住的一个墙壁洞说道,"那是两只森林里的坏痞子,要是不把洞封严实了,它们两个会马上就飞走。这里站着的是我最亲爱的老伙伴。"她说着,拉住两只角把一头驯鹿拖了过来,驯鹿的脖颈上系着一个锃亮的铜圈,原来驯鹿是被拴住的。

"它也得拴牢了才行,要不然它蹦几下就跑得不见踪影了。每天晚上我都用刀子,在它脖子上搔痒痒,它却很害怕我这么做。"小女强盗从墙壁的裂缝中抽出一把长刀来,在驯鹿的脖颈上蹭来蹭去,那头可怜的牲畜吓得四脚乱蹦乱跳,可是小女强盗却开心得咯咯地笑了起来。她拉着杰尔达一起朝地铺上躺了下去。

"你睡觉的时候也带着刀子?"杰尔达问道,很害怕地看着那柄长刀。

"我睡觉时总是把刀子放在身边,"小女强盗说道,"谁也说不准会发生什么事情。不过你还是把方才讲的凯依的事情,还有你怎么会出门跑到这里来,再讲一遍给我听吧。"

杰尔达又从头把整个经过讲了一遍。别的鸽子都已经睡熟了,只有那两只森林里的坏痞子斑尾野鸽却不安生地在上面那个洞里发出咕咕的叫声。小女强盗一只胳膊搂着杰尔达的头颈,另一只手里拿着长刀。她一睡下去就睡熟了,还打起呼噜来。可是杰尔达却怎么也睡不着,两只眼睛一直睁得大大的,她不知道该活下去还是死掉算啦。强盗们围着火堆坐着,又是唱歌又是喝酒。那个老女强盗在地上滚来滚去。这样的场面给一个小姑娘看真是太令人作呕啦。

这时候那两只斑尾野鸽却开口讲话了:"咕,咕!我们看见过小凯依,他的小雪橇驮在一只白鸡的背上,他自己坐在雪女王的大雪橇上,在森林的上空掠过。我们全家都躺在窝里,雪女王朝着我们的孩子吹了一口冷气,我们的孩子就全冻死了,只剩下了我们两个,咕,咕。"

"你们说什么?雪女王往哪儿去啦,你们知道吗?"

"她大概是朝着拉普兰去了。那儿寒冷得很,到处冰天雪地!你可以问问拴在那边的驯鹿。"

"那里一年到头都是冰天雪地,可是风景美丽极了,"驯鹿说道,"我们可以在亮晶晶的大冰川峡谷地自由自在地奔跑。雪女王过夏天的帐篷就搭在那儿,她住的宫殿却在北极,在一座名叫斯匹次卑尔根的岛上。"

"哦,小凯依,小凯依!"杰尔达又是叹气又是叫喊。

"你好好躺着不许乱动,"小女强盗说道,"要不然我一刀捅破你的肚皮。"

到了第二天早晨,杰尔达把斑尾野鸽讲的话全都告诉了小女强盗。

小女强盗一本正经地听着,点点头说道:"这不碍事,这不碍事。"她又问驯鹿道:"喂,你知道那个拉普兰在什么地方吗?"

"没有人比我知道得更清楚啦,"驯鹿说道,它的两只眼睛眨巴眨巴地闪出了光芒,"我在那里出生长大,我在那边一望无际的大雪原上放开四腿奔跑。"

"听着,"小女强盗对杰尔达说道,"你要知道,我们这里的男人全都出去了,只有我妈妈还留在这里,她不会走开的。到了中午她要把那一大瓶酒喝个精光,然后就到楼上去打个瞌睡。到了那时候我就可以帮你忙了。"

说完,她从地铺上跳起身来,跑过去一把搂住了她妈妈的脖子,用手捋着她脸上的长长的浓毛,说道:"我可爱的山羊妈妈,早上好!"

她妈妈伸出手来拧她的鼻子,把她的鼻子拧得又青又紫的,这就算是母爱了。

到了中午,她妈妈把那一大瓶酒喝光后就去打瞌睡了。小女强盗走到驯鹿跟前说道:

"我本来真想用我的刀子再在你脖颈上多搔几回痒痒,因为你的模样很滑稽。可是算啦,我要解开你的绳子放你出去,让你跑回到拉普兰,不过你必须放开四条腿跑得飞快,要把这个小姑娘驮在你的背上送到雪女王的宫殿里去,在那里找到她的小哥哥。你早就听见了她说的一切,因为她讲话声音很响,你那时候在偷听。"

驯鹿高兴得跳了起来。小女强盗把杰尔达抱到驯鹿背上,小心地把她绑牢,还拿了个垫子给她坐。"这就不碍事了,"她说,"这双毛皮靴子给你穿,路上很冷。可是裘皮手筒我要留下来用,它太漂亮了。不过你也冻不着,我把我妈妈的无指大厚手套给你,你可以把它们戴到胳膊肘上。来，让我来给你把它们戴上。瞧，现在你的两只手倒像是我那个丑妈妈的了。"

杰尔达高兴得流下了眼泪。

"我不喜欢看到你哭鼻子，"小女强盗说道，"现在你应该看起来高兴快活才对。再给你两个面包和一块火腿，这样你一路上就不会饿肚子啦。"她把两样东西都绑在驯鹿背上，再把门打开，又把那些大狗关在屋里。然后她用刀子把绳子割断，对驯鹿说道：

"去吧，快跑吧！你可是要照顾好这个小姑娘。"

杰尔达向小女强盗挥舞一只戴着无指大手套的手来对她告别，说道："再见啦！"驯鹿撒腿飞奔起来，它跳过树桩和灌木丛，穿过森林，跑过沼泽和平原，它使出了浑身的力气在飞跑。狼群在嗥叫，渡鸦在乱叫。"嘭，嘭！"老天爷像是快要打喷嚏啦，把脸蛋憋得通红。

"瞧，那是我的老熟人北极光，"驯鹿说道，"它们的光芒有多么亮呀！"驯鹿跑得愈来愈快，日日夜夜都在飞奔着。面包吃完了，火腿吃完了，她们也就来到了拉普兰。

第六个故事　拉普兰女人和芬兰女人

她们在一幢低矮的小房子前停住了脚步。那幢房子的模样真是可怜，屋檐一直伸到了靠近地面，房门低矮得住在里面的人只能趴着进趴着出。那户人家只有一个拉普兰族的老奶奶在家里，别人都不在家。老奶奶正用鲸油灯照着亮在煎鱼。驯鹿把事情的整个经过都讲给老奶奶听，先讲自己的再讲杰尔达的，因为它觉得自己的事情要紧得多。杰尔达已经冻得快要僵住了，连话都说不出来。

"唉，你们这两个小可怜，"拉普兰老奶奶说道，"你们还有很长一段路要跑。还要跑一百多英里路才能到芬马克。雪女王住在那边的荒野里，天天晚上都燃放蓝色的焰火。我在一片鳕鱼干上写了几个字，因为我这里没有纸。你们把这封短信捎去，交给那边的芬兰女人，她知道的事情比我多，她会告诉你的。"

杰尔达身体暖和过来了，她喝了水吃了饭，拉普兰老奶奶在一片鳕鱼干上写了几个字交给杰尔达，叫她放在身边藏好，然后又把她绑在驯鹿的背上，驯鹿又飞跑起来。"嘭，嘭！"天空中又发出这样的声音，整个夜晚天上都闪耀着明亮可爱的蓝色北极光。她们来到了芬马克，敲响了那个芬兰女人住的小房子的烟囱，因为那栋小房子干脆连门都没有。

　　房子里非常闷热，芬兰女人身上几乎没有穿衣服，个子很小也很肮脏。她马上把小杰尔达的衣服解开，脱掉她的手套和靴子，要不然她会热得难受。然后在驯鹿头上放了块冰，又把写在鳕鱼干上的字念了一下。她念过三遍后全都能背下来，于是就把鱼干扔在汤锅里，因为鱼干是很好吃的，再说她从来不舍得把食物倒掉。

　　驯鹿先讲了自己的遭遇，再讲了杰尔达的。芬兰女人眨眨她那双聪明的眼睛，却没有吱声。

　　"你那样的聪明，"驯鹿说道，"我知道，你有本事把全世界刮的风全都拴在一根缝衣线上。船老大解得开线上的一个结，他就会得到顺风。他要是解开了第二个，那么会刮起挺厉害的大风。如果他解开了第三、第四个结，大风暴就会来到，刮得森林里的大树都连根拔起。你肯给这个小姑娘喝点什么神奇的东西，使她有十二个男人的力气，好去战胜雪女王吗？"

　　"十二个男人的力气，"芬兰女人说道，"好吧，那可是足够了。"

　　她走到床架旁边，取出一卷皮子来，她把皮子打开，上面写着许多稀奇古怪的字母。芬兰女人朗读起来，一直读到她的前额上滴下汗水来。

　　驯鹿又在为小杰尔达苦苦恳求，请她出力帮助。杰尔达睁大了眼睛看着芬兰女人，眼神里充满了哀求，泪珠在眼眶里打转。芬兰女人又眨起眼睛来，她把驯鹿拉到一个角落里，把一块新的冰块放到它的前额上，对它咬耳朵说道：

　　"凯依真的在雪女王那，这是没错的。他觉得那里一切都合乎他的心愿，觉得那里是世界上最美好的地方。毛病就出在魔镜的一片碎片刺进了他的心里，一颗玻璃碎屑落进了他的眼睛里。要是不把这些碎镜片取出来，他就再也当不成人了，只好一直服从于雪女王的主宰。"

　　"可是难道你不肯给小杰尔达一些力量，使得她能够把这一切都破除掉吗？"

　　"她自己身上有那么大的力量，我再给不了她更多一点了。你难道看不出来她身上有股子多么伟大的力量吗？难道你看不出来，不管是人还是牲畜都那么情愿地为她出力相助？她光着脚都走遍了天涯海角,所以她用不着从我们身上得到力量。她是一个那么可爱纯洁的小姑娘,那股力量就在她的心里,在她自己的心里。她自己要是到不了雪女王那里,把那些碎镜片从小凯依的身上取出来,那么我们谁也帮不了她的忙!从这里再过去两英里路就是雪女王的花园。你可以把小姑娘驮到那里去,在雪地上的那棵长满红莓果的大灌木丛旁把她放下来,你在那里不要耽搁久了,不要聊大天聊个没完,一把她送到你就回到这里来!"

芬兰女人把小杰尔达抱到驯鹿背上,驯鹿就拔开四条腿飞跑起来。"呀,我没有穿上我的靴子,我连我的无指大手套也没有戴!"小杰尔达叫喊起来。

她马上就吃了寒冷刺骨的苦头。可是驯鹿却不敢停下脚步,它一直朝前奔呀奔呀,一口气跑到了那棵长满红莓果的灌木丛边。它把杰尔达放下来,亲吻了一下她的小嘴,大滴大滴的亮晶晶的泪珠淌过了它的脸颊,然后它赶紧扭头往回飞奔走了。只剩下可怜的杰尔达,没有穿鞋也没有戴手套,一个人站立在冰雪封冻、寒冷刺骨的芬马克荒原上。

她用足了力气往前奔跑。一场鹅毛大雪忽然朝她扑了过来。这场雪却不是天上落下来的,因为天空很晴朗,还闪亮着北极光。那场雪是贴着地面迎着她直扑过来的,越是扑到她身边雪花就越大。杰尔达记得那一回透过取火镜看到的雪花,那一片片雪花又大又好看,形状是多么精致。可是这里的雪花却是另一种样子,大得不得了,每一片都张牙舞爪挺吓人。它们都是活生生的,是雪女王派来打前哨的。它们的形状也是稀奇古怪的,有的看上去像是难看的大刺猬,有的像身子蜷成一团却伸长了脑袋的蛇,也有的像胖胖的小熊,背上的毛都竖立了起来,一根根都闪闪发亮。它们全都是活着的雪花。

小杰尔达念起了祷告词,祈求上帝保佑。天气实在冷极了,她看得见自己嘴巴里呼出来的热气像一股股蒸汽似的凝聚成了团,越凝越紧,后来就凝结成了一个个透明的小天使。他们一碰到地面就越来越大,个个都头上戴着头盔,手里持着长矛和盾牌。人数越来越多,等到她祈祷完的时候,已经有一个军团的天使围在她的身边。他们伸出长矛把那些模样吓人的雪花全都刺得粉碎,小杰尔达很平安地没有遇到多少麻烦就往前走去。小天使不停地拍打她的手和脚,她觉得不那么冷了,于是她就迈开脚步朝雪女王的宫殿走去。

还是来看看凯依在做什么吧。他真的没想过杰尔达,更想不到她就站在雪女王王宫外面。

第七个故事　雪女王宫中发生的事情和童话的结局

　　那座宫殿的墙是积雪砌成的，门窗都是刺骨的寒风。宫殿里有一百多个厅堂，全都是用雪花堆起来的，最大的那个厅堂方圆足有好几英里路，强烈的北极光把它照得通亮。这些厅堂都那么大，那么空荡荡，那么明亮，却寒冷刺骨。这里从来没有欢乐，甚至连小狗熊的舞会都没有，要不然的话暴风雪就是舞会上的音乐，北极熊可以用后腿站立起来翩翩起舞，姿势是那么优美动人。这里从来不玩扑克牌游戏，听不见噘着嘴发出啧啧的声响，或者是懊恼得敲击大腿。这里也没有雪白的银狐小姐们聚在一起喝咖啡闲聊家常。雪女王宫殿里的厅堂个个都大得一望无际，却空荡荡、冰冰凉。北极光发光的位置一直是那样有规律地变动，所以能够算出它什么时候在最高位置，什么时候在最低位置。就在那个空荡荡，大得一望无际的雪花堆起来的大厅中央，有一个冰湖，湖里冻着的冰裂成了成千上万的冰块，每一块冰的形状和大小都完全一样，它们本身就成了一件完美的艺术品。雪女王在家的时候，就坐在冰湖的湖心，她说自己是坐在"理性的魔镜"之上，这是世界上最好的、独一无二的镜子。

　　小凯依早已被寒冷冻得浑身都成了青紫色，几近黑色，可是他自己却一点都感觉不出来，因为雪女王已经把寒冷的感觉从他身上吻掉了。他的心已经差不多变成了一坨冰疙瘩。他把一些又尖又扁的冰块拖过来挪过去，拼搭出各式各样的图形，就像我们用七巧板拼搭出各种形状的东西来一样，这种玩法叫作"中国益智游戏"。凯依就这样来来回回地挪动冰块来拼出形状，那是最稀奇古怪的图形。在他看来，这些图形是非常了不起的，是最要紧的。这都是因为他眼睛里还粘着那块镜子的碎屑才有这样的念头。他已经搭出了很多不同的图形。他想把不同的图形挪到一起，拼写出一个单词来，这个单词就是"永恒"。雪女王曾经对他说过："你要是能拼出那个单词来，你就会成为自己的主人，我会把整个世界都送给你，还要给你一双新的冰鞋。"可是他却拼写不出来。

　　"现在我要到那些暖和的国度去一趟，"雪女王说道，"我要到那里去看看那两口黑乎乎的大锅子，她指的是埃特纳和维苏威的两座活火山。我要使得它们变得一片雪白！这个季

节是该下一场大雪了，下了雪柠檬和葡萄都会长得更好的。"

说完之后，雪女王就飞走了。只剩下凯依孤零零坐在那方圆好几英里的、空荡荡的冰雪大厅里，他放眼望去，见到的只有冰。他忍不住动脑筋想起来，想呀想，想得他身体里发出吱吱嘎嘎的响声。他一动不动，直僵僵地坐在那里，别人乍一见到还以为他已经冻死了呢。

就在这时候，小杰尔达从那寒风刺骨的大门走进了宫殿里。刺骨的寒风直朝她刮过来，于是她又念起了晚祷的祷告词，狂风就立刻平息下去，好像睡熟了一样。她踏进了空荡荡的冰雪大厅，一眼就看见了凯依，马上认出他来，扑过身去伸出双臂抱住了他的脖颈，抱得很紧很紧，喊道："凯依，亲爱的小凯依！我总算找到你了！"

可是小凯依一动不动地坐在那里，身体直僵僵、冰冰凉的。小杰尔达忍不住大哭起来，她的热泪滴滴答答落到了他的胸口上，又涌进到他的心里，那块冰坨子被她的热泪融化开来了，热泪也冲走了刺在心上的那块镜片碎屑。于是他睁开双眼来看着她。她唱起了赞美诗：

玫瑰花盛开在深谷里，
在那里我们见到了圣婴耶稣。

凯依一听就放声大哭起来，他流出了眼泪，粘在眼珠子上的那片玻璃碎屑也从眼睛里淌出来了。他终于认出她来，高声欢叫起来："亲爱的小杰尔达！这么长的日子你一直待在哪里呢？这是在什么地方呀？"他朝四周看着，"这里可真冷呀！这么大的地方，到处空荡荡的。"

他紧紧地抱住了杰尔达。她开心得咯咯笑了起来，又流下了快活的泪水。他们是那么高兴，连四周的那些冰块也高兴得围着他们两个跳呀蹦，直到跳累了才躺下来，它们躺成了一排，恰好拼写出了雪女王要凯依拼写的那个单词：永恒。雪女王曾亲口答应过：只要他真的拼写出来，他就可以成为自己的主人，她会把全世界都送给他，还要再给他一双新的冰鞋。

杰尔达亲吻了他的脸蛋，他的双颊上立刻像鲜花绽开那样变得红润起来。她亲吻了他的双眼，那双眼睛就明亮得像她的眼睛一样。她亲吻了他的双手和双脚，他立即恢复过来，手脚都可以轻快地活动了。就算雪女王在这时候回到家来，那也不要紧了，因为那一行亮晶晶的冰块拼写成的单词就是他得到自由的证书。

他们两个手拉着手走出了那座大得不得了的冰雪宫殿。一路上他们谈起了老祖母，讲到了屋顶上那两丛盛开的玫瑰。他们走到哪里，哪里寒风就停息下来，太阳就出来了。他们走到那棵长满红莓果的灌木丛旁边，驯鹿早已站在那里等着他们。它带来了一只年轻的母鹿，母鹿的乳房胀得鼓囊囊的，它把热腾腾的鹿奶给两个孩子喝，还亲吻了他们的小嘴。然后它们就驮着凯依和杰尔达先来到了芬兰女人那里。他们在那幢非常热的小房子里把身子暖和过来，问清了回家去的路途，接着又来到拉普兰老奶奶那里。拉普兰老奶奶早已给他们缝制好了新衣服，还为他们准备好了各自用的雪橇。

驯鹿和母鹿在他们的身边蹦着跳着，跟随着他们奔跑，一直把他们送到拉普兰的边界。这里最早吐绿的嫩芽已在枝头绽开了。他们在这里同驯鹿分手，向拉普兰老奶奶告别。

"再见啦！"他们大家齐声说道。森林里也已经有了嫩枝绿叶，刚出生的小鸟在树上叽叽喳喳叫个不停。从森林里忽然飞驰出一匹骏马，杰尔达一眼就认出来这正是拉金马车的那匹马。一个小姑娘骑在马背上，头上戴着一顶亮晶晶的大红帽子，身前挂着一支手枪。原来这个小姑娘就是小女强盗，她在家里待腻烦了，就想先到北方来玩玩，如果这里不称她的心意，她再到别的地方去。她一下子就认出了杰尔达，杰尔达也认出了她。这样的偶遇真让人惊喜。

"你这个爱到处闲逛的家伙，"她对凯依说道，"我真不知道某人为了你跑到世界尽头到底值不值得！"

可是杰尔达拍拍她的脸蛋，向她打听王子和公主。

"他们到外国去啦！"小女强盗说道。

"那么乌鸦呢？"小杰尔达问道。

"唉，乌鸦死啦，"她回答道，"它那个脾气温柔的妻子成了寡妇，腿上挂着黑纱，到处去诉说自己的不幸和悲哀，那也只是嘴上说说而已。快告诉我，你究竟一口气跑到了哪里，在什么地方把他找回来的？"

杰尔达和凯依两个人都一五一十地讲了一遍。

"啧啧啧！哇，了不起！"小女强盗听得嘴里不断地叫出声来。她拉着他们两个人的手答应他们说，如果有一天她经过他们的那个城市，她一定去探望。说完之后，她又骑马飞驰，奔向广阔的世界。

凯依和杰尔达手拉手地走呀走。他们回到家的时候已经是美丽的春天了，到处一片碧绿，各色鲜花盛开着。教堂的钟声敲响了，他们一下子就认出了教堂又尖又高的钟楼。他们认出了自己居住的那个大城市。进了城，一直来到老祖母家门前，沿着楼梯上去，走进了房间里。

房间和以前一模一样，东西都摆在原来的地方。那只老座钟还在嘀嗒嘀嗒地走着。可是等他们自己一踏进房间门后，这才发现原来自己已长大成人了。屋檐上的玫瑰盛开着，花枝从敞开的窗户里伸进房来。凯依和杰尔达各自在小凳子上坐了下来，他们手拉着手，像是做了场可怕的噩梦，要把雪女王那座冰冰凉、空荡荡的宫殿统统都忘个干净。

老祖母坐在明媚阳光下，高声朗读：你若不像小孩子，就断不能进上帝的天国。

凯依和杰尔达相互看着对方的眼睛。他们一下子懂得了这首古老的赞美诗：

玫瑰花盛开在深谷里，

在那里我们见到了圣婴耶稣。

他们两个人坐在那里，已经是大人了，可是他们还是孩子，心也还是孩子的心。这时夏天已经来到，暖和美好的夏天。

红鞋子

从前,有一个小姑娘,长得十分美丽,非常讨人喜欢。可是她很穷,夏天总是光着脚走路,到了冬天只穿一双大木屐,把一双小脚背磨得又红又肿。

村子里住着一位年迈的鞋匠母亲,她坐在那里用一些旧的红零布头儿尽其所能做了一双小布鞋。这双鞋虽说粗针大线、笨头笨脑,可是满载着她的爱,因为那是做给那个小姑娘穿的。那个小姑娘名叫卡琳。

卡琳正好在她妈妈下葬的那一天得到了这双红鞋子,她这才平生第一次穿上了鞋。说实话,在这样哀痛的时候穿这双鞋子真是不适宜。可是她没有别的鞋子可穿,只好穿上这双鞋子,跟在她妈妈的薄皮棺材后面送葬。

忽然间驶来了一辆老式大马车,车里坐着一个身材高大的老夫人。这个老夫人看着小姑娘,觉得她太可怜,于是就对牧师说:"你把这个小姑娘给我吧,我会很好地待她的。"

卡琳相信这全是因为这双鞋子的缘故,可是老夫人却说这双鞋子太难看了,于是这双鞋子就被烧掉了。卡琳被打扮得干干净净,穿上了整洁的衣服,她还学会了读书、识字和缝纫手艺。人人都说她长得讨人喜欢,镜子却对她说:"你何止讨人喜欢,你长得非常美丽。"

这时候,王后正好在全国各地周游,她带着她的小女儿,也就是公主。城里所有的人像潮水般涌到王后行宫外面去致敬问候,卡琳也去了。小公主穿着美丽的白色裙子,站在一扇窗户前,让大家瞻仰她的风采。她身后没有长长的裙裾拖地,头上也没有戴金王冠,却穿着一双红鞋子。这双红鞋子是用上好的摩洛哥山羊皮缝制的,华贵、漂亮,与鞋匠母亲做的那双红鞋子真是天壤之别了。世上再也没有什么东西能和这红鞋子相媲美了。

卡琳长大到可以领受坚信礼的年纪了,她得到了新衣服,还要得到新鞋子。城里那个阔气的鞋匠在他的店铺里为她小小的双脚量了尺寸。店铺里一溜大玻璃橱,里面陈列着各种各样漂亮的皮鞋和锃亮的靴子,真是琳琅满目、美不胜收。可是,老夫人老眼昏花,所以享受不到这一乐趣。橱窗里陈列着的鞋子中有一双红色的,很像那公主穿的,这双皮鞋真是美极了。鞋匠也说,这双鞋原本是给一位公爵的女儿做的,可惜不太合她的脚。

"大概是漆皮做的吧,"老夫人说,"还闪闪发光呢。"

"是呀,闪闪发光。"卡琳说。这双鞋很合脚,于是她就买了下来。老夫人眼力不济,一点儿没有看清那双鞋是红色的,因为她决计不会允许卡琳穿着红鞋子去领受坚信礼的。可是,卡琳就是这样穿着去了。

教堂里所有的人都瞅着她的脚,她从教堂门廊走到唱诗班的高坛面前,她觉得每个人的眼光都盯在她的这双鞋上,连墓碑上的画像,那些穿着黑色长袍、戴着白色高硬领的牧师和牧师夫人的画像也都盯住她的双脚。在坚信礼领受仪式上,主持仪式的牧师把手放在她的头顶上宣讲圣谕,从神圣的洗礼讲到和上帝订立的契约,并且告诉她,如今她已是个成年的基督教徒了,可是她心里想的却只是这双红鞋子。管风琴奏响了,琴声庄严肃穆、圣洁非凡,唱诗班的孩子们那童稚的声音同领唱者苍老的声音掺和在一起,越发动人心弦,可是卡琳的心里还只是想着这双红鞋子。

到了下午,老夫人才从别人那里听说了卡琳穿的是一双红鞋子。她说这太不像话了,以后卡琳上教堂去一定得穿黑鞋子,哪怕是旧的。

接下来的星期日要举行圣餐仪式,卡琳看看黑鞋子,又看看红鞋子。她再次看看红鞋子,心里实在舍不得，便把它穿上了。那天阳光明媚，天气很好，卡琳跟着老夫人沿着麦田埂上的小径走去，一路上尘土飞扬。

教堂门口站着一个挂着拐棍、满脸胡须的老伤兵，他蜷曲的长髯颜色十分奇怪，说它是白的倒不如说是红的，因为那长须本来是红颜色的，虽然花白了，却还是白少红多。他躬着身都快碰到地面了，嘴里问老夫人，是否可以给小姑娘擦擦鞋，卡琳便把她的小脚伸了出来。

"瞧瞧，多漂亮的舞鞋呀，"老伤兵说，"你跳舞的时候永不会脱落。"他还用手摸了摸鞋后跟。老夫人给了老伤兵一先令铜板，就带着卡琳走进教堂。

教堂里所有的人都盯着卡琳的红鞋子看，所有的画像也用目光盯住了这双鞋。卡琳跪在圣坛前把金色的圣餐杯放到嘴边的时候，她心里也只想着这双鞋。她觉得这双鞋好像在圣餐杯里游来游去。她甚至忘记唱赞美诗，忘记念祈求天主保佑的祷文。

做完礼拜后，人们步出教堂，老夫人上了自己的马车。卡琳抬起脚来刚要上车的时候，站在她们身边的那个老伤兵说："瞧瞧，多么漂亮的舞鞋呀！"

卡琳心痒难耐，觉得非要跳舞不可，可她一开始跳，双脚就再也停不下来了，就好像那双鞋有一股魔力驱使她的双脚跳个不停。她跳着跳着就绕过了教堂的墙角，可是她身不由己、欲罢不能。马车夫只得奔过去追上她，把她抱进了马车。可是，那一双脚还在不停地跳着，结果那个善良的老夫人还被她重重地踢了几脚。后来，他们只得把她的鞋子脱掉，她的双脚这才安生下来。

一回到家里，那双红鞋子就被搁进了柜子里，可是卡琳还是忍不住要对这双鞋瞅一眼。

不久后，老夫人就病倒了。大家都说，她大概会一病不起，所以要有人精心服侍和照料她才行，而卡琳是最合适的贴心人。恰巧就在这个时候，城里要举行一个盛大的舞会，卡琳也得到了邀请。她看看老夫人，老夫人已活不下去了。她又看看那双红鞋子，心想跳舞又不是什么罪过，于是就穿上了那双红鞋子，其实她心里早就想穿了，然后干脆去舞会跳舞了。

可是她要往右边跳的时候，那双鞋子却偏偏跳向左边。她要朝房间里跳的时候，那双鞋子却偏偏往房间外走。她跳出了房间，又跳下台阶，跳着舞穿过大街出了城门。她不停地跳，也没法停下来不跳，跳呀跳，一直跳进了黑沉沉的大森林里。

忽然间，树梢之间露出了亮光。她以为是月亮，可是那是一张脸，原来是那个长着红胡须的老伤兵。他坐在树枝上，点头称赞说："瞧瞧，多么漂亮的舞鞋呀！"

这下子她吓坏了，想把红鞋子扔掉，可是怎么脱也脱不下来。她把袜子扯掉，可是那双红鞋子仍然牢牢地穿在她的脚上。她只得不停地跳着，跳过田野和草地，不管是下雨还是出太阳，不管是白天还是黑夜，她都要不停地跳。在黑夜里跳舞，最是可怕！

她跳进了空旷、开阔的教堂墓地，长眠在那里的死人是不跳舞的，他们自有别的事情要做。她想在长满苦蕨草的穷人的坟上坐下来，可是她却仍旧安静不下来，不能喘口气歇歇脚。在她朝着敞开的教堂大门口跳过去的时候，她看见了一个天使。那个天使身穿雪白的长袍，背后有一对翅膀，那对翅膀从他的肩头一直垂到地面。天使脸色冷峻，手里拿着一把寒光闪闪的利剑。

"你非跳下去不可！"天使说，"你就穿着这双红鞋子不停地跳舞，一直要跳到你脸色发青、浑身冰凉，跳到你皮肤缩成一具骷髅。跳下去吧，挨家挨户地跳吧，遇到傲慢而又虚荣的孩子，你要使劲儿地敲门，好让他们害怕。你必须跳下去，跳下去……"

"求求您饶恕我吧。"卡琳喊道，可是，她没有听到天使是怎样回答她的，因为那双红鞋子拖着她跳出了大门，跳过田野，穿过大街小巷。她就这样跳呀跳，不停地跳。

一天清晨，她跳着经过一个她熟悉的门口，屋里传出唱赞美诗的歌声。一口撒满了鲜花的棺材抬了出来，这时她才知道老夫人已经病逝。她明白她被所有人遗弃了，她正在遭受惩罚。

她仍旧在跳着舞，她不得不跳。在漆黑的夜晚，她也照样跳着舞。那双红鞋子拖着她跳过荆棘，跳过野蔷薇丛，她的身上划出了一道道鲜血淋漓的口子。她跳过沼泽、荒原，跳到一座孤零零的小屋子面前。她知道这里住着一个刽子手，她伸出手指敲敲窗子说：

"出来，出来，我无法进屋里去，因为我一直跳舞跳个不停呢。"

刽子手说："看来你还不知道我是谁。我是专门把坏人的脑袋砍下来的人，这会儿我看到我的斧头又在蠢蠢欲动了。"

"千万别把我的脑袋砍下来,"卡琳说,"那样一来,我就无法忏悔、赎罪了,不过您把我穿着红鞋子的双脚砍掉吧。"于是,她忏悔了她所有的罪过,刽子手便把她穿着红鞋子的双脚砍了下来。那双红鞋子就带着双脚跳着舞越过田野,跳进森林深处去了。

他为卡琳做了一双木腿和一副拐杖,教会她唱一首罪人们都唱的赞美诗。她吻了吻握过斧头的那双手,就穿过沼泽荒原,回去了。

"现在,我已经吃够那双红鞋子的苦头啦!"她说,"我必须上教堂去让大家看到我!"于是,她加快脚步走向教堂的大门。但是她刚走到教堂那里,就看见那双红鞋子在她的面前跳着舞。她心里害怕极了,转身就走掉了。

整整一个星期,她都非常伤心,不断地哭泣,流下好多痛苦的眼泪。到了星期天,她说:

"我已经吃足苦头,也尽力忏悔了,我相信我已经可以同他们一起上教堂啦,因为我和他们中的许多人一样好,可以昂起头来坐在那里了。"

她鼓足勇气往前走去,可是还没有走进教堂的院子,就又看到那双红鞋子在她面前跳着舞。她心里一害怕,又扭身转回去了,不过她在心中一直默默地忏悔她的罪孽。

后来,她到牧师的家里去,请求牧师收留她当个女佣,她说她一定会干活勤快,努力做好一切事情。她绝口不提工钱,但求能有个栖身之处,和善良的人们在一起。牧师的妻子很可怜她,就留下她来做帮佣。她做事非常勤快,也肯用心思把一切都想得十分周到。在晚上,她安安静静地认真细听牧师高声朗读《圣经》。这家里的小孩子都喜欢她,可是每当他们谈起衣着打扮,说是要穿得像王后一样美丽时,她总是连连摇头。

下一个星期日,他们全家都上教堂去做礼拜,他们问她是否愿意和他们同去。她眼里充满了泪水,伤心地看着她的拐杖,于是家里只剩下她一个人。她回到自己的房里去,那个房间小得只能摆一张床和一把椅子。她拿起她的赞美诗集坐了下来,满怀虔诚地读着这本书。阵阵清风把教堂的管风琴声传到她的耳朵里,她抬起头,泪流满面地呼喊道:

"哦,上帝啊,救救我吧!"

阳光明媚,她的面前蓦然出现了一个身穿雪白长袍的天使,就是那天夜晚她在教堂门口见到的那一个。不过，此刻他手里拿的不再是那把寒光闪闪的利剑，而是一根开满玫瑰花的、美丽的绿色枝条。他举起这根绿色的枝条去捅捅房顶，那房间的天花板就冉冉升起，越升越高，凡是他捅到的地方总会有一颗金星在闪耀。他用绿色的枝条去敲敲墙壁，那些墙壁便闪开。她看见了正在奏乐的管风琴，她看见了那些挂着的牧师和牧师夫人的古老的画像，教堂里的人们正坐在雕花椅子上高声齐唱赞美诗。这是因为教堂来到了这间窄小的房间里，来到了这个可怜的姑娘面前，再不然就是她自己已经到了教堂里面。她坐在凳子上，同牧师全家人坐在一起。当他们唱完赞美诗抬起头来看到她的时候，他们都点头说：“来到这里，就对了，卡琳！”

"我终于得到了宽恕。"她说。

管风琴声悠扬起伏，唱诗班的童声柔软而甜美，温暖、明亮的阳光从教堂的窗户里照射进来，倾泻到卡琳坐着的凳子上。她的心里充满了阳光、宁静和欢乐，满得终于爆裂开来。她的灵魂随着一缕阳光飞上天堂，飞向上帝。在那里，再也没有人问起过那双红鞋子。

牧羊女和扫烟囱工

你曾经见到过一个真正的旧木柜吗？那种柜子由于年代久远而发黑，柜子周身雕刻着花纹和簇草图案。有一户人家的客厅里就放着这样的一个木柜，是曾祖母遗留下来的。柜子从柜顶到底座都雕着玫瑰花和郁金香，那些簇草的花纹卷成奇特的形状，在簇草之间还露出个小鹿的脑袋来。柜门的正中央雕刻着一个人的全身像，他的模样真是惹人发噱。他朝着你龇牙咧嘴，没有人会说这是笑容满面。他长着一双山羊腿，额头上有小小的犄角，下巴上还留着一把长胡子。屋里的孩子们总是叫他"总司令兼军士，小兵兼上将公羊腿"，这真是个十分难念的名字，但是他一定很重要，为什么有人要费心去雕刻他呢？

他总是目不转睛地盯住镜子底下的那张桌子，因为桌子上放着一个非常精美的瓷器牧羊女。她的鞋子被涂成金色，裙衫上很好看地缀了一朵玫瑰花，头上戴着金色的帽子，手里拿着牧羊的曲柄杖。她真是美丽动人！紧靠在她的身边，站着一个小小的扫烟囱工，黑得像一块焦炭，但也是瓷做的。他和其他的瓷人一样整洁。他之所以是扫烟囱工，只不过是因为被做成这副模样而已。倘若做瓷器的工人当初有另外的念头的话，他也许就被做成了王子。

他姿态优美地站在那里，手上扶着一把梯子。他长得很俊俏，脸蛋白里泛红，像个姑娘一样。其实这是一个美中不足的瑕疵,按理说他本当脸蛋乌黑、满面污垢才对。他同牧羊女并排站在一起,靠得很近。那是人家把他俩这样安放的,既然这样安放在一起,他俩就订了婚。真是天造地设的一对,都是风华正茂的年轻人,都是用同样的瓷土做成的,而且同样脆弱。

他俩身边还有另一个人,这个人足足有他们三倍那么大,是一位中国老人,也是一件瓷器。他会点头,说他是牧羊女的祖父,可是却拿不出证据来。他一口咬定自己有权管住她,因此那个"总司令兼军士,小兵兼上将公羊腿"向牧羊女提出求婚的时候,他就点点头慨然应允了。

"你可以找个丈夫了,"中国老人说,"我相信他是桃花芯木做的。他会使你成为'总司令兼军士,小兵兼上将公羊腿'夫人。他拥有满满一柜子的银器,还有偷藏的许多金银财宝。"

"我可不愿钻到那个漆黑一团的柜子里去,听说他在柜子里已经有十一个瓷人妻子了。"

"那么你就做第十二个好啦,"中国老人说,"今天晚上,你听到那个古色古香的旧柜子里发出噼啪响声的时候,你就要出嫁结婚了。这就像我是个中国人那样千真万确。"说完之后,他点了点头就睡着了。

牧羊女痛哭着,她眼巴巴地望着心上人——

那个瓷做的扫烟囱工。

"我非求你救救我不可，"牧羊女说，"快带着我一起逃到外面广阔的天地里去吧，这里我们是没法再待下去啦。"

"你要我干什么，我就一定会做到的，"小扫烟囱工说，"只有当真逃到了外面的广阔天地里，我才放得下心快活起来。"

扫烟囱工温柔地安慰她，教会她怎样把她那双小小的脚踩在刻着花纹的桌子边沿上，再顺着桌腿上的镏金簇草装饰物爬下去，他还举起他的小梯子来帮她。他们两个终于从桌子上爬到了地板上，他俩朝着那个古色古香的旧柜子望过去，只听见那柜子里发出一阵嘈杂的声响，柜子上面雕刻着的所有鹿头一齐朝前冲了出来，把它们额上的犄角翘得高高的，还来回扭动着它们的脖颈儿。"总司令兼军士，小兵兼上将公羊腿"蹦得老高，朝着中国老人吼叫道：

"他俩逃走啦，逃走啦！"他们两人惊得慌不择路，连忙跳进了窗台上的一个抽屉里。

抽屉里放着三四张纸牌，却不是整副纸牌中的，还放着用纸牌搭起来的一座小而精致的玩偶戏台。这样的戏台搭起来很快，却也很容易一下子就倒掉。纸牌里所有的王后，无论是红方块还是红桃，梅花还是黑桃，手里都拿着郁金香花瓣做的扇子坐在第一排看戏，所有的杰克都站在她们身后伺候着。他们这么笔直一站就显出上面和下面两端各有一个脑袋，就像我们在玩纸牌时通常见到的那样。台上正演着一出悲剧，讲的是一对有情人最终难成眷属的故事。小牧羊女看着哭了起来，因为这和她自己的故事如出一辙。

"我受不了啦，"小牧羊女叫喊起来，"我们必须离开这个抽屉。"

他俩又爬到地板上，可是抬起头来朝桌上一看，只见那个中国老人已经醒过来，正摇晃着全身，因为他的下半身是一整坨。

"中国老人来啦！"小牧羊女大声惊呼起来，她猝然摔倒在地，把瓷膝盖也砸在地板上。她已经吓慌了，怕得不知怎么办才好。

"我有主意啦，"扫烟囱工说，"我们可以爬进墙角上那个储存干花瓣的大坛子里躲起来，我们可以躺在玫瑰花瓣和薰衣草上。他要是走过来的话，我们就朝他的眼睛里撒盐。"

"这个主意不顶用，"牧羊女说，"因为我知道中国老人和那个干花坛子曾经订过婚，至今藕断丝连情意还在。不行，除了逃到外面的广阔天地里去，我们无路可走了。"

"你真有足够的勇气跟随我到茫茫的世界上去闯荡吗？"扫烟囱工问，"你可曾想明白世界是多么辽阔，一旦我们走出去，就再也回不来了？"

"我想好了。"

扫烟囱工瞪大眼盯住她看了半晌，"要走的路是从烟囱里爬出去，难道你真有勇气敢跟着我爬进壁炉炉门，爬过炉膛和烟道吗？那样我们就可以从烟囱里往上爬。要知道我是干打扫烟囱的活计的，惯于爬到高处去。爬得那么高，谁都自叹不如。在烟囱的顶上有一个大洞，我们从这个洞里爬出去，就可以到外面广阔的天地里去了。"他领着她爬进了壁炉的炉门。

"这里面真黑呀。"她说，不过她还是紧跟着他爬过了炉膛，爬过了烟道，那里面漆黑一片，一点儿亮光也没有。

"好啦，我们已经爬到烟囱底下了，"他说，"瞧呀，顶上有一颗明亮的星星在闪耀。"

天上果然有一颗星星在朝着他们眨眼，把亮光照到他们身上，像是要为他们引路似的。他们朝上爬呀，爬呀，这条路十分吓人，高不可测，又陡峭笔直。他爬得既轻巧又敏捷。他搀扶着她，教她怎样把她的小瓷脚踩在最适合落脚的地方。后来，他们终于爬到了烟囱顶上，他们在那里坐下来歇脚，因为他们太累了，这是不用说的。

头顶上是一片星光灿烂的夜空，脚底下是万家灯火，他们放眼眺望，只见天地广阔，无边无际。可怜的小牧羊女茫然不知所措了，她从来不曾想到外面的世界会有这么大。她把自己的小脑袋靠在扫烟囱工身上，禁不住哭了起来，泪水把她身上的金色冲得一片斑驳。

"这真是太大了，"她说，"我吃不消了。世界实在太大了，我宁可回到屋里去，回到镜子下面的那张小桌子上去。要是我回不到那里去，我怎么也不会快活的。我已经跟着你到外面的广阔天地里来闯荡过了，要是你还爱我的话，你就陪着我，送我回去吧！"

扫烟囱工苦口婆心地劝了一番，他讲到了中国老人，也讲到了那个"总司令兼军士，小兵兼上将公羊腿"。可是，她哭得那么伤心，还不断地亲吻他，小扫烟囱工只得顺从了她，

虽说他觉得这样做是愚不可及的。

他们又吃尽苦头地从烟囱里爬回来，爬过了烟道和炉膛，这些地方都是令人难熬的地方。他们站在漆黑的炉膛里，贴在炉门背后侧耳细听，想知道屋里有什么动静。房间里毫无声响，他们这才从炉门的门缝里探头窥视。哦，天哪，中国老人直挺挺地躺在地板上，那是他想追赶他们的时候从桌上滚下来摔在了地板上。他断成了三截，整个后背那一大块从身上脱落了，而他的头颅却滚到了房间的一个角落里。那个"总司令兼军士，小兵兼上将公羊腿"却仍旧待在原来的地方，看样子却是心事重重。

"真是太可怕了，"小牧羊女说，"老祖父摔碎了，这全怪我们不好，我也没法活下去了。"她边说边使劲地绞着她的两只小手。

"他可以补好的，"扫烟囱工说，"而且可以补得一点儿也看不出来，仍旧是个中国老人，所以千万不要太担忧。他们会把他的后背粘上去，再用钉子把他的脑袋钉牢，他又会完好如初，像新的一样。到那时，他又会在我们的耳朵旁絮叨个没完，叫得我们腻烦得难受了。"

"你真的这么想吗？"小牧羊女说。于是，他们又爬回到桌子上，站在老地方。

"你看我们白折腾了一通，走了那么多冤枉路，"扫烟囱工说，"我们本来是用不着有这些烦恼的。"

"但愿老祖父能补好，"牧羊女说，"真不知道这花钱多吗？"

那个老人终于被补好了，那家人把他的后背粘回原处，又在他的脖颈儿上钉了枚新的钉子，补好之后一切都完好如初，只不过他再也不能点头了。

"自从你摔成碎块以来，变得傲慢极了，""总司令兼军士，小兵兼上将公羊腿"对中国老人说，"可我却看不出你凭什么要摆出这副架子。你说，我能娶到她呢，还是娶不到她？"

扫烟囱工和小牧羊女一齐焦急不安地看着中国老人，生怕他会点头。可是，他再也不会点头了，而只是絮絮叨叨地对那些陌生人说，他的脖颈儿上钉了一颗很坚固的钉子。

那对小瓷人终于有情人成了眷属，他们很感激老祖父脖子上的钉子。他俩相亲相爱地厮守在一起，直到全破碎了也不曾变心。

影子

在炎热的国度里,那可真是骄阳逞威,把人的皮肤都晒成了棕红色,如同桃花心木一般。在最炎热的国度里,他们就被晒成了黑人。有一个寒冷国家的学者偏偏千里迢迢地来到了这个炎热的国度里。他本来以为可以像在本国那样到处逛逛,可是很快就改变了主意。他同所有明智的人一样,把自己关在屋里,整天都把窗户和大门关得紧紧的,就好像屋里的人都在睡觉,或者就像家里没有人一样。他居住的那条街道十分狭窄,还有许多高房子,似火的阳光恰好能从早到晚都照在那里,这真叫人吃不消。从寒冷国度来的学者是个才华横溢的有为青年,可是他也束手无策,只好像坐在一个烧得通红的火炉里似的忍受灼肤之苦。太阳晒得他筋疲力尽,人也消瘦下去了,瘦得连他的影子也缩了起来,比在老家的时候要小得多。可是就连这一点点影子太阳也不肯放过,在白天看不见影子,只有到晚上那影子才会恢复过来。

看自己的影子真是件有趣的事。把蜡烛拿到屋里,影子就会映到墙壁上,一直升到天花板上,它能伸多长就伸多长,这样它才能恢复元气。学者走到阳台,舒展身子,活动活动筋骨。

这时候星星出现在晴朗的夜空,他觉得自己又有了生气。街上所有的阳台上都有人在纳凉,在炎热的国度里,房屋的每个窗户外面都有一个阳台,因为大家都要呼吸新鲜空气,即使晒成像桃花心木那样的棕红色也习以为常了。街上顿时热闹起来了，楼上楼下、屋里屋外，人声嘈杂。鞋匠啦，裁缝啦，大家都搬到大街上来干活，他们连桌椅都搬了出来，还点上了蜡烛。于是上千支蜡烛点亮了。有人在聊天，有人在唱歌。街上行人如织，马车辚辚驶过，驴子碎步疾行，颈上的铃铛发出叮当声。

送葬的队伍在唱赞美诗的歌声中行进。街上的顽童们在玩射女巫的游戏。教堂的钟声在空中回荡。街道上一派热闹的景象。整条街上只有一栋房子里是沉寂的，就是那个外国学者住所对面的那栋房子。然而那栋房子里却有人居住，因为在阳台上种着花，那些鲜花在炎热的阳光下开得很美丽，倘若不天天浇水的话，它们恐怕早就枯死了。因此一定有人给它们浇水，也就是说这栋房子里有人住着。到了晚上，阳台的门半开着，不过里面黑洞洞的，至少临街的房间黑灯瞎火的，什么也看不见。从房子的深处传出音乐声。这音乐声在那个外国学者听起来真是美妙，不过也许是他自以为如此，因为他觉得炎热的国度里所有的一切都美妙无比，只要没有烈日当空的话。街对面那栋房子究竟租给了什么人，那个外国学者的房东也说不清楚，因为那栋房子里的人从来没有出现过。至于那音乐，房东觉得太单调。

"好像有个人坐在那里老是练习弹一首曲子，"房东说，"他怎么弹都弹不好。他似乎发狠说：'我非要把它弹好不可。'但是他弹来弹去怎么也弹不好。"

有一天夜里，那个外国学者醒来了，他是开着阳台门睡的，窗帘随着晚风在轻轻飘拂。他似乎觉得街对面的阳台上发出一道奇异的光，阳台上种的那些鲜花也闪着亮光，像色彩绚丽的火焰。鲜花之中立着一个美丽而苗条的姑娘。那光芒似乎就是从她身上发出来的，亮得他几乎睁不开眼睛，不过那也许是他刚从熟睡中惊醒过来眼睛睁得太大的缘故。

他马上跳下床，蹑手蹑脚地走到窗帘背后。可是那个少女倏忽失去了踪影，那奇异的光芒也随之消失，鲜花也不再闪闪发亮，像往常一样立在那里。那扇阳台门依然半开半合，从房间深处传出悦耳动听的音乐声。这乐声叫人一听到就沉浸到甜美的幻想中，如同中了魔法一样着迷。到底那个房间里住的是什么人呢？那个房间的入口又在哪里呢？因为那间房间是临街的，楼下的街面全是店铺，那是不会让人随意进进出出的。

有一天傍晚，那个外国学者坐在自己的阳台上乘凉，他身后的房间里点着一支蜡烛，这样一来他的影子就自然映到了对面房子的墙壁上去了，而他的身影恰好映到了街对面那个阳台的鲜花丛中。那个外国学者挪动身子，他的影子也随着移动，因为影子总是随着身子嘛。

"我相信，我的影子是街对面能见得到的唯一会活动的东西啦。"

外国学者说，"瞧，我的影子待在花丛里多么自在。那扇阳台门是半开着的，这影子应该放机灵点，干脆溜进去看一看，然后出来告诉我它看见了什么！你影子就立了大功劳啦。"

"你愿意钻个空子溜进去吗？"外国学者开玩笑地说，朝影子点点头。影子也朝他点点头。"好吧，那就去吧，不过千万不要一去就不回来了。"

他站起身，他那落在街对面阳台上的身影也随着站了起来。外国学者转过身来，那影子也跟着转了身。这时要是有人在仔细看的话，那么就会清清楚楚地看出来：那个外国学者走进自己的房间，把长窗帘放了下来；他的影子却径直走进了街对面阳台上那扇半开着的房门。

第二天清晨，外国学者出去喝咖啡，看报纸。当他走到阳光底下的时候，他愣住了。

"这是怎么回事？"他不解地问，"我身后怎么没有影子啦？莫非我的身影昨天晚上真是一去就没有回来？这真是咄咄怪事！"

这件事使得他大为烦恼，并不是因为把自己的影子弄丢了，而是因为他知道在寒冷的本国里有一则家喻户晓的故事，讲的恰好是一个没有影子的人。如果这个学者回到故乡去讲自己的这个亲身经历，大家都会说他只是在模仿那个故事而已。他不愿意人家这样来议论他，所以他就干脆不提这桩倒霉的事，他这样做倒真是挺有头脑的。

到了晚上，他又走出房间，来到阳台上。他仔细地点燃了蜡烛，并且把蜡烛放到自己的身后，因为他知道影子总是要追随主人的，会在对面的墙上显现出来。可是他这一招并没有灵验，没有把影子引出来。于是他一会儿把身子缩小，一会儿又把身子伸直，可是任凭他怎么折腾，影子就是不出现，它竟然一去不复返了！他连声叫喊："喂，喂。"那也无济于事。

这真叫人烦恼！不过在炎热的国度里，所有的东西都生长得非常快，一个星期之后，他忽然发现在他走到阳光底下的时候，他的脚底下又长出了一个新的影子。这真使他欣慰不已，

THE · SHADOW

这么说影子的根还留在自己的身上。三个星期之后,当他动身返回故里的时候,这个新长出来的影子已经长得挺像模像样了。在旅途上,这个影子长得又高又大,就是去掉一半也没关系。

这位学者终于回到家里。他埋头写作,研究在这个世界上什么是真,什么是善,什么是美。他笔耕不辍,日复一日,日子就这样一天天地过去,一年年地过去,一晃许多年过去了。

有一天晚上,他正坐在自己的房间里,忽然听到门上有轻轻的叩门声。

"请进。"他说,可是没有人进来,于是他就走过去把房门打开,看见面前站着一个瘦得出奇的人。不过那人穿着十分讲究,他必定是个体面的绅士。

"请问尊姓大名?"这个学者问道。

"果然不出我的所料,"那个衣着讲究的绅士说,"您认不出我来啦!我已经长出了身体和四肢,有了真正的血肉,可以穿上衣服。您大概想不到我会有这么好的景况。难道您真的认不出来我就是您的旧影子吗?是呀,您根本没有想到我会回来。自从我上一回离开你以来,我的日子混得非常好,无论从哪方面说,我现在算是成了富翁。我想要为自己赎身,摆脱奴役了。我有财力办得到的。"

他一边说,一边用手指把挂在表链上的一串吉祥物和印章弄得叮当响,那些小饰物都很昂贵。他又举起手来摸摸戴在脖子上的那根粗大的金项链。哦,天哪,他每个指头上都戴着闪闪发光的钻戒,这些钻戒上镶嵌的全是真钻石!

"哦,我被弄糊涂了,"学者说,"到底是怎么回事呢?"

"这件事情的确异乎寻常,"那个影子说,"可是您也不是寻常人物啊。而我呢,您知道,自从我出世以来就寸步不离地跟着您。在那一天您发现我已经成熟了,可以独自去闯荡世界了,我才去走自己的路了。

现在我已经飞黄腾达,景况到了再好不过的地步。可是我有一种难以抑制的渴望,就是要在您离开人世之前见您一面。您总是要死的!再说我也想来看看这个国度,因为人总是热爱自己的祖国的。我知道您已经有了一个新的影子,要我对它或者对您付出什么代价呢?你只需告诉我好了。"

"天哪,真的是你吗?天下奇闻!我从来不曾想到我的旧影子会变成一个人又回来了!"

"请告诉我,我要付出些什么,"那个旧影子说,"因为我不愿欠了债而不还。"

"你怎么能这样说呢,"学者说,"哪里谈得上欠债!你是自由的,同任何人一样!我为你交了好运得到幸福而感到高兴。请坐下,老朋友,讲给我听听,这些日子你是怎么过的。你在我们那个炎热的国度,在我们对面那所房子里究竟看见了什么?"

"好的,我可以原原本本地讲给您听,"影子说,他坐了下来,"不过您必须答应我,在这个城里您不管在哪里见到了我,您都不可对任何人讲我曾经当过您的影子!我正打算订婚,因为我养家糊口那是不成问题的。"

"请放心,我不会告诉任何人你是谁。我举手起誓,我做出承诺,男子汉说话一言为定。"

"影子说话也是一言为定的。"那个影子也不得不这样说。

说来也真是不可思议,这个影子如今成了一个活生生的真人。他身穿一整套黑色常礼服,都是最讲究的上等服饰,脚上是雪亮的漆皮皮靴,头上戴着一顶大礼帽,那礼帽特意压得扁平,只剩下了帽顶和帽檐,显得十分潇洒。此外他身上还有小挂饰,脖颈上有粗大金项链,还有钻石戒指,等等,这些贵重物品我们早已知道了。一点不错,影子真是穿得极其讲究,正因为如此,才使他看起来像一个完整的人。

"现在我来讲给您听,"影子说,他伸出穿着雪亮的漆皮皮靴的腿,使劲踩在学者的新身影的胳膊上,而新身影却像一条卷毛狗那样乖乖地躺在他的脚底下。旧身影这样做可能是出于骄傲,也可能是生怕那个新的身影会黏上他的身来。不过那个平躺在地板上的新身影却闷声不响,安安静静地洗耳恭听,因为它想知道怎么样才能变成一个自由身,可以赢得和自己的主人平起平坐的地位。

"您知道那条街对面的那栋房子里住的是谁吗?"影子说,"那是世上所有人当中最了不起的一个,是诗神。我在那里只待了三个星期,可是好像在那里待了三千年。我把从古到今所有的诗篇都读了。我说的是真话,我已经看到了所有的诗篇,而且全读过了。"

"诗神!"学者喊出声来,"不错,她时常隐居在大城市里。不错,就是诗神,我曾经瞅过她一眼，可惜当时我睡眼惺忪，看得不大真切。她站在街对面的阳台上浑身闪闪发光，如同北极光一样。快讲下去，快讲下去，你到了街对面的阳台上，你从那扇门里走了进去，接着你见到了……"

"我走进了前厢房，"影子说道，"你一直坐在那边，探头探脑地朝这边前厢房看，可是前厢房里一片昏黑，连一支蜡烛都没有点。不过那一长溜房间和厅堂的房门都开着，里面点着灯，要是径直走到那个姑娘跟前去的话，那强烈的光非把我这个影子照死不可。所以我十分谨慎，一举一动都慢悠悠的，反正我耗得起这点时间。"

"那么你看见了什么？"学者问道。

"我什么都看见了，我会讲给呢您听的。不过……这倒不是由于我骄傲自大，但是作为一个自由人，又有渊博的知识，更不用说我有良好的社会地位和优裕的景况……如果您肯把我称为'您'的话，我会听起来顺耳得多。"

"哎哟，请原谅，"学者说，"这是习惯成自然，老毛病啦。您说得完全正确，我一定牢牢记住！不过先请告诉我您所见到的一切。"

"一切，"影子说，"因为我看到了一切，知道了一切。"

"里面的那些厅堂是什么样子的呢？"学者问道，"是不是像空气新鲜的森林？是不是像神圣的教堂？置身在这些厅堂之中是不是有如站在高山之巅仰望繁星密布的夜空？"

"那里面什么都有，"影子说，"我已经说得很明白，其实我没有踏进里屋一步，我仍待在昏黑的前厢房里。不过我待在那里倒待得正是地方，我看到了一切，我知道了一切。我到过诗神的殿堂，尽管只待在那里的前厢房。"

"可是您究竟看到了什么呢？是不是所有的古代神祇都在那些厅堂里走过？那些古代的英雄是不是还在那里战斗？那些可爱的孩子们是不是还在那里玩耍，讲述自己做的美梦？"

"我告诉您我到过那里，因此您该懂得我必定会看到那里能够看到的一切。如果您也到过那里，那么您就不会再是个人啦。可是我到那里去了一趟，却从一个影子变成了一个真人。同时我还弄明白了我与生俱来的内在天性，我同诗神的血缘关系。真的，我以往跟着您的时候从来不曾想过这些。可是您是知道的,在日出和日落时分我总是会大得出奇,而在月光底下我甚至会比您还要清晰。只不过那时候我对自己的天性一无所知。而待在那间前厢房里的时候,我才明白了。于是我变成了人!我开始有形有体了,而这时候您已经离开了那个炎热的国度。我既然变成了一个有形有体的真人,就会觉得赤身露体地走来走去是羞耻的。我需要靴子、衣服和一个人所应有的各种饰品。于是我只好藏起来。我可以把我想出的办法告诉您,请您不要把它写进您的书里去。我跑到卖糕点的女人的裙袍底下藏起来。那个卖糕点的女人做梦也想不到有那么一个大活人躲在她的裙袍底下。到了晚上,我才敢出来,在月光底下在街上奔跑。我把身体伸直贴到墙壁上,那墙壁把我的背弄得痒痒的,舒服极啦。我来来回回,上上下下跑个不停,从房屋最高的窗户里望进去,从厅堂里看过去,还从屋顶上往下俯视。我从别人都看不见的地方看出去,于是我看到了别人都看不见的事物,或者说谁也不应该看到的事物。归根结底一句话,这个世界其实是龌龊透顶的。要不是如今大家都把做个人当成光彩的事,我才不愿意当个人呢。我从女人、男人,从父母、可爱的孩子身上看到了那些最无法令人相信的丑事。"影子说,"我看

到了谁也不知道可是人人又非常想知道的事情，比方说邻居之间的钩心斗角、尔虞我诈，要是我在报纸上写出来，那大家会争相阅读的。可是我只写给当事人自己看。因此我每到一个城市，就会在那里引起一阵恐慌，他们非常害怕我，却又讨好我。教授们让我当上教授，裁缝给我送来了新衣服。我想要啥就会得到啥，造币厂总监为我铸造钱币，妇女们说我长得英俊。于是我就变成了现在这样的一个人啦！

现在我要告别了，这是我的名片。我住在向阳的那一边，下雨天我总是待在家里。"说完他就走了。"真是奇怪得离谱了。"学者自言自语道。

日月如梭，光阴荏苒，又几年过去了。影子又来拜访。"日子过得怎么样？"影子问道。

"唉，"学者说，"我著书讴歌真、善、美，可是大家都不愿听这类事儿。我感到失望、惆怅，要知道这都是我绞尽脑汁写出来的！"

"我倒从来不做这些吃力不讨好的事情，"影子说，"所以我就长胖了，这样在大家眼里就是一副福相，人人应该变得如此才好。您何苦孜孜以求地想弄明白这个世界，您会把身子弄垮的。您应该出去旅行一下，到了夏天我要出门去旅行一次，您愿意陪我一起去吗？我真想找一个旅伴，您肯不肯当我的影子跟着我去旅行呢？要是有您陪在我身边，那将使我十分高兴，您旅行所需的一切费用全由我来支付。"

"大概要跑不少地方吧？"学者问道。

"这就要看怎么说了，"影子回答说，"出门去旅行对您会大有好处。您若是肯当我的影子的话，那么您在旅途上的所有费用都包在我的身上。"

"那太过意不去啦。"学者说道。

"如今的世道就是这样嘛，"影子说，"今后也还是这个样子。"随后影子便走了。

学者的日子越来越过不下去了，伤心的事情和祸患接踵而至，缠得他无法脱身。他所讴歌的真、善、美对于大多数人来说正如奶牛眼里的玫瑰花一样。后来他就病倒了。

"您瘦得那么厉害，真像个影子一样。"大家都这么对他说。他一听就会浑身哆嗦起来，因为他自己也是这么想的。

"您必须去浴疗场疗养，"前来探视他的影子说，"别无其他良策。看在我们老交情的分上，我带您去吧，我来支付旅行的一切费用，您在路上要记旅游札记，还要陪我说笑消遣。我也正好要到浴疗场去疗养，因为我长不出胡子来，大概由于身体虚弱有病的缘故。做人不能没有胡子，我一定要让胡子长出来。您还是理智一些，接受我的提议吧，我们是作为好朋友去旅行的。"

他们两人终于一起去旅行了。不过那个影子成了主人，而主人却成了影子。他们或是一起坐马车，或是一起骑马，或是一起步行。他们时而并肩，时而一前一后，完全按照太阳的位置而定。那个影子知道得一清二楚，总是能使自己处在主人的位置上。学者却没有想到这一点，他是一个心地善良的人，既温和又友爱。有一天他对影子说："既然我们已经成了旅伴，而且我们又是从小一起长大的，我们结拜为兄弟好不好？这样我们就可以变得更亲近一些？"

"您说得对。"影子说道，要知道如今他才是真正的主人。"您说得十分坦率，想法也非常好。我现在也推心置腹，直言相告。您是一位有学问的人，一定知道人的本性是多么古怪。同样都是人，可是有的人就碰不得灰色的纸张，要是碰了一下就会恶心难受。有的人只要听到用铁钉在玻璃上划过所发出来的噪声，就会四肢发麻，浑身哆嗦。我听到人家用'你'来称呼我的时候，我也会有这样的感觉，就好像又回到了过去，对您俯首听命，被您踩倒在地上。您要明白，这是一种感觉，而不是骄傲自大的问题。因此我不能答应您用'你'来称呼我，不过我倒愿意用'你'来称呼您。这样你的心愿就实现了一半。"

于是，影子就用"你"来称呼他昔日的主人。

"这未免太过分了，"学者想道，"我必须毕恭毕敬地用'您'称呼他，而他却'你呀''你呀'地称呼我。"不过他还是忍住了，咽下了这口气。

他们来到了浴疗场，那里有许多外国人，其中有一位美丽的外国公主。她得了一种病，那就是她的目光过于锐利，一下子就把什么事情都看透，这也真叫人感到极其不安。

这位公主一眼就看出，进来的这个绅士同别人不一样。她想："人家都说他到这里来是接受治疗，为了让自己长出胡子来。可是我却看出了他真正的毛病：他不能投出一个影子来。"

她变得非常好奇，一心想把这件事情弄个明白不可，于是她在散步的时候就去同这个异邦的绅士交谈起来。她作为国王的女儿当然没有客气的必要，便开门见山地对那个影子说：

"我看您的病根在于只有身形而没有身影。"

"公主殿下的病情已大有好转，马上就要恢复健康啦，"那个影子说，"我听说您的病是目光过于犀利，但是现在看来这病已经没有了。您其实已经治愈了。我恰好有一个非同寻常的身影，您难道没有看到老跟我在一起的那个人吗？别的人都有一个普通的身影，可是我不喜欢普通的身影。有人喜欢把自己都舍不得穿的上好衣料给用人做制服。我就是这样，我要把我的影子打扮成一个人。是啊，您看，我甚至还给了我的影子一个影子。这都是很花钱的，不过我喜欢我的东西与众不同。"

"什么？"公主想道，"难道我的病真的好了吗？这个浴疗场必定是世上现有的最出色的浴疗场了。我们时代里的水有一种神奇的功效，灵验得很哪！不过我还是要在这里待下去，因为这里能够使我快活。那个外国绅士倒挺讨我喜欢的，但愿他的胡须一直都长不出来，因为胡子一长出来他就要走了。"

那天晚上的舞厅里，公主同影子翩翩起舞。她体态轻盈，却料不到他更加轻盈，像这样的舞伴她过去还从未碰到过。她告诉他，她来自哪个国度。他去过那个国度，对那里十分熟悉，不过当时她不在。他曾经从那个国度的王宫的窗户里上上下下都看遍了，所以公主提到的问题他全能对答如流，而且还隐隐约约地暗示了一些她所不知道的事情，这使得她大为吃惊，觉得他简直就是世上最聪明的人。她对他的知识渊博不免肃然起敬，等到他们俩再在一起跳舞的时候，她已经爱上他了。影子马上就发现了这一点，因为她的那双眼睛似乎要把他里里外外全都看透。后来他们俩又在一起跳了一个舞，她差一点就要将自己的爱恋之情向他倾吐出来，可她毕竟懂得分寸，她想到了她的国度和王位，想到了有一天她要统治的那些臣民。

"他是个聪明绝顶的人，"她暗自思忖道，"这很好。他跳舞跳得非常出色，这也很好。但不知他的学问是不是很深，这是至关紧要的。我还必须测试他一番。"

于是她向他提出了一些连她自己都回答不上来的最难的问题。那个影子却做了个鬼脸。

"您回答不出来吧。"公主说。

"这些知识在我还是个小孩子的时候就早已知道啦。"影子说道,"而且我相信连站在那边的我的影子都可以回答出来。"

"你的影子也能回答出来?"公主惊诧地说,"那可真是天下奇事了。"

"我不敢把话说绝了,"影子说,"不过我相信他能答得出来,因为他已经跟随了我那么多年,耳濡目染了那么多年。倘若公主殿下恩准的话,恕我冒昧地提醒您注意:他自以为是个人,而且孤芳自赏,只有把他当人对待,他的心情才会好,这样他就能正确地做出回答。"

"我很乐意这样做。"公主说。

于是她走到站在门边的那位学者跟前,和他谈到太阳和月亮,谈到人的外表和内心,他果然回答得既聪明又得体。

"连他的影子都这样绝顶聪明,那么他本人该是个何等样的人就可想而知了。"公主思忖道,"要是我挑选他作为我的丈夫,这必将造福于我的国家和臣民。我拿定主意了。"

于是公主同影子两人很快就谈妥了这门婚事,不过秘而不宣,在她回到自己的王国之前不让任何人知道这门婚事。

"谁也不许知道,甚至连我的影子也不许!"影子斩钉截铁地说,其实他是别有打算。

他们一起回到了公主统治的那个王国,回到了她的家里。

"听着,我的好朋友,"影子对那位学者说,"现在我眼看就要飞黄腾达,有权有势,任何人都比不上。我也愿意给你特殊的照顾,你可以一直陪着我住在王宫里,跟着我一起来坐王室的马车,年薪十万银币。

不过你必须让所有的人都把你叫作影子,人人都要这么称呼你。你不准说你曾经是一个人。一年一度,我沐浴着阳光坐在阳台上接受臣民觐见的时候,你必须躺在我的脚下,就像一个影子应该做的一样。我可以告诉你,我马上就要同公主结婚了,婚礼就在今天晚上举行。"

"不行,这简直太荒唐了。我不干,也不情愿干!这是对整个王国和公主的欺骗!我要把真相讲出来。我要讲给他们听:我才是人,而你只是个影子,一个披着人的外衣的影子!"

"没有人会相信你,"影子说,"还是识相点吧,要不然我就要叫卫兵了。"

"我将直接去告诉公主。"学者说。

"我会比你先去,"影子说,"那时候你就要被关进监狱。"

事情果然如此:影子抢在前头赶到了,而卫兵们都服从影子的命令,因为他们知道公主马上就要同他结婚了。

"你浑身在打哆嗦,"当影子进入王宫里走到公主面前的时候,公主说,"难道出了什么事吗?今天你不能生病,晚上我们就要举行婚礼了。"

"我碰到了一个人所能够经历的最可怕的事情,"影子说,"请想想吧,我的那个影子居然发疯了。请想想吧,这么一个可怜的影子脑袋里容不下太多东西,装的东西太多就发起疯来。他一口咬定他自己才是一个人,硬说我是他的影子,你想想看,他居然这么说。"

"那真是吓人,"公主叫了起来,"难道还不把他关起来?"

"已经关起来了,我担心他恐怕是再也好不了啦!"

"可怜的影子,"公主叹息说,"他真是不幸。把他从这种痛苦之中解脱出来,那倒是做了一桩好事。我仔细想了想,倒不如把他悄悄地处置掉,这是十分必要的。"

"这未免有点严酷,叫人受不了。他毕竟是个忠诚的奴仆。"于是他长吁短叹起来。

"你真是一个品德高尚的人。"公主说。

当天晚上,全城灯火通明,礼炮隆隆。士兵们都举枪致敬,婚礼隆重举行。公主和影子一齐走到王宫的阳台上,让臣民瞻仰,并且接受他们的欢呼。

可是那个学者却一点也没有听到这样热闹的响声,因为他已经被处决了。

衬衫领

从前有一个风流倜傥的绅士,他的全部家当是一个鞋拔和一把梳子,不过他的衬衫领是世上最考究的。我们要听到的故事就是关于衬衫领的。

这个衬衫领年纪不小了,早就在考虑要向哪位淑女求婚。恰好有一回他被送去浆洗的时候,同一根吊袜带相遇了。

"天哪,"衬衫领失声叫起来,"我从来不曾见过有谁这么苗条,这么高雅,这么柔软,这么精致。我可以冒昧地请问您的芳名吗?"

"我不告诉你。"吊袜带说。

"您住在哪里?"衬衫领又问。

吊袜带生来就十分腼腆,她觉得这样的问题未免粗俗,一时竟说不出话来。

"你肯定是条紧身腰带,"衬衫领说,"最贴身的腰带,既实用又美观,我的姑娘。"

"您不可以同我搭讪,"吊袜带说,"我想,我也不曾给您什么可乘之机,惹您来同我搭讪。"

"有啊,"衬衫领说,"面对您这样的佳丽,人们不禁会怦然心动,这就是招惹人之处。"

"不许靠我这么近，"吊袜带说，"看样子您是个男的。"

"我是一个风度十足的绅士，我有一个鞋拔和一把梳子呢！"他讲的不是老实话，因为这两样东西是他的主人的，他只是在吹牛。

"别靠近我，"吊袜带说，"我很不习惯。"

"装腔作势，扭扭捏捏。"衬衫领说。

他们两个在洗衣盆里洗好之后，就被取出来上了浆，又挂在一张椅子上晒干，然后被送到熨衣板上，滚烫的烙铁压了上来。

"哎呀，这位女士，"衬衫领说，"请手下留情，难怪您这么快就成了小寡妇，我快要被烫死啦！我被您烫得变成了什么玩意儿啦！我身上连一道皱褶都没有了，您在我身上烫出一个破洞来了。唉，我只好向您求婚了。"

"咻，你这样的破布头。"烙铁说，傲气十足地从衬衫领上压过去，因为她自以为是一辆火车头，牵引着长长的列车在铁轨上飞速驶过，"你这块破布头，咻！"

衬衫领边沿上磨得起了毛，所以剪纸用的小剪刀就过来帮着把边沿上的毛剪掉。

"哦，"衬衫领说，"您想必是领头独舞的芭蕾舞演员。您把双腿伸得笔直，那真是好看极了，任何人都比不上您。"

"这我知道。"剪刀说。

"您真该成为伯爵夫人，那是当之无愧的。"衬衫领说，"我只不过是一个绅士，虽说有一个鞋拔和一把梳子，但没有伯爵头衔。"

"哼，他竟然求起婚来。"剪刀娇嗔地说，气呼呼地在衬衫领上剪出了一个破洞，于是他成了残废，被弃之不用了。

"好歹我还可以向梳子求婚。"衬衫领想道。

于是，衬衫领开口说："您的一口牙齿是那么整洁、美丽，真是不同寻常，亲爱的小姐。不过您难道没有想过终身大事，打算出嫁吗？"

"当然想过，您是知道的，"梳子回答说，"我已经同鞋拔子订了婚。"

"订婚了？"衬衫领嚷起来。这下他再也没有什么人可以求婚了，只好装出一副对婚姻大事无所谓的样子来。

过了很长一段时间，有一天，衬衫领被装进盒子送到了造纸坊去。那里有一大堆破布头，质地细密的堆在一起，质地粗糙的堆在另外一边，这样就各得其所了。他们个个都有许多经历可以讲，讲得最多的就是衬衫领，他真是个吹牛大王。

"我的情人多得数不胜数，"衬衫领说，"害得我没有片刻安宁。我是个风度十足的绅士，还上过浆，烫得笔挺。我拥有鞋拔和梳子，不过那两样东西我是从来不用的。你们真该看到我翻成叠领时的模样。想当初我是何等风流啊！我永远也忘不了我的初恋情人，她是一条紧身腰带，那么苗条，那么高雅，那么柔软，那么精致，她为了我跳进了洗衣盆里。还有一个小寡妇，她热情似火，烫得我受不了，我就叫她在一边站着，晾得她脸都发黑了。还有那个领头跳独舞的芭蕾舞演员，我身上那个终生难消的伤痕就是她留下的，她的情感真是火辣辣的。连我自己的梳子也悄悄地爱上了我，由于这次失恋，她伤心得满口的牙全掉光了。唉，我经历的爱情实在太多了。不过最让我心碎的是那条吊袜带，不对，我的意思是说那条紧身腰带，她为了我才跳进水盆的，我的良心一直不安，所以我宁愿变成白纸。"

结果真是如此，所有的破布头都变成了白纸，不过衬衫领恰好被造成了我们眼前的这张纸头，他的这个故事就印在这张纸上。

这也是他自作自受，谁叫他把从来没有过的事吹得天花乱坠，像真有其事一样。不过这也发人深思，我们可以从中得到启示，那就是为人处世务必慎重，因为谁也说不准我们是不是有朝一日会被塞进破布盒子里送去做成白纸。那样一来，我们自己的故事，哪怕是最秘密的，也会被印在纸上，像衬衫领那样到处被人讲述。

瓶颈

在一条弯曲而狭窄的街巷里,在许多简陋寒酸的房屋之间,耸立着一栋又窄又高的房子。这栋房子是用木材搭建起来的,不过浑身上下都已经脱节错位,摇摇欲坠了。那里面居住的都是穷苦人家,住在屋顶阁楼的是最穷的人家。在屋顶阁楼的狭小窗子外面挂着一个歪歪斜斜的鸟笼,在晒着太阳。这只鸟笼里连一只像样的玻璃水盅都没有,只摆着一个倒放的破瓶颈,瓶口用软木塞子塞住。一个老姑娘站在打开的窗子旁边,她在往鸟笼里喂食,递进去一把草籽饱满的繁缕草,一只苍头燕雀在鸟笼里从一根横杆上跳到另一根横杆上,快活地啼啭啁啾。

"哎呀,你倒可以尽兴地歌唱。"瓶颈说道,当然瓶颈不是真的说话,说的不是我们讲的那种话,再说瓶颈是不会开口讲话的,不过它在内心里这么想着,就像我们人类有时候也会在心里自言自语那样。

"哎呀,你尽管唱好啦,"瓶颈自言自语道,"是呀,你的身体完好无恙,不像我,只剩下一个颈脖和一张嘴巴,嘴巴里还塞着瓶塞,你来尝尝这个滋味,那时候你想唱都唱不了。不过有人能快活高兴那也挺好。我自己却没有什么理由要放声歌唱,再说我也唱不出声来。"

"想当年我还是一只完好的瓶子的时候,如果有人使劲拔瓶塞的话,我就会唱出声来,正是这个缘故，我被人称为'真正的百灵鸟''伟大的百灵鸟'。我记得皮货商人一家子拎着我到森林里去野餐，那天是他女儿的订婚之日。那些日子真是太美好了，回想起来就好像还是昨天的事情。往事真是不堪回首哪，我一生之中经历过那么多轰轰烈烈的大事，曾经遭受火烧水浸的磨炼，曾经在污泥中跌打滚爬，曾经到别的东西去不了的高处，可事到如今只落得挂在这个破鸟笼里摇来晃去，吸吸空气，晒晒太阳。听听我的生平故事，那真是太值得了，可惜我无法大声地讲出来，因为我不会讲话。"

于是瓶颈就自言自语地讲起了自己的故事，或者说是在费尽心机地编故事，那故事编得倒是精彩绝伦。小鸟依然在鸟笼里快活地引吭高歌，下面的街道上熙来攘往的行人各自想着自己的心事，或者干脆什么心事都不想，不过瓶颈确实是在用心地想着。

它想起了工厂里烈焰熊熊的熔炉，它就是在那家工厂里诞生的。它还记得它被放进那个熔炉里时感到灼热难熬，恨不得立刻蹦出来才好，可是过了一会儿，炉子里的温度渐渐降下来，它觉得好受多了。它同别的兄弟姐妹们站在一起，排列成行，整整一个团队全都是从一个熔炉里出生的，有的被吹制成香槟酒瓶，有的被吹制成啤酒瓶，这中间千差万别，大不相同。虽说在大千世界里什么事情都会发生，常常可以见到啤酒瓶盛着最昂贵的名酒——"基督的眼泪"，而香槟酒瓶反倒用来装黑色涂料，不过世间万物都总可以从仪容形态上看出它出身的高低贵贱来，贵族终究是贵族，哪怕装着满肚皮的黑色涂料。

不久，所有的瓶子都被包装起来，我们的这个瓶子也在其中。那段日子里它得意非凡，大有施展宏图之志，压根儿就不曾想到如今只落得剩下半截瓶颈的下场，而且到头来竟是摆在鸟笼里当水盅。不过也只能这样了，总算还有点用处。想当初，它是同别的瓶子一起运到酒商的地窖里才被拆箱取出来重见天日的，它平生第一遭被清洗干净，那种被水洗刷的滋味真是酣畅淋漓。然后就空着肚子也不塞瓶塞地躺在那里，心里焦急不安，明知道肚子里是缺了点东西要被灌满的，却又不晓得会被装进什么。结果灌进来的是一种甘甜可口的葡萄酒，灌满之后把瓶塞塞紧，又用火漆封住了四周，在封口上还贴上"特等佳酿"的标签，那就好比是第一次考试就考了第一名一样。不过那种酒确实香醇，酒瓶也出色。年轻的时候风华正茂，就如同抒情诗人一样，诗兴大发时不免引吭高歌一番，酒瓶的肚子里也在歌唱，至于唱的是什么曲子它就浑然不知了。其实那首曲子的歌词大意是这样的：明媚的阳光照耀下，山丘上一片青翠碧绿，漫山遍野都生长着葡萄，快活的姑娘们和调皮的小伙子们都欢乐地歌唱着、亲吻着。啊，生活是多么愉快美满！酒瓶子里的歌声就是唱出了这样的景象，这就像年轻的诗人一样：连他自己也弄不明白从他脑海里喷薄而出的诗句的意思。

有一天早上，这瓶酒被卖出去了。有个皮货商打发他的小伙计来购买一瓶最好的葡萄酒，于是这瓶酒就同火腿、干酪和香肠一起被装进了食品篮里，那篮子里还有上等的黄油、松软的面包。食品篮是由皮货商的女儿亲自动手装的。她是那么年轻，那么美貌，一双棕色大眼睛笑意盎然，连嘴角也挂着微笑，这种笑吟吟的神态和那双星眸一样甜美。她的一双小手柔嫩而洁白，她的脖颈和胸口更白得可爱。一眼就可以看出来：她是本城最美貌的姑娘之一，而且还未曾婚配。

这一家人驱车外出，到大森林里去游玩，一路上这只食品篮就搁在她的双膝上。酒瓶的瓶颈从白餐巾的尖角里探出身来，露出了瓶塞上红色的火漆标签。酒瓶不停地看着那个姑娘的脸，还细细端详坐在她身边的那个年轻的小伙子。他同那个姑娘从小一起长大，是个肖像画家的儿子。他最近刚刚通过了考试，由于成绩优异而当上了大副，第二天就要上船出海，远航到异国他乡去。这件事情在往食品篮里装东西时就已经谈得不少，他们在谈论的时候，皮货商的女儿的脸色真让人看了伤心，那双大眼睛和嘴角不再流露出笑意，而是一脸愁容。

这两个年轻人一起走进了森林，他们边走边谈。他们在谈些什么呢？唉，可惜酒瓶子听不见了，因为它只能待在食品篮里。过了很长时间，它才被拿了出来。不过就在它被拿出来的那一刻，它感觉到喜庆的气氛了，四周一片喜气洋洋，所有的眼睛都在笑，连皮货商的女儿的眼睛也在笑，不过她不大说话，双颊红得宛如两朵鲜艳的玫瑰花。

她的父亲一手拿着开软木塞的起子，一手举着酒瓶。啊，那破天荒第一回被人拔掉瓶塞的滋味真是美妙无比，瓶颈永远忘不了这庄严隆重的一刹那。瓶塞被拔起来的时候，它确实"嘭"的一声喊出声来，接着在葡萄酒被倒进玻璃酒杯里去的时候，它又"咕噜咕噜"地高唱赞歌。

"为他们俩的订婚干杯。"她的父亲大声说道,每只玻璃酒杯都喝得底朝了天。年轻的大副亲吻了他年轻美貌的未婚妻。

"祝你们两人快乐幸福。"她的父母亲齐声说道。年轻人再次把酒杯斟满。

"等到明年的今天我回到家,就举行婚礼。"那个年轻的小伙子喊道。他们都把杯中的酒一饮而尽,他又拿起酒瓶,把它高高地举了起来,说道:"你见到了我一生之中最快活的一天,那么今后你就不要再为别人去效劳啦!"

说完之后,他就把酒瓶高高地扔向空中。

那时皮货商女儿压根就想不到这瓶子飞出之后还会再同她见面,可是她后来又见到了它。

瓶子被扔到空中又落下来,跌在森林中的一个小池塘旁边茂密的芦苇丛里。瓶颈至今还清楚地记得自己当初是怎样躺在那里的、有过些什么想法。"好哇,我让他们喝葡萄美酒,他们却让我喝水塘里的污泥水,虽说他们也是一番美意。"它再也看不见那一对刚订婚的新人和那两个高兴快活的老人,不过它有好一阵子还能听见这家人在欢呼歌唱。

后来,有两个农夫的孩子来了,他们朝芦苇丛里瞅了瞅,看到了这个瓶子,就捡了起来,于是瓶子的归宿又一次有了着落。

这两个孩子的家在森林里的一栋小木屋,家里还有个最大的哥哥,也是一个海船上的水手,他要随船出海做长时间的远航,所以昨天刚回家来与家人告别。他的母亲正忙着收拾东西,为他准备行李;他父亲今晚要把这包行李送进城去,在儿子动身之前再见上一面,同时代表母亲说几句告别的话。行李包里已放进去一小瓶浸了药材的白兰地,就在这会儿工夫,那两个男孩子拿着捡来的瓶子回到家里。这个瓶子大出不少,也更结实,可以比那个小瓶子装得更多。喝一口上好的烈酒可以治胃痛,浸了药材的白兰地就更灵验了。于是这个瓶子里装进了药酒,而不是早先的那种甘甜可口的葡萄酒,不过仍然装的是好酒,况且对肠胃大有好处。这个新来的瓶子把原先的那个小瓶子换了下来,被打包进行李。就这样,瓶子开始了它的天涯之旅。它被水手彼得·延森带到船上,而这艘海船恰巧是那个年轻的新任大副上的那条船,

可惜他没有看见那只瓶子,就算看见了也认不出来,更不会想到这就是那天喝订婚酒和祝福他平安归家时在场的那个酒瓶子,他们就是从这个酒瓶里倒出葡萄酒来干杯的。

如今这个酒瓶里再也倒不出葡萄酒来了,这是一点不假的,不过倒出来的东西同样妙不可言。每当彼得·延森拿出酒瓶来的时候,他的伙伴们总要欢声雷动地呼喊:"药店老板来啰!"从酒瓶里倒出来的是药酒,对治胃气痛有独特的药效,哪怕酒瓶里只剩下最后一滴了,它也照样有治病的功效。这真是一段开心的时光,大家拔出瓶塞子时酒瓶就放声歌唱,这样它就赢得了"伟大的百灵鸟""彼得·延森的百灵鸟"这类雅号。

日子一天天过去,又过了很长的时光,瓶子里已经空空如也,它躺在一个角落里。忽然之间大祸临头了,这究竟是发生在出航时还是归途中,瓶子就不得而知了,因为它一直不曾上岸。那时候海面上刮起了大风暴,整个大海在翻腾咆哮,海水的颜色变得墨黑。那艘船一会儿被海水掀到浪巅,一会儿沉到涛底,主桅杆被拧断,折成了好几段。一个冲天巨浪劈头而来,把船上的甲板打得粉碎,船舱裂开了口子,抽水泵也无济于事了。在漆黑的夜晚里,这艘船终于沉没。在没顶的最后一刻,那个年轻的大副在一张纸条上写下了:

"愿耶稣保佑,我们快要沉没了。"

他写下了他的未婚妻的芳名,也写下了自己的姓名和这艘遇险沉没的海船的船名。他把字条塞进身边的一个空酒瓶里,把软木塞紧紧地塞牢,然后把酒瓶投进了波涛汹涌的大海之中。他并不知道这个酒瓶为他和她的幸福倒出过甜美的酒,如今却要让它带着最后的祝福和死讯在大海里漂流。

那艘海船惨遭没顶之灾,船员全部罹难,无一生还。只有这只酒瓶如同归鸟一般在海上飞速前进,因为瓶子里面装着一颗心、一封最亲爱的书信。红彤彤的太阳在海面上升起又在海面上沉没,酒瓶在饱览美景之余,不禁又勾起了对往事的追忆,自己是从红彤彤的、烈焰熊熊的熔炉中诞生出来的,它恨不得再纵身跳入那红彤彤的熔炉中。它阅尽了大海的容颜,熬过了一场又一场暴风雨,幸亏没有被冲撞到礁石上,也没有被鲨鱼吞噬。它在海上漂流了一年多光景,有时候朝北,有时候往南,全凭着海水把它带往远处。除此之外,它倒是可以自由自在的，不过日子长了，未免觉得有点腻烦。

那张写满字的字条，那封给未婚妻的最后一封信，交到收件人手里的话，只会带来悲伤。可是那双手究竟在哪里呢？那双在订婚的大喜日子里把台布铺在森林里碧绿的草地上的白皙可爱的手究竟在哪里呢？那个皮货商的女儿究竟住在什么地方呢？究竟在哪个国度里呢？最靠近哪里的陆地又在哪里呢？酒瓶子对于这些全都一无所知，它只是自顾自地一股劲儿地向前奋进，漂呀漂呀，哪怕再腻烦也要漂流下去。虽然它不能左右自己前进的方向，不过它倒真有一股勇往直前的倔强劲儿。它漂呀漂呀，终于漂到了一处陆地附近，那是一个陌生的国度，当地居民讲的话它连一个字都听不懂，因为它从来不曾听到有人讲那种话。若是听不懂当地的语言，那真要吃亏不少。

这个瓶子被人捞了起来，进行了仔细检查。瓶子里的那张字条也被发现了，而且被取出来反复地进行辨认，可是他们没有人能认出字条上写的是什么东西。他们断定这是从海船上扔下来的一封信，字条上写的必定是件要紧的事情，可是究竟写的是什么事情却一个字都看不懂了，这成了一桩离奇的无头公案。这张字条又被塞进了酒瓶子里，而瓶子被放进了一栋大房子的大厅里的一个大柜子里。

每逢有外国人来，他们就会把这张字条取出来，传来传去地识别辨认，到了后来字条上那些用铅笔草草书写的字迹越来越模糊，最后这些字母个个都辨认不清了。这个瓶子在大柜子里又待了一年，然后被送到屋顶阁楼上存起来。日久天长，它浑身上下布满了厚厚的灰尘和蜘蛛网。这时候瓶子想起了昔日的大好时光：在苍翠葱茏的森林里倒出的一杯杯葡萄美酒；在巨浪滔滔的海面上漂游向前，身体里装着一个秘密、一封书信、一声叹息。

这个瓶子在大房子的顶层阁楼上一待就是二十个年头，若不是这栋房子要翻修改建的话，说不定它还要再待下去。房顶被扒开后，瓶子被人看见了，人们叽里咕噜地在议论它，可是它听不懂他们的语言。在阁楼上憋闷着是学不会任何东西的，哪怕再待上二十年。

"我若是待在下面的房间里的话，"瓶子一针见血地说，"肯定早就学会了。"

它被清洗冲刷了一番，现在倒确实有此需要，它觉得自己浑身的污垢全都洗干净了，变得通体透明、闪闪发亮，想不到在垂暮之年再度焕发出了青春，可惜塞在它肚子里的那张字条却被冲洗得稀巴烂了。

瓶子里如今装进了种子，究竟是什么种子，它不知道。它又被人用瓶塞子把瓶口紧紧塞牢，瓶身四周也包裹得密不透光。它见不着灯火烛光，更别说日光或者月光了。瓶子暗自思忖道："人家出门旅行总要观赏一番景致，我倒好，出门什么都看不见。"不过它毕竟做了一件最要紧的事情——它被人从包裹中取了出来，到了应该去的地方。

"那些外国人不知花费了多少精力才把这瓶东西运到这里来，"人们纷纷说道，"那瓶子恐怕还是碎了。"

可是瓶子却一点都没有碎，它还听懂了他们的语言，所讲的每个字都听得懂，因为这是它在熔炉里、在卖酒商人那里、在森林里和在海船上听到过的那种熟悉的语言。它竟回到了阔别已久的故乡，受到了大家的欢迎。一阵止不住的欢乐使它险些从人们的手里蹦跳出来。由于喜出望外，它竟然没有觉察到，瓶塞被拔掉了，里面装的种子被倒得一干二净。瓶子被撂到地下室里，它在那里待着，被人遗忘了。走遍天涯海角，还是家里最好，哪怕是在地下室里。它没有想过在这里会待多久，它觉得待在这里很舒服、自在，它在这里又度过了许多个日日夜夜，经历了漫长的岁月，终于有一天有人到地下室里来拿瓶子用，顺手也把这个瓶子拿走了。

屋外的花园里在举行盛大的晚会，张灯结彩，热闹非凡，一串串纸灯笼熠熠生辉，像大朵透明的郁金香花。当晚的天空的确美极了，夜空晴朗，明亮的星星不断闪烁着光芒。一轮新月升起来了，月光如水，映出圆圆的月晕，朦朦胧胧的，有如一个蓝灰色的球，一边镶着金灿灿的月牙儿。在那些眼神好的人看来，这良宵美景简直妙不可言。

僻静的通道上也是灯火通明，起码亮得让人用不着摸黑往前走，那是因为在树梢上挂了许多瓶子，每个瓶子里都点燃着一支蜡烛。我们认识的那个瓶子——就是那个后来只剩下瓶颈当了鸟笼里水盅的瓶子——竟然也肃立在那里。此时此刻它仿佛又回到当年举行订婚喜宴的芳草如茵的绿地上。优美动听的歌声和音乐萦绕回荡，到处是欢言笑语，在灯火通明、五彩缤纷的地方更是热闹非凡。这个瓶子当然是站在偏僻角落里的，也正因如此，才更值得赞赏。瓶子站在那里，捧着一支蜡烛，既用来照明，又赏心悦目，真是一举两得。在这欢乐的时刻，待在屋顶阁楼里整整二十个年头的憋闷和烦恼便会一扫而光，这些不快理应忘得干干净净。

一对情侣手挽手从瓶子身边走过。他们看起来就好像是在森林里订婚的那一对新人——那个海船上的大副和皮货商的女儿。对于瓶子来说，简直就是时光倒流，重新经历了一番昔日往事。花园里宾客如云，除那些来回走动的宾客之外，也还有另外一些路过这里、进园来看热闹的路人。这些人当中就有一个老姑娘，她在这个世上已经举目无亲，只是有些朋友还在照顾、关心她。她心里恰好也在回首往事，想的是和那个瓶子记忆之中的同一桩事情：在那苍翠碧绿的森林里，一对年轻人正在举行订婚仪式，这事同她休戚相关，因为她本人就是这对新人中的一半。那段日子是她一生之中最幸福的时光，虽然她已经从昔日的娇美少女变成了如今的垂暮老妪，可是永远也忘不了。她没有认出那个酒瓶子，瓶子也认不出她了。世间的事往往就是这样：虽然都同住在一个城市里，而且再一次相遇，可惜竟也会擦肩而过。

瓶子从花园里又到了一个卖酒商人那里，再一次被装满了葡萄酒，这次被卖给了一个飞船驾驶员。此人下个星期天要乘坐气球上天遨游，有一大群人要来观看这次表演，在场助兴的还有军乐队表演和其他一些节目，这个瓶子从篮子里看见了这一切。在篮子里还有一只活兔子躺在它的身边，那只兔子紧张得不得了，因为它知道它要先被带到天上去，再用降落伞把它放下来。瓶子弄不明白究竟是怎样上天，又是怎样返回地面的，它只看见一个很大很大的气球，而且在越胀越大，直到后来气球大得不能再大了，就升高飘荡起来，左摇右摆得非常厉害。片刻之后，拴气球的绳索被割断了，于是气球载着驾驶员，还有那只装着瓶子和兔子的篮子，冉冉地升空飞上了天。就在此刻，音乐声大作，响彻云霄，在场的人全都高呼起来。

"上天航行虽然有些玄乎，"瓶子想道，"不过倒是一种新的航行办法，在天上起码用不着担心会同什么东西相撞。"

成千上万的人在观看气球飞行，那个老姑娘也在凝视着，她站在阁楼上打开着的窗前，关着苍头燕雀的鸟笼就挂在窗户外面。那时候鸟笼里还没有玻璃水盅，所以那只小鸟只能从

一只破杯子里喝水。窗台上摆着一盆香桃木,这盆植物被挪到了一边,免得被碰撞得跌落下去,因为老姑娘要探出窗外才看得见气球。

老姑娘看见了,她清楚地看到气球里的那个飞船驾驶员用降落伞把兔子放下来返回地面,然后举起酒瓶子为所有人的健康而干杯,他就着瓶口痛饮一番后就把那只瓶子抛向高空。老姑娘压根儿不曾想到她已经看过一次这只瓶子被扔向空中,那是她年轻时,在森林里的订婚喜宴上,她的未婚夫在她面前把这只瓶子也这样高高地扔向空中。

瓶子来不及有任何想法,它突然蹿到了自己一生之中的最高点,教堂的尖塔、房舍的屋顶全都远远地在它的身底下,那一大群观看表演的人全都成了小不点儿。

接着瓶子也降落下来,可是同兔子的飘飘荡荡的降落大不相同,它落下来的速度要快得多,还在空中连连翻着筋斗。它觉得自己非常年轻,非常自在,而且肚子里不是空的,还有大半瓶酒在晃动着,可惜刹那间这大半瓶酒就洒得一干二净了。这是一次什么样的空中遨游呀!太阳把瓶子照亮了,地面上所有人都看得见它。那只气球早已飞得无影无踪,瓶子也很快不见踪影,摔在一个屋顶上跌得粉碎,它被撞击得那么猛烈,以至于这些碎片四散飞溅之后还停不下来,又蹦又跳地滚落到了院子里,裂成更小的碎屑,只有瓶颈还保持着完整,断裂的口子十分整齐,就像是用金刚石切割的一样。

"这倒可以用来做喂鸟的水盅。"地下室的住户说道,可是他自己既不养鸟也没有鸟笼。因为有了一只可以当作喂鸟水盅的瓶颈,就让这个蜗居在地下室的住户去添置小鸟和鸟笼,这未免太不现实了。不过住在顶层阁楼上的老姑娘倒能把它派上用场,于是瓶颈就来到了顶楼上面。瓶口里被塞了一个瓶塞,不过早先瓶口是朝上的,如今却被倒过来放在底下——时代变迁时,翻天覆地的事儿也会发生的。瓶颈里装进了新鲜水,挂到了那只鸟笼里,小鸟止不住欢唱起来。

"哎呀，你倒可以尽兴地歌唱。"瓶颈说道。它在这里是受到关注的了不起的宝物，因为它毕竟乘坐气球上了天，这里的人们都知道它的这段光荣历史，不过也仅此而已。它被挂在鸟笼里，既可以听到下面街上车水马龙的喧嚣声，又可以听见房间里老姑娘的讲话声。这时候恰好有个年纪相仿的女友来看望她，她们坐在一起打开了话匣子，不过一句都没有提到瓶颈，而是谈着窗户旁边的那盆香桃木。

"你真犯不着花两块银币去为你女儿买新娘用的花束，"老姑娘说，"你可以从我这里得到一个美丽的、开满鲜花的花束。你看看，它长得多么茂盛！它就是你在我订婚那天送给我的那株香桃木树上的一根枝丫，我原来是要在那一年过完之后用它来为自己扎一个新娘花束的，可惜那一天终于没有来到！那一双眼睛永远地闭上了，这双眼睛本来应该相伴我一生，为我的欢乐和幸福而炯炯发亮的。他已长眠在海底，这个天使般的灵魂得到了安息。"

"那棵香桃木树早已长成了一棵老树，我更是老掉牙了。在那棵香桃木树枯死之前，我掰下了最后一根绿枝插进泥土里，这根树枝就长成了这么大的一棵树。所以等到举行婚礼的那一天，尽管用这株树上的鲜花扎成新娘花束好啦。"

老姑娘的眼眶里泛起了泪花，她还在滔滔不绝地讲下去，讲到她年轻时的那个未婚夫，讲到森林里的订婚喜宴。她不禁想起了他们俩当时一起喝交杯酒的情景，也想到了那天的初吻，不过她没有把这些事情说出来，因为她毕竟是个老姑娘嘛。

老姑娘想得很多很多，可惜她竟压根儿不曾想到，就在她房间的窗户外面还挂着一个当年的纪念品，那个酒瓶的瓶颈，那个当初被拔起瓶塞时曾"嘭"的一声为他们俩高唱赞歌的酒瓶瓶颈。不过瓶颈也认不出她来了，因为它早已不再细听她的唠叨，也许它正陷入沉思之中，回想自己的往事。

接骨木妈妈

从前，有个小男孩，他患了感冒，那是因为他跑到外面去的时候把脚踩湿了。谁也弄不明白在这么一个干燥的大晴天里，他究竟在哪里把一双脚踩得这么湿漉漉的。他的妈妈给他脱掉衣服，扶他在床上躺下来，然后吩咐人把茶炊拿进房里来，用接骨木花熬一杯茶给他喝，那样就会使他的身子暖和过来。这时，一位挺能逗乐的老人走进门来，他住在这栋房屋的顶层，孤零零的一个人，既没有妻子，又没有孩子，可是他却非常爱孩子，所有的孩子他都喜欢。他会讲许多童话故事，听他讲故事那真是一大乐趣。

"好啦，快把茶喝下去，"妈妈说，"说不定你还能听到一个故事呢！"

"是呀，但愿我能讲出什么新的故事来，"老人笑容满面地点点头说，"不过这孩子在什么地方踩湿了他的双脚呢？"

"是呀，在什么地方踩湿的呢？"妈妈回答说，"谁也弄不明白。"

"您讲个故事给我听，好吗？"小男孩央求说。

"好的，不过你尽量准确地告诉我你上学去的那条小街上的水沟到底有多深。我想要先知道一下。"

"准确地说只到我的高筒靴一半那么高,"小男孩回答说,"可是那也要我跳到最深的窟窿里去才有那么深。"

"你看,你的脚就是在那里踩湿的。"老人说,"我该给你正正经经地讲个故事啦,可惜我肚里的故事都已讲完了。"

"那么,您就随便编一个好啦。"小男孩说,"我妈妈说过,您眼里见到什么就能编成一个童话,您手上摸到什么就能讲出一个故事。"

"话倒是不错,不过那样敷衍的故事听得人不过瘾。真正好听的故事是自己找上门来的,它敲敲我的脑门儿说:'我来啦!'"

"那么,会有一个童话马上就来敲您的脑门儿吗?"小男孩问道。

妈妈笑了起来,往茶炊里添了点儿接骨木花,又倒进水,也应声说道:"讲吧,讲吧!"

"好吧,如果童话自己找上门来的话,我就讲。不过,童话这家伙爱摆架子,只有等他高兴的时候才会找上门来。咦,等一下,"老人忽然叫了起来,"快看,有一个来了,就在那只茶壶里。"

小男孩朝茶壶看过去,只见茶壶的盖子升了起来,而且越升越高。接骨木花一朵又一朵盛开,又洁白又鲜嫩,长长的枝条也从茶壶的壶嘴里伸出来。它越长越粗,越长越大,枝丫伸向四面八方,长成了一棵美丽的接骨木树。这棵大树的树枝一直伸到床头上,把床幔朝两边撩开。

哦,树上的花开得多茂盛,香气多芬芳啊!树荫中间坐着一个慈眉善目的老奶奶,她身上穿着一件非常别致的衣服,衣服碧绿,绿得就像接骨木树的树叶一样,衣服上缀满了大朵大朵的接骨木花。乍一看还真叫人分不清究竟是衣服还是真的花。

"这位老奶奶叫什么名字?"小男孩问道。

"古时候,罗马人和希腊人把她叫作'德里亚德',这是'树神'的意思。"老人说,"不过,我们听不懂这个名字,所以这里的居民给她起了一个更好听的名字,叫她'接骨木妈妈'。现在,你就把注意力集中在她的身上吧,耳朵要细听她的故事,眼睛要盯着这棵树看。"

在新居住区那边有一棵接骨木树，它长在一个穷人家的小院的角落里，长得枝繁叶茂，十分高大。一天下午，在明媚的阳光里，一个老头和一个老奶奶坐在这棵树下，他们两个人年纪都很大，老头很老很老啦，老奶奶也很老很老啦。他们已是曾祖父母，很快就要庆祝他们的金婚纪念了，不过他们两个人都记不起来他们结婚的日子了。那边树上的接骨木妈妈也坐在树荫里，看上去就和这里的老奶奶一样亲切。"我倒记得你俩的金婚纪念日是在哪一天。"她说道，可惜那两个老人却听不见她讲的话，自顾自地在畅谈往事。那个老头是个水手，他说：

"你可记得，我们小时候就在现在我们坐着的这个院子里玩。我们那时还是孩子，在院子里跑来跑去，还把小树枝插在泥土里做成一个花园？"

"记得，"老奶奶说，"我记得很清楚，我们给那些树枝浇水，这些树枝里就有接骨木树的枝条。后来，这株接骨木生了根，抽出了枝条，长成了大树。如今，我们老两口就坐在这棵树底下。"

"一点儿不错，"老水手说，"在那边角落里有一个大水桶，我时常在那个木桶里放木船玩，那些木船都是我自己一刀一刀刻出来的，在水里漂得可稳啦。后来，我真的出海去航行了。"

"哪里呀，我们先上了学，学到了许多知识，"她说，"后来，我们领受了坚信礼。那天，我们都激动得流了泪。到了下午，又按老规矩手拉手地爬上了高高的圆塔，眺望哥本哈根和大海外面的茫茫世界。后来，我们就一直走到弗雷德里克堡，在那里我们看见国王和王后乘着他们豪华的游艇在运河上航行。"

"我出海航行同他们航行可不是一码事。一出海就是好多年，每次都航行到天涯海角。"

"是呀，害得我时常为你哭泣，"她说，"我想你大概是死了，一去就再也见不到踪影，说不定早已淹死在海水里。有好多个晚上，我都起来看看风向标是不是转了，风向标倒一直在转，可是你却一直不回来。我记得很清楚，有一天下起了瓢泼大雨，收垃圾的工人来到我当使女的那家门口来收垃圾。我拿着垃圾桶下来，到了门口便呆住不动了，看着那可怕的天气直发怔。这时候，邮差忽然来了，他递给我一封信，原来是你写来的。哎哟，那封信走过了多少地方啊！我拆开信来念着念着就又哭又笑，真是太高兴了。信上说，你正待在一个天

气炎热的国家,那里盛产咖啡,这个国家风景非常美丽。你在信上写得那么多,我一口气从头念到尾,天上还在下着瓢泼大雨,我站在那里一动不动把垃圾桶撂在我的身边。突然有个人冲过来伸开双臂抱住了我的腰……"

"哎呀,你伸手就扇了他一记响亮的耳光。"

"你要明白当时我不晓得那人就是你啊!你本人和你写来的信竟然同时到了。你那时的模样看起来真英俊。你上衣的胸袋里还垂着一条金黄色的长手帕,头上戴着一顶颜色鲜亮的帽子。你那天真漂亮,现在你仍然相貌堂堂。不过,那天的天气真是糟糕,满街都是积水。"

"后来,我们就结婚了。"老头儿说,"你还记得我们第一个孩子出生时的情景吗?那是个男孩,随后我们又生了玛丽亚、尼尔斯、彼得和汉斯·克里斯蒂安。"

"是呀,他们都长大成人了,都很聪明、能干,很有出息,很受人器重。"

"孩子们又有了自己的孩子,"老头儿说,"我们连曾孙都有了,他们个个都挺可爱。我要是没记错的话,我俩的金婚纪念日就在这个季节。"

"一点儿没错,今天就是你们两位的金婚纪念日嘛。"接骨木妈妈把脑袋伸到两个老人当中说道。那两个老人还以为是邻居家的女人在朝他们点头呢。他俩你看看我,我看看你,又伸出手来紧握在一起。

过了一会儿,他们的儿女带着孙子辈和曾孙辈都来了,好大一群哪。他们的孩子们都记得今天是二老的金婚纪念日,一清早就赶来祝贺,只是两个老人尽管记住了多年前的往事,却偏偏把纪念日忘记了。

那天,接骨木树散发出浓郁的芳香。到了傍晚,夕阳把两个老人的脸映得红彤彤的,他们更显得精神矍铄。最小的孙子围在他们身边跳起舞来,兴高采烈地说,今天晚上有好吃的啦,可以吃到热土豆啦。接骨木妈妈也在树荫里频频点头,跟着他们一起祝福两位老人。

"不过,这不是一个童话故事呀。"小男孩听完后说道。

"是呀,你听懂了。"老人说,"不过,我们还是先问问接骨木妈妈吧!"

"嗯，它不是什么童话故事，"接骨木妈妈说，"可是童话就是从它这里来的。最荒诞不经的故事都是从生活的真实中来的，要不然我那些美丽的树枝就无法从茶壶的壶嘴里长出来了。"

接骨木妈妈把小男孩从床上抱起来，搂在自己的怀里，开满鲜花的接骨木树枝把他俩掩在树荫里，如同坐在浓荫遮盖的凉亭里一般。忽然，那座凉亭载着他俩飞到了空中，从天空中望出去那景色真是美极了。接骨木妈妈转眼就变成了一个非常俏丽的小姑娘，看起来同小男孩的年纪差不多，她仍旧穿那件绿底白花的衣裳，胸前佩戴着一朵真的接骨木花，金色的长发上箍着一个接骨木花环。她的那双大眼睛是那么碧蓝、清澈，她的那副模样令人百看不厌。她同小男孩相互亲吻，他俩年龄相仿，他们也同样快活。

他俩手牵着手走出了凉亭，站在家里那个鲜花盛开的美丽的花园里。小男孩爸爸的手杖用绳子拴在草坪上的一根木桩上，对小孩来说这根手杖是有生命的。他俩刚骑到手杖上去，那擦得锃亮的手杖头就变成了一个马头，黑色的长鬃毛在飘舞，四条强壮的马腿也长了出来，这是一匹威武的骏马。他俩骑着这匹骏马在草坪上转了许多圈。啊，马儿跑得真快！

"现在，我们要骑着马儿到几里路以外的地方去，"小姑娘说，"我们要骑马到去年到过的那个大庄园里去！"他们又绕着草坪转了许多圈。那个小姑娘——也就是我们都知道的接骨木妈妈一直在叫喊着。

"现在，我们已经来到了乡下，你看见农夫的房子了吗？那栋房子里有一个好大的烤面包炉。它把面向大路的那堵墙撑得朝外凸出来，鼓鼓囊囊的，活像孵了个大蛋似的。那栋农舍的屋顶上有接骨木树的树荫为它遮阳挡晒。农舍的院子里，公鸡趾高气扬地踱来踱去，给母鸡们扒土觅食，瞧瞧它们有多神气！

"现在，我们走近教堂了。它矗立在高高的山坡上，四周有高大的橡树树荫遮掩，可惜其中有一棵树已经半枯了。

"现在，我们来到了铁匠铺。炉火在熊熊地燃烧，光着上半身的粗壮汉子正在挥舞着大锤打铁，火星飞溅。马儿，马儿，快快跑，我们要跑到那座大庄园里去！"

虽然他们仍在围绕着草坪打转，而且还是骑在一根手杖上，可是坐在小姑娘背后的小男孩却亲眼看到了她所描述的每一个地方。

他俩又跑到旁边的小路上去玩，还把泥土刨出一个个小坑来做成小花园。接骨木妈妈，也就是那个小姑娘，从自己的长发上摘下了花朵来种上，就像刚才讲到的那老两口小时候做的一样。他们也像那老两口小时候那样手牵着手一起走，不过没有去爬圆塔或者到弗雷德里克堡去。

他们没有那样做，而是小姑娘搂住了小男孩的腰，飞遍了整个丹麦。春残夏末，秋暮冬至，小男孩的眼睛里和心里对成千上万的景物都留下了印象。那个小姑娘总是不断地对他唱道："这些你都不会忘记。"在整个飞行途中老是闻到一股接骨木树的清香，那香味芬芳、甜美、沁人心脾。他也闻到了玫瑰和鲜嫩的山毛榉的香气，可是接骨木的芳香更加浓烈，因为小姑娘胸口上就佩戴着一大朵接骨木花，而在飞行中他总是把头靠在那里。

"这里的春天真美丽。"小姑娘说道。他俩站在山毛榉树林的绿荫里，树上刚刚抽出新枝，长出嫩叶。他们的脚下麝香草散发出清香，嫩绿色的青草丛中点缀着朵朵粉红色的银莲花，显得分外鲜艳。"哦，丹麦的山毛榉树林里永远是芬芳的春天。"

"这里的夏天真美丽。"小姑娘说道。他们两个人这会儿又骑上了马，那匹骏马放蹄驰骋，绕过了骑士时代的那些古老城堡。城堡赭红色的高墙和锯齿状的雉堞倒映在护城河里，像一幅图画。天鹅在水里游弋，不时抬起头来瞅瞅林荫深处的古道幽径。田野上麦浪起伏，像是波涛滚滚的大海。田野旁边的水沟里长着红色、黄色的野花，篱笆上爬满了蛇麻和牵牛花。到了晚上，一轮明月冉冉升起，又大又圆，田野里的干草垛散发出令人陶醉的草香。"啊，真是叫人终生难忘啊！"小姑娘说道。

"这里的秋天真美丽。"小姑娘说道。在秋天，天空显得分外高、分外蓝，树林里显得色彩缤纷，除了红色和绿色，还多出了金黄色。猎犬忙于围猎，东奔西跑，撵得大群大群的野雁赶紧振翅掠过埋葬着昔日叱咤风云的武士的坟茔。它们尖声长鸣着飞到空中，茂密的黑莓藤蔓缠绕在这些古墓的石碑上，几乎令人看不到这些墓碑。大海深蓝色的水面上漂浮着点点白帆。在谷仓里，老奶奶、大姑娘和小孩子正忙着剥掉蛇麻果的外壳，再把果仁扔进一个大桶里。年轻人唱着歌谣，老奶奶给孩子们讲着小红帽和小精灵的童话故事。再也找不出比这里更快活的地方啦！

"这里的冬天真美丽。"小姑娘说道。所有的树木都银装素裹，冰雪把它们打扮成了皎洁、雪白的珊瑚树。积雪在脚底下踩得"吱嘎吱嘎"作响，就好像脚上总是穿着新靴子一样。一颗又一颗流星划过夜空，陨落下来。在各家各户的房子里，圣诞树上的蜡烛点亮了，人们相互赠送礼物，大家欢笑、歌唱，真是热闹。在乡下，农舍里响起了悠扬的小提琴声，孩子们玩起了抢苹果的游戏，就连最穷苦的孩子都说："冬天真可爱啊！"

一点儿不错，真是可爱！小姑娘让小男孩大开眼界，见到了世上所有美好的景色。在这段时日里，天空中总是飘着接骨木的芳香，总是飘着红底白十字的丹麦国旗，居住在新住宅区那个年迈的老水手昔日就是在这面旗帜下漂洋过海走遍世界的。

小男孩长大了，长成一个小伙子了，他也迈出家门出海去闯荡广阔的世界了。他走遍了天涯海角，还到过那个生长咖啡的国度。在他出门临别时，小姑娘把胸前佩戴的一朵接骨木花送给他作为留念。他把这朵花珍藏起来，夹在他的赞美诗集里。他在异国他乡时总要打开这本书来祈祷，而且总会翻到夹着这朵花的那一页。他越看这朵花，这朵花就变得越鲜艳，他似乎又闻到了丹麦家乡森林里的那股清香。他似乎看到那个小姑娘从那朵花的花瓣里走出来，睁着那双湛蓝的大眼睛轻声地对他说："这里一年四季都是那么美丽！"他的脑海里顿时浮现出成千上万幅美丽的画面。

岁月悠悠，许多年一晃而过，小男孩如今已变成了老头儿。他和他年老的妻子一起手拉着手坐在一棵接骨木树下，就像当年他的曾祖父母坐在新居住区的那棵树下一样。他们也像他们长辈过去谈的一样，谈到了金婚纪念日。那个长着蓝湛湛的大眼睛、头发上戴着接骨木花环的小姑娘坐在树枝上，从绿荫深处朝他们点头说道：

"今天就是你俩的金婚纪念日！"

她说完，就从她的花环上摘下两朵花，亲吻了一下，就把它们插到那老两口的头发上。

那两朵花先发出闪闪银光,再发出灿灿金光,最后各自变成了一顶黄金王冠。老两口坐在散发着芳香的接骨木树底下,一个像国王,另一个如王后,这棵树同早先在新居住区的那棵接骨木树长得一模一样。老头儿把他还是个小男孩的时候听人讲的接骨木妈妈的故事讲给年老的妻子听。他们俩都觉得这个故事里有许多东西和他们的生活相似,而这些同他们人生经历相似的地方正是他觉得最为可爱之处。

"一点儿不错,人生就是这样,"小姑娘坐在树上说,"有人叫我'接骨木妈妈',也有人把我叫作'德里亚德',其实我的真名叫作'回忆'。我坐在人生之树上日夜长大,我能够回忆起过去的韶光年华,我能够讲得出一桩桩昔日往事。不过让我看看,你是不是还保存着我送给你作为留念的那朵花。"

老头儿翻开他的赞美诗集,那朵接骨木花仍然好好地夹在里面,还是那么鲜艳,就好像夹在书里的是一朵鲜花。回忆女神点了点头,那两个头戴黄金王冠的老人家端坐在树荫下,沐浴在红彤彤的夕阳的余晖之中,他俩安详地闭上了眼睛……

这个故事讲到这里就讲完了。

小男孩躺在自己的床上发愣。他弄不明白自己究竟是做了一场梦,还是听了一个童话故事。那个茶壶还摆在桌上,可是壶嘴里并没有长出接骨木树。就在他发愣的时候,那个讲童话故事的老人站起身来走出房门,他走了。

"多美啊!"小男孩说,"妈妈,我方才到温暖的国度里去了。"

"我相信。一口气喝下两大杯热热的接骨木茶以后,必定会到温暖的国度里去周游一趟。"

妈妈给小男孩把被子盖好,免得他再受凉。她说:"方才我和那个老人在议论到底是一个童话还是一个真实故事的时候,你睡着了,美美地睡了一个好觉。"

"接骨木妈妈在哪儿呢?"小男孩问道。

"她还在茶壶里。"妈妈说,"她会待在那里的。"

母亲的故事

有一个母亲坐在她幼小的孩子身边,她焦急万分、心痛欲裂,生怕她的孩子会死掉。那孩子脸色苍白,一双小眼睛紧闭着。他的呼吸已经微弱,不时地深深喘一口大气,好像在叹息。母亲更加悲伤,看着那个奄奄一息的孩子。

这时候,有人敲门,走进来一个贫穷的老人,他身上紧裹着一袭平时用来盖在马身上的被子。这对他来说倒是必不可少的,因为这样他的身子才能暖和一些。这时正值隆冬季节,屋外天寒地冻,朔风吹在脸上犹如刀割一般。

那个老人冻得止不住浑身直哆嗦,而病小孩刚刚睡着了。于是,母亲便抽空站起身来,走过去把啤酒倒在一个小铁罐里,放在炉子上烫热之后送给他喝。老人坐了下来,顺手摇着摇篮。母亲坐在靠近他的另一张椅子上,双眼盯着生病的孩子,看着他大口大口地喘着气,呼吸是那么困难,她不禁握住了他的小手。

"你觉得我能留得住他吗?"母亲问道,"仁慈的主一定不会把他从我身边召去的。"

那个老人其实就是死神,他暧昧地点了点头。这含义是模棱两可的,可以是"会",也可以是"不会"。母亲垂下头,看着自己的双膝,泪水扑簌簌地流了下来。她的脑袋十分沉重,

已经三天三夜不曾合眼了，此时竟睡过去了。不过，她只打了个盹儿，仅仅一转眼的工夫就惊醒过来。她刚站起身就有股凉气朝她袭来，她不禁打了个寒战，浑身瑟瑟发抖。

"这是怎么回事呀？"她自言自语道，抬起头来朝房间四处看了一遍。那个老人已经不见了，连她的孩子也失踪了，一定是那个老人把孩子抱走了。挂在角落的那只旧时钟"嘎嘎"地响了几声，笨重的铅钟摆一下子就掉落下来，"嘭"的一声时钟也停了下来。可怜的母亲呼唤着她的孩子，疾步冲出屋去。

在外面的雪地上坐着一个女人，身穿黑色长裙袍，她对母亲说：

"死神刚刚去过你的屋里。我看见他急匆匆地抱着你的孩子走了。他跑得比风还要快，凡是落到他手上的怕是再也回不来了。"

"请你务必告诉我，他朝哪里去了，"母亲说，"告诉我哪条路，我一定会找到他。"

"哪条路我倒是知道的，"身穿黑色裙袍的女人说，"不过在我告诉你之前，你先要把你唱给孩子听的那些儿歌都唱一遍给我听听。我很喜欢那些儿歌，以前听你唱过。我是夜神，看见你唱着唱着眼泪就流下来了。"

"我一定唱给你听，所有的儿歌都唱，"母亲说，"不过现在不要耽误我的时间，我一定要追上他，要回我的孩子。"

夜神却坐在那里一声不吭，毫无动静。于是，母亲只得唱起来，她唱着唱着就流下了眼泪，双手紧紧地绞在一起。她一首又一首地唱了许多歌，而流的眼泪更多。

后来，夜神终于开口了，她说：

"朝右边走，走进那片黑沉沉的松树林里去，我看见死神抱着你的孩子朝那条路走去了。"

树林深处，小径纵横交错，她不知道该朝哪边走才好。就在她旁边有一丛黑刺李树，树枝上没有叶子，也没有花朵。要知道这正是严寒的冬天，树上挂满了冰凌。

"你看见死神抱着我的孩子从这儿走过吗？"母亲问道。

"看见啦，"黑刺李树回答道，"不过，除非你用胸口把我焐暖，不然我是不会告诉你他走哪条路的。我快要冷死了，快要冻成冰坨了。"

　　她把黑刺李树紧贴到自己的胸前,捂得那么严实,树丛的刺都扎进了她的肌肤里,她的鲜血大滴大滴地淌下来。可是,黑刺李树丛却暖和过来了,竟然在严寒的冬夜长出了嫩绿的新叶,绽开鲜花。一个悲恸欲绝的母亲的心竟是如此温暖!

　　黑刺李树终于告诉了她该走哪条路。

　　她走到一个大湖旁边,那里既没有挂着风帆的大船,也没有划桨的小船;湖面没有全结起厚厚的冰层可以让她踩着过去,湖水也没有浅到可以让她蹚着水过去。可是,她非得过去不可,只有到了湖对面才能找到她的孩子。她蹲下身来,想要把湖水统统喝干。要知道一个人把一个大湖的水喝光,这是根本不可能的事,可是绝望的母亲却一心等待奇迹出现。

　　"不行,那是永远不可能的,"大湖开口说话了,"我们不妨商量个折中的办法吧!我非常喜欢收集珍珠,你的一双眼睛是我所见到过的最明亮的珍珠。你肯不肯把你的眼珠送给我?如果你肯把眼珠哭出来落到我的湖水里,我就把你送到对岸的暖棚里,死神就住在那儿照料着花木，每一朵花和每一棵树都是一个人的生命。"

"哦，为了我的孩子，我哪有不肯的。"伤心啼哭的母亲说。她哭得越来越伤心，她的眼珠子哭了出来，落到了湖底，变成了两颗价值连城的珍珠。于是，湖水就把她托起来，她就像坐在秋千架上一样，被湖水荡到了对岸。那里有一栋奇形怪状的大房子，谁也说不清楚这究竟是一座有森林、有穴洞的大山呢，还是一座用圆木建造的房屋。可是，不管它是什么形状，反正母亲是看不见了，因为她已经把眼珠子哭出来了。

"我到哪里去找那个抱走我孩子的死神呢？"母亲问道。

"他还没有回到这里来呢。"看守坟墓的老妇人说，她是来照料死神的大暖棚的，"你是怎么找到这里来的？是谁帮了你的忙？"

"仁慈的上帝降恩于我，"母亲说，"天主是那么仁慈，想必你也会大发慈悲。我究竟要到哪里去找我的孩子呢？"

"是的，可是我不认识你的孩子呀，"老妇人说，"而你自己又看不见。今天晚上有好多花和树会枯掉，死神很快就会回来种上新的。你要知道，每个人都有自己的生命之树或者生命之花，就像这里种的花木一样，都是命中注定的。它们看起来同别的花草树木没有什么两样，可是它们有心跳，小孩的心也会跳。你可以过去摸摸看，说不定你还能把自己的孩子认出来。可是，你要给我好处，我才能告诉你该怎么做。"

"我没有什么东西可以送给你了，"绝望的母亲说，"不过我可以为你奔波，哪怕走到天涯海角！"

"走到天涯海角那倒用不着，"老妇人说，"可是，你肯把你的一头黑色长发送给我吗？你自己也知道这长发非常美丽，我很喜欢它。你可以把我的白头发拿去，我也算回赠了一件东西。"

"不要别的了？"她说，"我很乐意把我的头发送给你。"说完，她就把自己的一头黑长发送给了那位老妇人，并且拿走了老妇人的白头发。

随后，她们走进死神的那座大暖棚，棚里的花木杂乱无章地种在一起，根本就看不出个名堂来，在玻璃钟树底下盛开着娇贵的风信子，牡丹花已经长成了一棵棵粗壮的树。那里长着水生植物，有些还很新鲜，但大多数已经枯萎了。水蛇缠绕在那些植物上，黑色的螃蟹咬着那些植物的茎。那里还有高大的棕榈树、橡树和梧桐树，在它们的树荫下盛开着欧洲芹和百里香。每一棵树和每一朵花都有自己的名字，都是一个人的生命。这些人还活着，有的住在中国，有的住在格陵兰，反正分散在世界的各个地方。有些大树种在小花盆里，快要把花盆撑破了。而在有些肥沃的土地上只长着一两株弱不禁风的小花，四周有青苔覆盖着，看样子是受到特别照顾的。悲伤的母亲朝所有这些弱小的花弯下腰来，倾听花里的心跳声。她终于在几百万株植物中听出了她自己孩子的心跳声。

"就是这一株。"母亲叫喊起来，伸手指着一株病恹恹的、脑袋垂向一边的蓝色小花。

"不要去碰那朵花！"老妇人叫道，"你就在这里待着不要走开，等着死神回来，他随时都可能回来的。你要求他千万不要把这株花拔掉。你可以说，要是他不干，你就要把别的花全拔掉。这一下他就会害怕，因为他要向上帝负责。除非得到上帝的恩准，他是不许随便拔掉任何一株的。"

突然，暖棚里刮进一股刺骨的寒风，双目失明的母亲感到死神来了。

"你是怎么找到这里来的？"死神惊讶地说，"你怎么会比我先到这里来的？"

"因为我是一个母亲。"她回答说。

死神朝那朵娇嫩的小花伸出手去，可是她却用双手紧紧攥住他的手不放。她攥得很紧，却又非常小心，连一片花瓣都不曾碰着。死神便朝着她的手上吹了一口气，她只觉得他吹过来的气比寒风还要冷。她猛然受惊，不由得双手一松。

"你是无法与我抗争的。"死神说。

"可是，吾主上帝能够与你抗争。"母亲说道。

"我正是按照上帝的旨意行事的，"死神说，"我是他手下的园丁，我把所有的花草都移到广袤的极乐园里。至于它们在那里怎样成长，那里又是怎样的景象，恕我不能相告了。"

"把我的孩子还给我！"母亲伤心地呼号起来，她哀求、痛哭，突然她伸出双手，各抓

住一株鲜艳的花朵，朝死神喊道，"我要拔掉你所有的花朵，反正我已经绝望了。"

"不许碰它们！"死神厉声喝道，"你说你很不幸，难道你现在要让另一个母亲和你一样不幸吗？"

"另一个母亲？"可怜的女人叫道，立即松手把两朵花放开了。

"这是你的眼睛，"死神说，"我把它们从湖底捞了上来。它们很明亮，我先前不知道这是你的眼睛。拿回去吧，它们现在比以前更明亮，会看得更清楚。你可以到附近的那口深井边朝下看。我可以把那两朵你刚才要拔掉的花的名字告诉你。你可以从深井里看到他们的未来和整个人生。这样你就会明白，你打算亲手毁灭的是什么！"

于是，她朝井底看去，她看到那两个生命之中有一个给人类带来了幸福和欢乐，不禁喜上眉梢。可是，她看到另一个生命却庸庸碌碌，一生在悲哀中度过。

"这两者都是上帝的旨意。"死神说。

"那两朵花中，不幸之花是谁，幸运之花又是谁？"她问道。

"恕我不便相告，"死神说，"不过我可以告诉你，其中有一朵花就是你的孩子。你亲眼看到的是你孩子的命运，是你孩子的未来。"

母亲一听惊得呼喊起来："哪一朵是我的孩子？快告诉我吧。求求你，救救我那无辜的孩子，快把我的孩子从不堪忍受的苦难中解救出来吧！你还是把他抱走，把他带到上帝的天国中去吧！求你忘掉我的眼泪，求你忘掉我的祈祷，求你忘掉我所说和所做的一切吧！"

"我听不明白你的话，"死神说，"你到底是想把你的孩子要回去呢，还是让我把他带到极乐园里去？"

于是，母亲不停地绞着双手。她双膝一跪，向上帝祈祷说：

"主啊，千万别听信我曾经说过的那些话，因为那些祈求违背了你的旨意，而你的旨意才永远是最好的。不要听我的话，千万不要听我的话。"

她把头垂到了胸前。

于是，死神把她的孩子带到极乐园里去了。

沼泽王的女儿

鹳鸟给他们的孩子讲了许多故事,讲的都是沼泽地和泥潭里的事。最小的那几个只要听到"芦苇里传出了咿呀咿呀的桨声,有人咕咚咕咚掉进泥潭里去",就觉得有趣得不得了。

鹳鸟世世代代流传下来了两个最古老最长的故事。一个是摩西的故事,摩西的母亲把他放进尼罗河水里,被法老王的女儿所收留,又受到了良好的教育,成了一个大人物,这个故事流传得很广泛。第二个故事至今不大有人知道,这个故事从上一代鹳鸟妈妈传给下一代鹳鸟妈妈,一直相传了上千年,一代比一代讲得好,现在我们这一代是讲得最出色的了。

最初讲这个故事的那对鹳鸟就经历过故事中的一幕。夏日里,他们栖居在文叙瑟尔地区荒无人烟的沼泽地边上的那幢北欧海盗时期的圆木屋里。具体说是坐落在约灵州境内,紧靠着日德兰半岛最北边的那座城市斯卡恩,那里至今仍是一片无边无际的荒野沼泽。这个州的地方志上有记载,据说这里古时候是一个大湖的湖底,后来湖底升高就成了这样。这一大片沼泽向四周伸展出去好几英里远,沼泽地周围是潮湿的草地和一片片烂泥塘,还有泥炭地,上面长着云莓、酸果蔓,还有低矮的杂树,这里的上空一年四季都笼罩着浓雾。七十年前这里还有狼群出没,所以把它叫作"荒野的沼泽"真是名副其实。可以想得出来一千多年前这

里是多么荒凉，有多少片大大小小的沼泽和泥塘。这里有的地方还原封不动地保存着一千年以前的模样。芦苇秆还是长得那么高，芦苇草还是那么长，照样开的是紫褐色羽状绒花。白桦树也还是老样子，白白的树皮，稀稀拉拉的小细叶。那里的苍蝇披着和现在全都一模一样的薄纱衣裳，鹳鸟一生只穿白颜色的衣裳，尾梢上点缀一些黑颜色，脚上穿着红色的长袜，那时候人穿的衣服款式都和今天我们穿的大不相同。可是有人胆敢踏上沼泽里的草甸子，那么不管他是猎人还是农奴都会遭到不测，命运同一千年前没有什么两样。那些人"咕咚"一声掉进泥潭里就会一直沉下去，沉到沼泽王那里去。沼泽王统治着沼泽底下的那一大片烂泥王国，所以人家也把他叫作"烂泥王"，不过我们觉得还是叫他"沼泽王"好听些，鹳鸟也是这么叫他的。他把国家统治得怎么样我们几乎一点都不知道，说不定这样倒是最好不过啦。

那幢北欧海盗的圆木房就在沼泽的边上，紧靠着利姆峡湾，那幢木房子有石头砌的地下室，有三层楼，房顶上还有尖塔。鹳鸟在房顶上筑巢，鹳鸟妈妈正在孵蛋。

有一天傍晚，鹳鸟爸爸在外面待到很晚才回家来，浑身羽毛乱蓬蓬的，神色显得慌慌张张。

"我有件非常可怕的要紧事情告诉你！"他对鹳鸟妈妈说道。

"不要讲出来吧，我正在孵蛋，听了免不了心里要焦急，害得小鸟也孵不出来了。"

"你一定要知道才行，"他说道，"她到这里来啦！就是我们在埃及住的那个地方的房东的女儿，她居然敢一路来到这里，可是这会儿她又不见了踪影。"

"就是那个仙女的后代吗？你快点讲！你知道我正在孵蛋，忍受不住等得太久。"

"孩子他妈，"他说道，"她相信了巫医的话，这话我也听你说起过，说的是沼泽里开出来的鲜花能够治好她父亲的重病。所以她就披上了天鹅羽毛衣服由另外两个也披着天鹅羽毛衣服的公主陪着飞到这里来了。她每年都要到北方来一回，洗洗海水澡，使自己变得更年轻一些。这一回她又到这里来了，可是如今整个人却不见了踪影。"

"你讲得太啰唆啦，这样讲下去蛋会受凉的！我忍受不住老这样的担心焦急。"

"我天天在那里盯着，"鹳鸟爸爸说，"今天傍晚，我钻进芦苇丛，站在吃得住我分量的草甸上。天空里飞来了天鹅，她们飞的姿势我一看就明白：那不是真的天鹅，只不过是披上了天鹅的羽毛衣。孩子他妈，有些事情是一下子就能感觉得出来的。就像这回一样。"

"话倒是不错，"她说道，"可是赶快说公主的事情吧。天鹅羽毛衣服叫我听得心里烦！"

"你知道，沼泽的中央深得像个湖，你只要踮起脚来就能够看得见那里的一角，在那边能看见的只有芦苇和绿油油的草甸子，一根桤木的大树干横倒在草甸子上。那三只天鹅就都落到了那根树干上，拍打着翅膀朝四下里张望。她们当中有一只脱掉了身上披着的羽毛衣裳，我认出来她就是我们曾在她家居住过的那个埃及公主。她垂着一头长长的黑头发坐在那里，身上什么也没有穿。我听见她对另外两只说，她以为自己看到那朵花了。她潜水下去采摘花朵的时候，要那两只天鹅照管好她的羽毛衣裳。那两只点点头拍拍翅膀，一口就把那件羽毛衣裳叼了过去。哦，她们把那件羽毛衣裳抢过去有什么用呢？我暗暗地想道。她也问了同样的问题，她马上就得到了回答，那是一看就明白的回答。那两只叼着她的羽毛衣裳飞到了空中。

"'你潜水下去吧，'她们叫嚷道，'你永远不能披着天鹅羽毛衣服飞上天了，你永远看不到埃及的大地了！你就在荒凉的沼泽里待着吧！'她们说着就把她的羽毛衣裳撕得粉碎，羽毛飘落下来就像是下大雪一样。这两个恶毒的公主转身就飞走了。"

"真吓死人啦！再听下去我真受不了啦！可是你赶快告诉我后来又怎样啦？"

"那个公主放声大哭起来，她哭得那么伤心，泪珠一串串地滴落在那根桤木树干上。那根桤木树干忽然晃动起来，原来那树干正是住在沼泽里，统治着这片王国的沼泽王本人。我看见树干翻了个身，模样就不再是根树干了，他伸出了长长的、沾满烂泥的枝杈，就像一条手臂那样直扑过来。那个可怜的公主吓坏了，她站起身来就逃，踩着晃晃荡荡的草甸子没命地奔跑。可是那草甸子连我的分量都吃不住，更不要说她了。她马上就沉了下去，桤木树干也沉了下去，其实是他把她生拉硬拽下去的，泥沼上冒起了几个黑黑的大水泡，一切就消失得无影无踪了。如今她已经葬身在这片荒凉的沼泽里，再也不能摘了花朵回到埃及的大地上去。那悲惨的情景真是叫人不忍心看呀，孩子他妈！"

"在这个时候你本来就不应该告诉我这样悲惨的事情，"她说道，"宝宝会孵不出来的！……我敢说公主不要紧，她会死里逃生，会有人来救她的。这类事情要是出在你我的身上，不管是你还是我,那就完蛋啦。"

"我还是每天都去看看有什么动静。"鹳鸟爸爸说道,他也真的这样做了。

就这样过了很长的时间。后来有一天,他看到从沼泽的深处钻出来一根绿色的茎梗。在它高过沼泽水面的时候就长出一片叶子来,那片叶子不断长大,越长越宽,越长越宽,后来紧靠在那片叶子旁边又长出了一个花骨朵儿来。有一天清晨时分,鹳鸟从那根绿茎梗上空飞过时,他看见那花骨朵在强烈的阳光照耀下已经绽开了,在花萼里躺着一个可爱的孩子,是个小女婴,好像是刚刚洗完了澡的样子。这个女婴长得同埃及公主一模一样,鹳鸟起先还以为她就是埃及公主,就是说她变成了女婴模样。不过他转念一想觉得这必定是公主和沼泽王的孩子,所以她才能够躺在一朵睡莲的花萼上。

"她总不能够老是躺在这里,"鹳鸟爸爸想道,"我的巢里已经太挤了,不过,我有主意啦!那个海盗的妻子没有孩子,巴不得有一个;大家都说孩子是鹳鸟送来的,那么我就真的送一回,我叼着孩子飞到海盗那里去,那个女人会多么高兴呀!"

鹳鸟爸爸叼起了小女婴,飞到圆木屋那里去,用他的长喙在蒙着尿脖皮的窗子上啄了一个洞,把小女婴放在海盗妻子的胸前,然后他就飞回到鹳鸟妈妈那里,把事情的经过讲了一遍。他们的孩子也全都听到了,那些小鹳鸟已经长大,听得懂父母之间的说话了。

"你看,"他说道,"公主没有死,那小女婴是她送上来的,现在我给小女婴找到一个家。"

"当初我就是这么说来着,"鹳鸟妈妈说,"现在你该想想自己的家了。我们全家迁徙到南方去的季节眼看就要到了。我的翅膀已经痒痒了。杜鹃和夜莺早已飞走。我听鹌鹑说马上就会有顺风,我们的孩子们都练习得不错,可以吃得消远途飞行。"

第二天清早,海盗的妻子醒过来一看,自己的怀里躺着那个可爱的小女婴,这下子可把她乐坏啦。她又是亲又是拍的,可是那个小女婴反倒哇哇大哭起来,一双小手和小脚拼命地挣扎,好像她一点也不喜欢这样的亲热。后来她哭得累极了,就一头睡着了。她安安静静地躺在那里,样子真是美极了。海盗的妻子心里高兴,轻松快活得不知怎么才好。她不禁想到,说不定自己的丈夫带着他的手下人也会像小女婴那样料想不到地忽然出现在眼前,于是她带着全家上下忙成一团，要把家里的一切都收拾整齐。墙上挂起了五颜六色的长挂毯，那都是她和女佣们亲手编织的，上面有她们敬奉的神灵的图。奴隶们把古老的盾牌擦亮，挂起来作为装饰品；长凳上都放好了坐垫；大厅中央的火塘里堆满了干柴，随时都可以把火点旺。海盗的妻子自己动手领头干活，到了晚上她非常疲乏，一下子就睡着了，睡得很香。

第二天快到天亮的时候，她一觉睡醒过来，发现那个小女婴不见了，这一下真把她吓坏了，她连忙跳起身来，点燃了一根松明火把到处寻找，只见在床上她伸脚的地方躺着的不是小女婴，而是一只个子很大样子丑得不得了的青蛙。她一见那丑东西就恶心，抓起了一根粗棍棒要把青蛙打死，可是那青蛙却用非常奇怪、满含悲伤的眼光瞧着她，她又不忍心打下去了。她再次到处寻找了一遍，那青蛙轻声而又可怜地叫了一声，这声音把她吓了一跳，从床边一步迈到窗前，用力把窗子打开。太阳光照射进来，照到床上的青蛙身上。那东西的阔嘴巴立刻就变小了，颜色变鲜红了。四肢越伸越长，变成了一双形状很好看的小手小脚。丑陋的青蛙忽然不见了，躺在那里的就是那个小女婴。

"这是怎么回事？难道是我做了一个噩梦？躺在我眼前的分明是我的心肝宝贝儿呀！"她亲吻了孩子，把她紧紧抱在怀里，可是小女婴拼命挣扎，还伸出小手像小猫那样地乱抓。

那天海盗没回来，再过了一天也还没回来，他已经在回家的路上了，可是风向却和他作对。鹳鸟正好顺着这股风飞到南方去，对一个人来说是顺风也许对另一个人来说就是逆风。

过了几个昼夜之后，海盗妻子弄明白了那孩子是怎么一回事。她身上被施上了一种非常可怕的魔法。白天，她外貌可爱得像个仙女，可性情刁蛮。晚上，她变成了一只相貌丑陋的青蛙，可脾气很乖，安安静静的，还睁大着充满哀怨的眼睛瞅着人呜呜咽咽地哭泣。她有双重性格和两种外形，偏偏外形和性格又合不到一起去。随着昼夜的交替，小女婴从外表到内心都在发生变化。白天里，小女婴就是鹳鸟送来时的模样，她有生身母亲的美貌外表，而内心里却是她父亲的凶恶残暴；到了晚上，她的外形是她父亲那个家族的，而性情却充满了她的母亲那样的温顺和爱心。有谁能够破除加在她身上的这种妖法的魔力呢？海盗的妻子十分焦急和难过，为这条小生命提心吊胆。她丈夫快回来了，她觉得不能够把小女婴的真相都讲

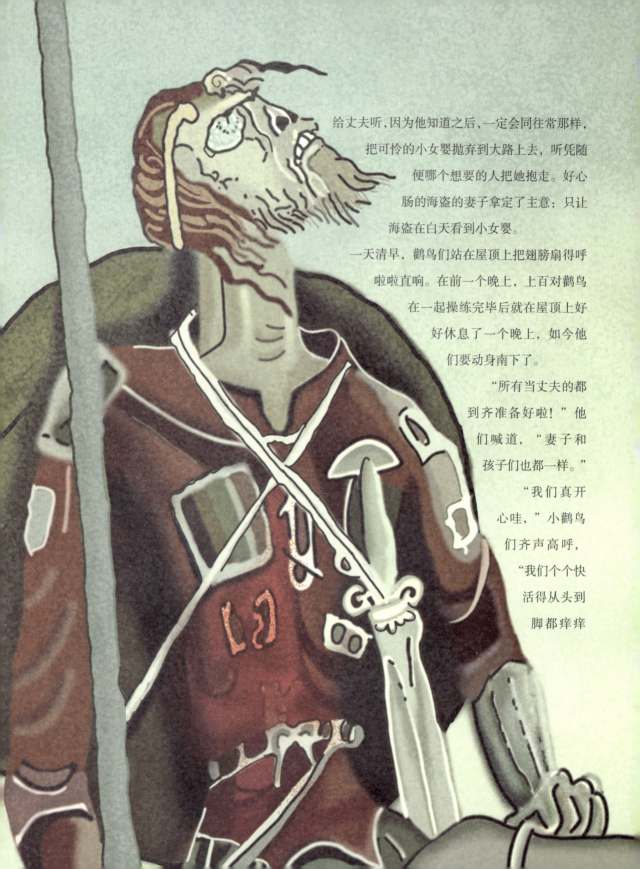

给丈夫听,因为他知道之后,一定会同往常那样,把可怜的小女婴抛弃到大路上去,听凭随便哪个想要的人把她抱走。好心肠的海盗的妻子拿定了主意:只让海盗在白天看到小女婴。

一天清早,鹳鸟们站在屋顶上把翅膀扇得呼啦啦直响。在前一个晚上,上百对鹳鸟在一起操练完毕后就在屋顶上好好休息了一个晚上,如今他们要动身南下了。

"所有当丈夫的都到齐准备好啦!"他们喊道,"妻子和孩子们也都一样。"

"我们真开心哇,"小鹳鸟们齐声高呼,"我们个个快活得从头到脚都痒痒的,就好像周身有活青蛙在爬一样。到外国去旅行的滋味真是太美妙啦!"

"当心,千万不要离群,"父亲叮嘱道,"飞行中少张嘴说话,胸口就不会噎住气啦!"

他们飞走了。

差不多就在这时候,荒原上响起了号角的声音。那个海盗带领着他的手下人登陆了。他们满载着从高卢海岸掠夺来的金银财宝回家来了。所到之处那些高卢人还有不列颠人都惊恐地放声号叫道:"上帝呵,快把我们从野蛮的北方佬手里解救出来吧!"

荒凉的沼泽旁边的这座海盗宅子里

热闹非凡，笑语欢歌，人声鼎沸。盛满蜜酒的大桶给抬进了厅堂，火塘里燃起了熊熊的烈火。许多匹马儿被宰杀了，大伙儿要痛痛快快地吃喝一通。祭司把马血淋洒在奴隶的身上，算是献祭，火塘里的烈火发出了噼啪的声响，浓浓的黑烟直冲屋顶，烟灰尘垢从屋梁上洒落下来。好在大家都习惯了烟熏火燎，没有人受不了。他们邀请了许多客人前来赴宴，客人们都得到了丰厚的礼物。于是平日相互间的仇恨和欺诈全都被忘得一干二净，大家高高兴兴地猛吃猛喝，把啃剩下来的骨头朝彼此的脸上扔来扔去。有个吟唱诗人唱起了歌谣，他是一个会弹乐器的乐师，又是跟随着海盗一起出海去的武士，所以他知道应该唱些什么。在所唱的歌谣里有着海盗们的赫赫战绩和英勇行为，歌谣每一节的结尾都有这样的叠句：

金银财宝难免丧失掉，朋友和敌人全都会死。
世上没有人永远活着，只有好名声千古流芳。

在齐唱这些叠句时，大家边唱边使劲地敲他们的盾牌，也有用刀子和骨头敲桌子的，这样的响声一片当然就很热闹了。

海盗的妻子坐在面朝大厅的条凳上，她身上穿着丝绸衣裳，手腕上戴着黄金手镯，脖颈上挂着琥珀项链。她的服饰穿戴都是最华丽的，所以吟唱诗人在他唱的歌谣里也颂扬了她，说她的丈夫虽然发了财，可是她却给自己的丈夫带来了真正的宝贝，她的丈夫见到了那个宝贝高兴得要命。那个海盗只在白天看到了美丽可爱的小女婴，连小女婴身上那股野性他也照样喜欢。他说她可以成为一个勇敢的盾牌女上阵厮杀，若是有个训练有素的高手开玩笑举剑削掉了她的眉毛，那她连眼睛都不会眨一眨。

那一大桶蜜酒用不了多大工夫就喝光了，于是又抬来一桶，是呀，喝得真是不少。这些好汉们个个都是酒量大得惊人，喝多少下肚都醉不了。过去有一句古老的谚语："牛羊吃饱就想离开草地回家，可是笨蛋却撑破了自己肚皮。"不错，这句古训他们是知道的，可是知道是一码事，做起来又是另一码事。他们还知道另一句古训告诫道："登门做客不宜待得太久，赖着不走会惹人讨厌。"可是人们就是没有打算要走。烤猪肉和蜜酒真是好东西！越吃越喝越是来劲，宴席上就越是快活热闹。到了深夜，奴隶们就往还冒着热气的灰堆里一钻，手指头蘸蘸烤猪肉滴下来的香喷喷的油脂，就这么暖融融地睡了过去。啊，那真是美好的时光！

那年海盗又要出海抢劫，尽管深秋的暴风雨已来临。他率领着手下人马前往不列颠海岸。

"只不过是跨海跑一趟罢了。"他对自己的妻子说道，因此海盗的妻子没有跟着去，仍旧看家，还照管那个小女婴。不久，这位养母越来越表现出更加疼爱那只瞪着温柔而又哀怨的大眼睛瞅人、有时还发出一声长长叹息的青蛙，甚至胜过了对那个一味乱踢乱咬的小女婴。

深秋的浓雾阴冷而潮湿，它不长嘴巴却能够啃东西，狼吞虎咽地把树上的叶子一扫而光。接着被人叫作"不长羽毛的鸟儿"的雪花纷纷扬扬地飘落下来。冬天眼看就要来到，麻雀们赶紧占据了鹳鸟的老巢，叽叽喳喳地谈论着已经迁徙到别处去的房东。是呀，那么房东两口子，就是鹳鸟爸爸和鹳鸟妈妈，还有他们的孩子们如今在什么地方呢？

鹳鸟那一家子这时候正生活在埃及的大地上，那里阳光明媚，暖和得就像这里最热的盛夏一样。罗望子花和金合欢花开得遍地都是。新月挂在清真寺的大圆顶上，分外晶莹明亮。在大圆顶上的细长尖塔上，有不少对鹳鸟栖息着，他们经过长途飞行已经精疲力竭了。而大群的鹳鸟已在寺院宏伟的圆柱上，倒塌的拱门上，还有一些人迹不到的地方筑起了巢，一个紧挨着一个，密密麻麻地一片。椰枣树的巴掌形状的大叶子伸向天空，好像情愿做遮挡太阳的伞一样。在远处的沙漠上，晴朗的天空里隐约可见一个个灰白色的高大的金字塔，好像一个个影子那样矗立着。鸵鸟在沙漠上伸开长腿疾步飞奔着，狮子们却睁大了狡猾的圆眼睛打量着半埋在黄沙里的大理石狮身人面像。尼罗河泛滥的洪水已经退去，干涸的河岸上到处都是青蛙。这样的风光非常合乎鹳鸟这一家子的脾胃，那些年幼的小鹳鸟们都不敢相信自己的眼睛，以为这一切都只是幻觉，因为这里的一切美好得再也找不出第二处。

"这里的一切就是那么使人高兴，我们迁到温暖的地方来总过的是这样的日子。"鹳鸟妈妈说道。那些小鹳鸟们听得心里痒痒地胃口大开。"还有什么更美更多的风景让我们看吗？"他们说道，"我们还要飞呀、飞呀，一直飞到内地去吗？"

"再过去就没啥可看的了,"鹳鸟妈妈说道,"在这片富庶平原的边缘,四周都是大森林。茫茫的大森林里树木是那么茂密,以至于它们的枝丫都纠结到了一起,它们之间又布满着带刺的藤蔓和荆棘。只有大象才能够用大脚板踩出一条路来。那里有不少蛇,可是对我们来说蛇太大了没法吃,蜥蜴又太灵活逮不着。如果你们再往前飞的话,就是一望无际的大沙漠,那里只要有一点点微风,你们的眼睛里就会吹进沙子的。那还算不了什么,要是遇上了沙尘暴那才不得了。你们会被卷进沙柱当中去逃都逃不出来的。算啦,这里是最好的地方,有的是青蛙和蚂蚱,足够吃的了。我就在这里待下来,你们也不许走开去。"

于是鹳鸟这一家子就在那里待下来了。

鹳鸟爸爸和鹳鸟妈妈待在细尖塔的鸟巢里休息,可是老两口照样忙碌得片刻不停,他们用长长的嘴喙把羽毛梳光和抹平,又在脚上穿的红色长袜子上把嘴喙磨得锃亮。他们不时地伸长脖颈,庄重地点头鞠躬,有时候又抬起头来,展露出他们高高的额头和头顶上那一小撮光滑细密的羽毛,他们棕色的眼珠子里闪耀着智慧的光芒。年轻的鹳鸟小姐们神气活现地在湿润的芦苇丛中走来踱去,她们把脑袋仰得高高的,却又躲躲闪闪地偷偷朝鹳鸟小伙子们瞅上一眼,并且同他们渐渐熟稔起来。她们每走上三步就要吞掉一只青蛙,或者叼起一条小青蛇甩来甩去。她们大概觉得这样的游戏很有趣,再说小青蛙又是滋味极好的美食。鹳鸟小伙子们很快为了这个缘故吵起架来,他们用翅膀相互掴来掴去,还用嘴啄来啄去,啄得彼此鲜血淋漓。不久后,这位鹳鸟小姐同这位鹳鸟先生喜结良缘,那位鹳鸟先生同那位鹳鸟小姐配对成双。生活嘛就是这样子,这也正是年轻的鹳鸟们想要过的生活,于是他们筑起了自己的巢,于是又有了新的争吵。因为在天气炎热的国度里,往往暴躁易怒,再就是感情奔放。不管属于两者的哪一种,老一辈的心里统统高兴欢喜,在他们看来自己的孩子们干的事情必定是很合适的。这里天天都有阳光,都可以吃得饱饱的,所以鹳鸟们想的都是令人高兴的事情,可是在那座华丽的宫殿里,被鹳鸟们称为"埃及房东"的那里,却没有一点欢乐。

那位既富有又威风的老君主如今手脚都变得直僵僵,再也动弹不了,像一具木乃伊那样躺倒在病榻上。那张病榻设在大厅的中央,四周墙壁都绘得五彩缤纷,远远望去他好像是躺在一朵盛开的郁金香的花瓣上。他的亲人和侍从们都围拢在他的身边。他没有死，可是也很难说他是活着的，只有从北方的国度里采摘来的沼泽之花才能够救他的命。这花朵本来应该是最热爱他的人到北国去寻找和采摘的，可是如今却永远不会摘回来了。他的那个年轻美貌的女儿披上了天鹅的羽毛衣裳，飞过大海、飞过大地，一直往北方飞过去，可是却永远回不来了。

"她死啦，连人影都见不到啦。"另外两个公主披着天鹅羽毛衣裳飞回家来报告说。她们编了挺完整的一个故事，故事是这样说的：

"我们三个一起在空中飞行，"她们说道，"有个猎人发现了我们就放箭来射我们，那支箭射中了我们的年轻的旅伴和朋友。她就像一只垂死的天鹅那样唱着告别的歌缓缓地跌落下去，沉没在森林中的湖泊中。我们把她埋葬在湖岸边上的一棵散发着芳香的弯枝桦树底下。我们为她报了仇！我们抓住了一只在猎人屋檐下筑巢的燕子，在燕子身上绑上了火种，那只燕子飞回窝去的时候，猎人的住房就燃烧起来，他被活活烧死在自己的屋里。火光映亮了湖面，也照亮了那棵侧着身子遮掩着坟地的弯枝桦树。她在那里已经化为泥土，再也不会回到埃及的大地上来了。"

说罢她们就齐声痛哭起来。鹳鸟爸爸听到这个故事的时候，他忍不住把他的长喙一张一合，像是在鼓掌，发出来的吧嗒吧嗒的声音响得老远都听得见。

"谎话，全是凭空想出来的，"他说道，"我真想把我的长喙啄进她们的胸膛。"

"你的长喙必定会折断的，"鹳鸟妈妈说道，"到那时候你的模样才好看哪！做事情先想想你自己，再想想全家。所有的闲事你要少管！"

"明天早上那些有学问的和有智慧的人要集合在这里商量有关病人的事情，我务必要站到圆顶的边沿上去听听他们说些什么，也许他们说的跟事实真相差不多。"

博学者和智者都赶来聚会，他们都高谈阔论地讲了许许多多的话，讲来讲去就是没有对病人的病情和葬身在荒野沼泽里的那个女儿讲出个名堂来。不管怎么样，我们不妨先听听他们是怎么讲的。听了就会知道早先发生的事情，就可以弄明白事情的前因后果，最起码能够像鹳鸟爸爸知道的一样多。

"爱能孕育出生命,最崇高的爱能够救活至尊者的生命。他的生命尚有一线希望,那就要靠爱来使他起死回生。"有人这样说道。博学者宣称这些话讲得极其聪明,极其透彻。

"想法倒挺美好。"鹳鸟爸爸说道。

"这些话我听不大懂,"鹳鸟妈妈说道,"不过这不是我的过错,要怪只能怪那些想法。随它去吧,反正我有不少别的事情要想。"

博学者接着又长篇大论地讲到这个和那个之间的爱,原来爱是各不相同的。有情人之间的恋爱,也有父母同子女的舐犊之爱,光和植物之间的爱,阳光亲吻着泥土,于是幼芽便破土而出。他们讲得不厌其烦，讲得头头是道，鹳鸟爸爸听得莫名其妙，更不用说记在心里了。他越听越觉得沉闷，就一整天半闭着眼睛，只用一条腿站着，那深奥的学问真叫他受不了。

不过有一件事情鹳鸟爸爸却是听懂了，那就是这个国度里所有的人，不管尊卑贵贱，都说出了发自内心的想法：那个躺倒在病榻上的人，要是无法治愈复原的话，那可是成千上万老百姓的不幸，也就是整个国家的不幸。倘若他能够恢复健康，那可是整个国家的喜悦和福气。可是那种能治好他的病的花长在什么地方呢？人人都到处打听。有的去翻阅知识丰富的书籍，有的观察夜空里星星闪烁明暗，用星象来占卜，有的探测气候和风向……凡是想得出来的办法他们都想到了。最后博学者和智者找到了上文提到过的那句话："爱能孕育出生命。"尽管他们自己也毫不明白这句话的意思，但是他们却大讲特讲，还写成了药方。可是"爱能孕育出生命"这个药方开出来了之后，怎么配药呢？是呀，他们都僵在那里了。最后他们一致认为，只有那位公主才能搭救她的父亲，因为她全心全意地爱着他。他们终于策划出了办成这件事的每一步行动。

那是一年多以前的一个晚上，公主按照智者的计划行动起来。她必须趁着那一轮新月暗淡的光亮还没有消失之前动身，前往沙漠到大理石的狮身人面像那里去，扫掉狮身人面像底座门前堆积的沙尘，沿着长长的通道一直往前走，走到一座大金字塔的中央，那里躺着一位古代权势极大的法老王，他的四周满是华丽的陈设和金银珠宝。她必须把头贴近法老王的遗骸，这位法老王就会显圣，告诉她哪里可以找到救活她父亲的灵丹妙药。

她按照着预定的部署全都做到之后就蒙眬睡了过去，她做了一个梦。她在梦中得知远在北方的丹麦大地上，倒是有这样的花，可是那种睡莲花只生长在荒野的沼泽的深潭中，那个沼泽的位置她在梦中也听得很清楚。她必须潜入深潭中去采摘那朵睡莲花，而那朵花也会在水中触碰到她的胸口。只有她把那朵花采摘回来，她父亲的性命才能保住。

于是她就披上了天鹅的羽毛衣裳，飞离埃及大地，飞到了荒野的沼泽上。是呀，以后的一切鹳鸟爸爸和鹳鸟妈妈都早已知道，如今这件事的来龙去脉我们知道得比以前清楚得多了。我们知道沼泽王把她拖了下去，我们也知道，在她的家乡大家都以为她死掉了，不在人世间了。

只有他们当中最聪明的那一个却仍旧和鹳鸟妈妈一样有着信念,他说道:

"她会对付得了的。"于是,他们也只好等待着,因为他们没有别的更好的办法了。

"我想把那两个坏心眼的公主的羽毛衣裳盗来,"鹳鸟爸爸说道,"免得她们再飞到那沼泽上去做坏事情。我把羽毛衣裳藏起来,说不定有一天会用得着它们。"

"你把它隐藏到什么地方呢?"鹳鸟妈妈问道。

"藏在荒野的沼泽边上我们的老巢里,"他说道,"我和我们的孩子们可以轮流叼着它们飞行。如果遇到的麻烦实在太大的话,一路上有的是可以暂存的地方,等到下一次迁徙的时候再叼走。公主要是能飞回来的话,有一件羽毛衣裳就够了,不过有两件更可以放心点。在北方,出门远行多带点衣服总不会有错的。"

"没有人会感谢你的这番好心,"鹳鸟妈妈说道,"不过你是一家之主,除孵蛋之外,别的事情用不着我来操心。"

到了来年开春鹳鸟全家又要往北飞行,朝着荒野沼泽旁那幢海盗圆木屋而来。在那宅子里小女婴活了下来,他们给她起了个名字,叫作海尔嘉,这个名字对于小姑娘的那种脾性来说未免偏离实际了一些。不过这个小姑娘真是美丽得天下无双。岁月悠悠,一个月又一个月,一年又一年,转眼就过去了。鹳鸟们依然年年同样地迁徙,秋天飞往尼罗河,到了来年春天又飞回到荒野沼泽来。秋去春来年复一年,小姑娘已经长成了十六岁的少女,出落得美若天仙。她外表是那么娇艳可爱,心肠却酷似铁石,她要比在那个艰难、黑暗的年代里长大的许多人更加狂暴粗野。

她喜欢把自己那双白嫩的手浸泡到热气腾腾的马血中泼洒着玩,那马血是从为祭神而刚刚宰杀的马匹身上取来的。她还野性十足地把祭司准备杀来祭祀的黑公鸡的脖子咬断。她对自己的养父说道:

"要是你的仇家趁你熟睡的时候,把绳索套在屋顶的梁上把房子拽塌,我是决不会把你叫醒的,即使我能够做得到我也不会去做,因为几年前你打了我一记耳光,打得我那只耳朵里嗡嗡直响,什么都听不见!"

可是那个海盗根本没有把她的话放在心上。他像别人一样被她的美貌迷惑住了，哪里会想得到她外表美丽却心肠歹毒。

小海尔嘉骑马不用马鞍，她可以稳稳当当地骑在光背的马匹上奔驰如飞，即使这匹马同别的马撕咬恶斗起来她也不会从马背上摔下来。她能够穿着衣裳就从陡峭的海岸上纵身跳进波涛汹涌的大海，游泳前去迎接她养父，因为她看见海盗掌着舵驾船向家驶来。她还把自己美丽的长发中最长的一绺剪下来分成几股拧在一起替自己的弓制作了弓弦。

"亲手做成的事情总是好得没法说！"她说道。

按照当时的世风民情，海盗的妻子算得上一个意志刚强、性格坚定的女人，可是同她的女儿一比，那就成了一个恭顺和胆小的女人。不过她也知道，这个孩子如此可怕，是因为被魔法魇住了的缘故。

有时候海尔嘉的举动像是存心要恶作剧，她常常在养母站在门口或者走到院子里来的时候，就去坐在井口上，还不停地踢腿伸胳膊，然后就"噌"地一下蹿到那又窄又深的井口里去。她凭着青蛙的本能潜到水里又冒了出来，就这样在水里钻上钻下，到了后来就沿着井壁爬了上来，灵活得像一只猫。她就这样浑身水淋淋地回到了厅堂里，那些散在地面上的落叶都被从她衣服上淌下来的涓涓细流冲得翻了个儿。

可是有一根绳子多少束缚着海尔嘉的野性子，那就是黄昏时分。每逢天色渐渐暗下来的时候，她就会变得十分安静，心情也沉郁起来。这时候她会听从吩咐和劝告，好像内心里有一种天生的感情把她同她的母亲连到了一起。到了太阳下山天色变黑的时候，她从外形到内心全都变了样。她安安静静地蹲下身来，非常伤心地身子愈缩愈小，最后变成了一只青蛙。当然个头却比一般青蛙要大得多，因此模样反倒更加难看，就像是个侏儒，却是长了个青蛙脑袋，手指之间还长着蹼。她看东西的时候眼神里流露出哀怨。她不说话，只会干巴巴地哇哇直叫，有点像婴孩做梦时吓哭了那样的哭声。这时海盗的妻子只得把她抱起来放在自己的大腿上。她望着那一双哀怨的大眼睛，忘记了那难看的外形。

她会写巫医的符文，她把符文贴在那可怜的孩子身上，但这并没什么用。

"真是难以相信,她曾经小得可以躺在花萼上,"鹳鸟爸爸说道,"现在她是个大姑娘啦!长得几乎跟她的埃及母亲一模一样了。可惜我们再也见不到她的母亲。她并没有像你,还有那个最有学问的人所预言的那样能够逢凶化吉。我一年又一年地在荒野的沼泽上空飞过来又飞过去,可是见不到她一点点踪影。我可以告诉你,这些年来我每年都要比你们早来几天,为的是把老巢打扫干净,把每样东西都放整齐。我总要花上整整一夜,像猫头鹰或者蝙蝠那样,不住地在沼泽的水面上飞来飞去。可是一点用处都没有!我和孩子们花了那么大的力气从尼罗河畔一直叼到这里来的两件羽毛衣裳也派不上用场。那真是一桩费力的辛苦活计,我们往返三次总算把那两件羽衣运到这里,如今它们已经在老巢底上存放了好几年,倘若圆木房起火烧掉,那么它们也就一起完蛋了。"

"那样的话,我们漂亮的鸟巢也就同归于尽啦!"鹳鸟妈妈说道,"反正我们自己的窝你是一点也不放在心上的,你满脑子想的都是羽毛衣裳啊,还有你那个在沼泽里的公主啊。你干脆下去寻找她,跟着她在沼泽里过日子吧。你对你的孩子来说是个坏爸爸,从我第一次孵蛋起我就这样说来着!说不定海盗的女儿拿箭来射我们,但愿那个疯姑娘不要一箭射中我们或者我们的孩子们的翅膀。她自己都不知道她会闯出什么祸来。她也不想想,我们是这里的老住户,搬到这里来住可是比她早得多。我们也从来不曾忘记每年付房租:一根羽毛、一只蛋和一只小鹳鸟。我们做的事一点毛病都没有。只要有她在外面闯祸,你想我哪敢像早先那样或者在埃及时那样,跑到平地上去四处溜达。在埃及我几乎成了人们的半个伴侣,我还可以瞅瞅他们的锅里、壶里烧的是什么东西。唉,在这里我只能蹲在高处,生着她的闷气。当初若不是你多事,让她就那样在睡莲上一直躺下去的话,也许她早就不在人世啦!"

"你只是嘴上厉害心地却仁慈得很,"鹳鸟爸爸说道,"我知道得比你自己还清楚。"

他说着往前蹦了一下,扇扇翅膀,两腿往后一伸就飞走了。翅膀纹丝不动地滑翔了老远一段路,他才振翅往前飞去。阳光把他的羽毛照耀得一片雪白。他的头颈和脑袋朝前伸得笔直,动作是那么轻松,却又那么有力。

"他真是鹳鸟当中最潇洒的一个,没有谁能比得上他。"鹳鸟妈妈说道,"不过我不能这样告诉他。"

那年初秋，海盗很早就返回家来，船上满载着抢掠来的金银财宝和俘虏。在俘虏当中有一个年轻的基督教神父，就是那种要把北方众多神教的神灵们赶尽杀绝的家伙。最近一段时间以来，在家家户户的厅堂里或者在妇女聚在一起做针线活的内房里，都在谈论这种新的信仰。

这种新的信仰早已传遍了南方的所有国度，圣·安斯卡传教士也把它传播到了施莱峡湾的海德比镇上，甚至小海尔嘉也听说了白色基督信仰。这个白色基督为了爱人类，献出自己的生命来拯救他们。小海尔嘉听了就像俗语所说的：一只耳朵进一只耳朵出。对于她来说，"爱"这个字眼只有在她变成外形丑陋的青蛙、蜷缩在锁住房门的卧室里的时候才能感受得到。可是，海盗的妻子却听进去了，而且被那位唯一的、真正的上帝为拯救生灵献出自己的独生子的故事还有其他的类似传说所深深感动了。

出海掠夺归来的男人们都谈起了所到之处那些用昂贵的巨石砌成的气势宏伟的教堂，那是为崇拜上帝而建造的。他们带回来了两只抢来的坛子，坛子用纯金制成，分量很重，坛子上镂刻着花纹，做工非常精美，每只都散发出扑鼻香气。原来那是一对香炉，是基督教神父在祭坛前面晃来晃去的法具。祭坛上不用鲜血做祭献，而是用酒和圣饼作为替代物，因为基督已经为了拯救人类及其子孙后代奉献了自己的鲜血。

在圆木房底下岩石砌成的很深的地窖里，那个被俘虏来的年轻的基督教神父被关押起来，他的双手和双脚都被用树皮编成的绳索紧紧绑住。天哪，他长得多么英俊，"看上去就像光明神巴德尔一样美！"海盗的妻子这样说道，她对他的不幸遭遇深表怜悯。可是年轻的海尔嘉却说，最好用一条绳子穿透他的双膝，再把他拴在野牛的尾巴上。

"这时候我就把狗放出去追逐他，"她说道，"赶着他狂奔过荒原和烂泥塘，那该多么好玩呀！要是能一路上跟着他跑，那更是有趣得很哩！"

那个海盗也不肯让年轻的俘虏只受一点皮肉的折磨就轻易死去。他打算第二天在林间的空地上举行祭祀仪式，把俘虏押上血祭石献做燔祭，理由是这些人太可恶了，居然胆敢亵渎和迫害本教的至尊神灵。这也是第一回用一个活人来充当献祭的牺牲。

年轻的海尔嘉向海盗央求由她动手宰杀神父,并把他的鲜血泼洒到神圣的图像上和参与祭祀的众人身上。她把自己的那把明晃晃的尖刀磨得非常锋利。海盗住的院落里有不少凶猛的恶狗在蹿来蹿去,这时刚好有一条从她的脚跟前跑过,她就一刀捅进了狗的肚皮。"我要试试刀子快不快。"她说。海盗的妻子被这个凶悍的姑娘气得半死,却拿她没有一点办法。可是黑夜来到后,女儿的美貌外表渐渐褪去,身体和心灵都改变了模样,养母又不得不对女儿倾吐心里的悲哀,并用温暖的语言去安慰一个被损害的心灵。

那只被魔法魔住了的丑陋的青蛙蹲在她的面前,一双充满哀怨的棕色大眼睛盯着她,并且倾听着,看样子是完全听得懂她说的。

"我从来不曾向我的丈夫吐露过一字半句我为你忍受了加倍的痛苦的事,"海盗的妻子说道,"我对你的怜悯比我想象的还要多!母爱是伟大的,可是母爱却打动不了你的心。你的心冷酷得像沼泽的烂泥一样,你毕竟是从那里来到我家的。"

那只可怜的青蛙浑身剧烈地颤抖起来,似乎这几句话正好触动了身体和心灵之间的看不见的纽带,大滴大滴的眼泪从她的眼睛里夺眶而出。

"你的苦日子还在后头,总有一天要到来的,"海盗的妻子说道,"那对我来说,也是十分残酷的。早知如此,还不如当初趁你还是个婴儿的时候,把你抛弃在大路上,让夜里的寒冷把你冻死算了!"海盗的妻子忍不住痛哭起来,流下了咸涩的泪水,她又气又恨地走了出去。她转身出去的时候,顺手撩开了从大梁上挂下来把房间隔开的皮帘子。

那只青蛙缩成一团,独自蹲在房间的角落里,四周一片寂静。片刻之后,从她胸膛里有间歇地发出了一阵阵窒息似的深深长叹,似乎在痛苦之中在她的内心的深处诞生出了一个新的生命。她往前一蹦,侧耳听了听动静,再往前一蹦,用那双使不上劲的双手攥住了那根闩门的木栓,轻轻把紧插在闩鼻里的木栓拔了出来。她又抓起了在卧室前厢房里点着的灯。就像是强烈的意志给了她力量一样,她把地窖门上闩着的铁闩拔了出来，悄悄蹦跳到那个囚徒身边。他在昏昏沉沉地打盹。她用自己冰冰凉、黏糊糊的手碰了碰他。他惊醒过来一看，眼前站着一个丑陋的形象，就如同见到了邪恶的妖魔一样，他浑身簌簌颤抖起来。她拔出了刀子，割断了他身上捆绑着的树皮条，并且示意叫他跟着她走。

他嘴里呼喊出了圣名，在身上画了个十字，他看看那个青蛙的形象蹲在那里一点没有动弹，他念起了《圣经》上的话，并且说："眷顾贫穷的有福了，他遭难的日子，耶和华必搭救他，你是谁？你怎么长着畜生的相貌，却心地善良，肯来救人？"

那只青蛙让他跟着自己走，带领着他从隐藏在帷幔背后的一条狭窄的甬道走出屋去，来到了马厩，她指了指马匹。他跳上马背，她也蹦到了马背上，坐在他的前面，紧紧抓住了马鬃毛。囚徒明白了她的意思，于是他就催马奔驰起来，走的那条路是他自己休想能找到的。最后，他们来到了广阔的荒原上。

他忘记了她的丑陋相貌，他只觉得在这只青蛙身上显示出了上帝的仁慈和垂怜。所以一路上他高声诵读经文并且高唱赞美诗。她忽然又浑身颤抖起来，那么究竟是祷告的赞美诗的力量在感化她呢，还是清晨即将来到时的那股寒意使她冷得耐不住了呢？她的内心感受究竟是什么呢？她抬起头来仰望着天空，一心只想要马匹停下脚步好让自己从马背上跳下来，可是那个基督教神父却用足力气把她紧紧抱住。他高声唱着赞美诗，声音似乎有一股力量，一股能消除把她变成丑陋形象的魔法的力量。

那匹马疾驰向前。这时，天空泛出了红色，第一道阳光透过云层照射下来了。在清晨明亮的阳光照耀下，那只丑陋的青蛙忽然不见了，她又变成了那个外貌美丽、内心狠毒的年轻姑娘。神父一见自己怀里紧抱着的不是青蛙，却是一个年轻美貌的女子，他不禁吓慌了神，赶紧从马背上跳下来，把马勒住。他以为自己遇上了一个新的要毒害生灵的妖魔。在这同时，年轻的海尔嘉也跳到了地上，身上穿的筒裙已短得只及她的膝盖。她从腰带上拔出了那把锋利的尖刀，朝向那个吃惊得还没有回过神来的神父扑了过去。

"我非要宰了你不可，"她大呼小叫道，"我非宰了你不可，我要把这柄尖刀插进你的身体里去！你的脸色苍白得像干草一样！你这个贱坯！你这个长不出胡子的家伙！"

她朝他直扑过去，他们两人你死我活地拼起命来。可是在这场恶斗中似乎有一种看不见的神力在暗中相助那个基督教神父，使得他力气变大了。他把她紧紧抱住，他身旁的那棵老橡树也帮了他的忙，它用露出在泥土外面的树根把她的双脚缠住了。附近有一股泉水不断从地里喷涌出来，他用那股清泉的新鲜活水泼洒到她的脚口和脸上，要把不洁的魔法从她身上驱赶出去，他还按照基督教的仪式为她施行洗礼。可惜这施礼的清水没有什么神力，因为它不是来自内心信仰的源泉。

然而他毕竟因此变得力气更大。是的，在同附在她身上的邪魔做殊死拼搏的时候，他的气力已经超越了人类本身的力量了。他圣洁的举动终于把她制服住了。她的双臂垂了下来，用深受惊吓的眼光瞅着眼前的这个人，她的脸色变得苍白起来。在她的眼里，他好像是一个法力无边的巫师，精通巫术和各种秘密法术。他嘴里念念有词，想必是在念用神秘的鲁纳古文字写成的咒语，他用手在空中一横一竖地比画着，那也是一种神秘的符咒。按说，即使他在她的眼皮子面前挥舞战斧或者利剑她也不会眨一下眼睛的，可是当他在她的胸口和前额画十字的时候，她却不禁把眼睛闭了起来。她如今像一只被驯服的小鸟那样坐在地上，脑袋耷拉下来低垂在胸前。

然后他态度温和地告诉她在头一天晚上她大发善心所做的好事，她披着青蛙的难看的皮来到了地窖里，割断了绑在他手脚上的树皮条，带领他重新返回光明，拯救了他的生命。他说她是被一条比捆绑他的树皮条更粗大的绳索牢牢地绑住了，他知道他有法子使她重返光明和获得新生。他要带她到海德比城去，到圣·安斯卡那里去，在那座圣洁的城市里，一切的妖术魔法全都会不攻自破。他要带着她去只能一马双骑，可是他不敢让她坐在自己的前面，虽然眼下她安安生生地坐得很规矩。

"你只能骑在马屁股上，不可以坐在我的前面！那是因为附在你身上的巫术使得你的美丽带着一股邪恶的妖艳，所以你有不可抗拒的蛊惑力量，我害怕遭到蛊惑，可是基督的力量一定能够战胜它。"

他双膝下跪虔诚地念起祷告词来，整个寂静的森林似乎变成了一座庄严肃穆的神圣教堂，四周的一切都因他敬神的顶礼膜拜而圣洁起来。小鸟婉转地啁啾，好像是新宗教教堂里的唱诗班。野生的卷叶薄荷散发出的芬芳代替了教堂祭坛面前香炉里焚烧香料和艾蒿的氤氲熏香。

在他传道的时候，驮着他们俩飞驰的那匹骏马忽然停下脚步静静地谛听，还不断用身子去蹭那大颗大颗的黑加仑，让枝蔓上的熟透了的汁水很多的浆果落到小海尔嘉手上，那些浆果献出了自己来为他人解救干渴的急难。

她耐心地听凭神父把她抱到马背上，就像一个梦游者一样，她神志清醒，没有四处乱走。神父用一条窄长的树皮，把两根笔直的树枝捆扎在一起做成了一个十字架。他用手把十字架举得高高的，然后又催马穿越森林。森林里黑魆魆的，树木越来越茂密，小径越来越狭窄曲折，到了后来就无路可走了。黑刺李枝蔓丛生，像路障一样挡在他们面前，他们不得不策马绕开去。淙淙的清泉没有淌成一条潺潺的溪流，而是汇聚成了一个池塘，他们又不得不策马绕行。清晨的空气凛冽而新鲜，森林里微风清爽，令人感到惬意。可是神父娓娓动听的话更有令人如痴似醉的魅力。他的话是从内心深处发出的渴望的声音，呼唤着可怜的误入迷津的游子重返光明，走向新生。

常言道：水滴石穿，海浪可以把嶙峋的礁石冲刷得光滑浑圆。所以仁慈的圣训像露水一样点点滴滴地浸润了小海尔嘉的心田，把她那桀骜不驯的野性子磨平滑了，把她坚硬的铁石心肠刺穿透了。这一切是无法捉摸的，连小海尔嘉自己也一点都不知道。泥土里的嫩芽哪里知道它的成长壮大、它的开花结果，全都依靠清泉的滋润和阳光的温暖？这种催化是看不见的，要等到开花结果的时候才见分晓。就像母亲对孩子唱儿歌一样，孩子在不知不觉中就记住了，孩子牙牙学语时并不懂妈妈在讲些什么，可是日积月累时间一长这些话就全都记在脑子里，也越来越明白了。这样，语言的力量就显示出来了，它有力量去创造。

他们骑马走出森林，越过荒原，又走进了无路可行的森林。到了薄暮时分，他们碰上了一伙年轻的强盗。

"呔，你是从哪里偷到手这么漂亮的美人儿的！"他们叫喊起来，牵住了他们骑的那匹马，把马上的两个人都拖了下来。

神父手头上没有什么别的武器，只有他从小海尔嘉那里拿过来的刀子，于是他只好挥舞着那把刀子来对付这一大群强盗。有个强盗抡起战斧朝他劈下来，年轻的神父急忙往旁边一跳，恰好躲了过去，差点儿就被战斧砍着了。可是战斧却深深地劈进了马的脖颈里，鲜血汩汩地喷出来，淌了一地，那匹马倒在地上奄奄一息。这时候小海尔嘉好像刚刚从她长时间昏昏沉沉的蒙眬中醒了过来。她奔跑过去扑到那匹即将断气的马的身上。神父站在她的前面保护着她，奋力抵抗着强盗。有一个强盗挥舞着大铁锤砸到他的头上，把他的前额砸碎了，鲜血和脑浆飞溅出来，神父倒下去就死掉了。

强盗们拉拽着小海尔嘉的白嫩的胳臂，这时候太阳落下去了，最后一抹阳光也消逝了。她突然变了模样，又成了一只丑陋的青蛙，那张浅绿色的大嘴巴整整占了蛙脸的一半。胳膊变细了，黏糊糊地，手上还长出了蹼，形状像扇子。强盗们都吓呆了，赶紧松手放开了她。她站在他们中间就像一头凶猛的野兽。出于青蛙的本能，她一蹦就蹦到了半空中，蹦得比她身子还要高，接着落到树丛中就不见了踪影。强盗们这才回过神来，大家都认定这是火神洛基在捉弄人，再不然就是妖术作祟，于是他们吓得纷纷逃跑了。

一轮圆圆的月亮高高挂在天边，明亮的月光照亮了大地。身上披着丑陋的青蛙皮的小海尔嘉从树丛背后爬了出来。她在基督教神父和她的那匹被砍死的骏马跟前站住了。她用泪水汪汪的双眼看着他们，张嘴发出一声像婴孩啼哭的哇哇声。她一会儿扑到这个身上，一会儿扑到那个身上。她的双手都长着蹼，所以手掌很宽，手窝很深，可以盛得下不少水。于是她就捧起水来泼洒到他们身上。不行，没有用！他们一点动静都没有，他们是死了，永远不会再活过来了。过不了多久，野兽就会来把他们的尸体吃掉。不行，这样的事情绝对不能让它发生！她用尽浑身力气在泥土里刨了起来，她要挖出一个深深的土坑来为他们堆一座坟。可是她能用来刨土的只有一双手和一根树枝，手指之间还长着蹼。刨呀，刨呀，没过多久，手指间的蹼就破裂了，鲜血滴滴答答地流了出来。她明白过来，干这项活儿是她力所不能及的。于是她就去捧了水来把死去的神父和马的脸都洗得干干净净，并用新鲜的绿叶把他们的脸盖住。她又捧来了一些粗一点的树枝，搁在他们身上，又使劲摇晃树干，把许多树叶摇落下来堆在树枝之间。她把自己能搬得动的石头都搬过来压住那些树枝，再用泥炭把石头之间的空隙都糊得严严实实。这样，她才觉得坟堆已经牢固结实了。不过干完这件重活，整个夜晚也就过去了，一轮红日喷薄而出。小海尔嘉变得光彩照人了，成了一个美丽的少女，双手则流着鲜血，她那红润的少女脸庞也第一次被泪水沾湿了。

可是她的这次变形却和以前不同，好像有两种意识在她内心里争来夺去。她浑身簌簌发抖，抬起头来朝着四周环视，就像刚刚从一场可怕的梦魇中清醒过来。她把身体紧靠在一棵纤细的山毛榉树上，支撑住自己免得跌倒。后来，她干脆像一只猫那样爬到了树顶上，紧紧地抓住了树梢坐在那里。她像一只受惊的松鼠那样在沉寂宁静的森林深处待了整整一个白天。那里就是常言所说的四周一片死寂。是呀，一切寂静得像死亡一样。可是蝴蝶在她周围蹁跹飞舞。附近有几个蚂蚁窝，每一个蚂蚁窝里都有几百只蚂蚁在进进出出忙碌个不停。成千上万只蚊子在空中飞舞，他们凑拢在一起抱成了一个又一个团。苍蝇在嘤嘤嗡嗡，瓢虫、蜻蜓还有别的长翅膀的虫子都在这里飞来飞去。蚯蚓从潮湿的泥沼里钻了出来，鼹鼠也大着胆子爬到了地面上。除了这一切，四周一片静悄悄，或者像人们常说的那样是死寂。森林里谁也没有留意到小海尔嘉。只有几只鸦雀哇哇啼叫着飞到了她坐着的树梢上，他们禁不住好奇，大着胆子朝她跳过去。正当他们沿着树梢跳到她的身边时，她的眼睛眨了一眨，这一眨眼就把他们全给吓跑了。这些鸟儿并没有因此知道她是谁，其实连她自己也不知道她是谁。

又临近黄昏了，太阳沉落了下去，变形的时刻又到了。她又重新振作起来，轻轻地从树上溜了下来。当最后一缕阳光消逝的时候，她又变成了一只青蛙蜷缩在地面上。她手指之间的蹼全都撕裂开来，可是双眼里却射出了美丽的光芒，那是一双最纯洁、最虔诚的少女的眼睛，是这番变形之前她是个美丽的少女时所缺少的。现在这双美丽的眼睛却在一张蛙脸上闪出了最温柔的光芒，这双眼睛显示出她具有丰富的感情，和一颗善良的人心。这双美丽的眼睛里充满了泪水，她心情沉重，只有哭泣才能减轻心头的痛苦。

她自己堆起来的那个坟茔上放着那用树皮条扎成的十字架，这是他亲手做成的最后的东西，而这个人却已经消逝，再也回不来了。小海尔嘉拿起了这个树枝十字架，忽然间一个念头在她的脑海里冒了出来：她要把这个十字架竖起来，插在他和被杀死的那匹马身上压着的石头的缝隙里。她一想起那些悲伤的事情又禁不住泪流满面。她围绕着坟茔在四周的泥土上都画了十字。当她用双手画十字的时候，带着蹼的青蛙皮像一双破手套一样从她手上脱落下来。她到清泉边上去洗手的时候，惊愕地看到自己的那双手是那样的柔嫩白净。

那丑陋难看的青蛙皮忽然从她身上脱落了，她又变成了一个美貌的少女。只是她觉得浑身乏力透了，脑袋耷拉了下来，手脚也倦怠得不能动弹，她需要休息，于是睡着了。

她睡的时间并不长，到了半夜忽然被吵醒了。在她面前站立着那匹已经死掉的骏马，如今生龙活虎一样地翻跳着，马的眼睛里闪射出勃勃的光芒，颈上的伤口平复如初。紧靠在马身边的是那个曾被杀死的基督教神父，海盗的妻子若是见了他又会说："比光明神巴德尔长得还英俊！"可是此刻他好像站在火焰的中央。

他的那双温和的大眼睛，目光是那样的庄重严峻，那样的公正无私，那样的锐利，似乎能够一眼看透她心里的每一个角落。小海尔嘉这个被考验者不由得簌簌直抖，她像是要接受末日审判一样紧张，这一急她的记忆反倒醒过来了。每一桩对她做的好事情，每一句对她充满疼爱的话，全都在她心中显得活生生的。她明白过来了，在她的最后审判的日子里，是爱在保护、庇佑着她，所有由尘土、精神、灵魂和泥土组成的生物都必须努力奋斗。而她自己怎样呢？她承认自己一直由着性子胡来，任凭邪恶的坏念头摆布，她没有做过什么好事，甚至没有为自己做好事。所有的事情都是别人替她做好的，是上苍替她安排好的。此刻，她在这个能够看透她内心每一个角落的人面前，卑微、顺从而又羞愧地低下了头。而就在这一刹那，她觉得自己内心里圣洁的火焰闪现了一下，那是圣灵的火焰。

"你这个沼泽的女儿，"神父说道，"你出生在沼泽的泥潭里，你将从泥潭里获得再生。太阳光照亮了你的身躯，使你每部分肢体都恢复到原来的形状。凡是神所造的物，都是好的，若感谢领受，就没有一样可弃的。尘世人生虽然十分漫长，仍然需要毕生奋斗才能奔向永恒。我已是从死人的国度里重新回到人间，你早晚有一天也会穿过死亡的深谷，登上光焰万丈的圣山，在那里获得最后的超脱。我还不能带你到海德比城去求得主的慈悲。你先要去冲破覆盖在沼泽深潭面上的水盾牌，把那个生你到人世赋予你生命的活摇篮拉出水面。要等到这桩大事圆满完成之后，你才能够领受洗礼。"

他把她抱上马背，又给了她一个模样和在海盗家里见到过的很相似的金香炉。香炉里云烟氤氲，圣香扑鼻。那个被杀的神父额头上开裂的伤口发出熠熠的光华，就像戴了一顶金冠。他从坟茔上拿起那个十字架，把它高高举起来。他们又一马双骑飞驰起来，不是在地上飞驰而是飞到了半空中。他骑着马在空中飞过树涛喧哗的森林，越过埋葬着武士和战马的山头。这些威风凛凛的彪形大汉从坟墓中爬了起来，骑马驰骋到高山之巅，排列成队伍为他们送行。他们人人前额上都戴着的宽大的黄金环，在月光下闪闪发亮，身上披的大氅迎风猎猎飘拂。身子盘在宝藏上的巨蟒竖起蛇头仰望着他们。小精灵们从山脚底下、从田野上的垄沟之间，探出头来张望着他们。这些小精灵的手里举着红色、蓝色和黄色的火把，匆匆地来回奔走，看起来就像纸张燃烧后的灰烬里余下的火星那样忽闪忽闪地移动。

他们飞过森林和荒原，飞过河流，飞过池塘，一直飞到了荒野的沼泽。他们在沼泽上空绕着圈子翱翔。基督教神父高举着十字架，这时候十字架上发出了灿灿金光。他的双唇张翕起来，唱起了虔诚的弥撒曲，小海尔嘉也跟着他高唱圣歌，就像婴儿在学自己的母亲歌唱一样。她摇晃起那只金香炉，一股股奇妙的像是从祭坛上发出来的熏香飘散开来，香气是那样强烈，以至于沼泽里的芦苇和灯心草都开了花。所有的嫩芽都从沼泽深潭里冒出了水面，凡是有生命的植物都茁壮地直立起来。水面上也开出了一大片睡莲的花朵，就像是一块花团锦簇的地毯一样。在这块地毯上，躺着一个熟睡的女人，年轻而漂亮。小海尔嘉以为她看到的是她在平静的水面上的倒影。其实她见到的却是自己的母亲，沼泽王的妻子，从尼罗河来的公主。

那个已经死去又返回人间来的基督教神父把睡熟的女人抱上马来。可是那匹马经受不住这么重的分量，他被压垮了，整个身体和四条马腿都在空中晃荡起来，好像一块裹尸布。可是那个十字架又把这晃荡着的幽灵凝聚成一匹足以承载分量的真马。就这样，三个人共骑一马飞驰到了能够用脚蹬踩的坚实陆地上。

海盗居住的宅子里公鸡喔喔啼叫起来，那个神父和骏马的幽灵立即随风飘散，顿时无影无踪了。只有母亲和女儿面对面站着。

"我眼前见到的，莫非是我自己在深水里的倒影？"母亲说道。

"我眼前见到的，莫非是我自己在锃亮的盾牌上的影子？"女儿呼喊道。

她们两人相互走近，终于走到了一起，两人都张开双臂，彼此拥抱在一起，母女俩心口紧贴着心口。母亲的心怦怦直跳，她明白过来是怎么一回事了。

"我的孩子，我心中的花朵，我的深水中的莲花！"

她紧紧地拥抱着自己的女儿，失声痛哭起来。她的泪水对于小海尔嘉来说就是新的生命，就是爱的洗礼。

"我披着天鹅的羽毛衣裳飞到这里来，又把它脱了下来，"母亲说道，"我沉了下去，穿过黏稠的泥浆，我沉到了沼泽的泥潭深渊里，那污泥像一堵墙那样把我紧紧箍住。可是不久之后我觉得有一股新鲜的水流，有一股力量把我拉向更深的地方，愈来愈深地往下拉。我觉得自己的眼皮越来越重，迷迷糊糊地睡了过去。我睡熟了，做起梦来，觉得我好像又躺在埃及的金字塔里。可是在沼泽水面上曾经把我吓得要死的那截桤木又在我面前摇曳，我细看树皮上裂开的地方，从裂缝里射出了五颜六色的光芒，后来就变成了象形文字。我看见的原来是一只盛木乃伊的盒子。我又看见那只盒子忽然打开了,从里面走出来一位千年的法老王,他已经成了木乃伊,周身黑得像块煤,乌黑锃亮,就像是森林里的蜗牛或者是泥炭。这究竟是沼泽王还是金字塔的木乃伊,我也不晓得。

"反正他一头扑向我,张开双臂把我抱住。我想这下子我死定了,便昏了过去。等到我恢复知觉的时候,我觉得胸口上有一股热气,原来有一只小鸟在我胸口上蹦来跳去,他拍着翅膀又啾啾乱叫。小鸟从我胸口上飞了起来,飞向那漆黑而沉重的天空,可是有一根绿色的长带子把他拴在我的身上。小鸟又啾啾叫唤起来,我听见了他的叫声,也听懂了他的满怀渴望,他在呼叫:'自由、阳光、飞回父亲的身边!'于是我也想到了阳光普照的故乡大地和我的父亲,还有我的生命和我的爱。我把带子解开,让小鸟振翅高飞,回到他父亲的身边。从那时候起,我再也不曾做过梦,我睡了一大觉,睡得那么香,睡得那么长,一觉就睡到了刚才被歌声和熏香所惊醒,这才使我得到了自由。"

那么,把小鸟的翅膀拴在母亲心上的那条绿色长带子呢,后来它飘到哪里去了呢?只有鹳鸟看见过它。那条带子就是绿色的茎梗,带子顶端突起的环就是那朵鲜艳的花朵,小女婴的摇篮。当初躺在那摇篮里的婴儿如今已变成了一个美貌的少女,依偎在自己生身母亲的怀抱里。

她们母女俩紧紧搂在一起。在她们头顶上盘旋的鹳鸟爸爸赶紧飞回自己的鸟巢,衔来了保存了那么多年的羽毛衣裳,朝着她俩每人掷过去一件。羽毛衣裳裹住了她俩的全身,她俩立即化为两只白色的天鹅,腾空飞了起来。

"现在我们之间可以交谈了,"鹳鸟爸爸说道,"我们可以听得懂彼此在讲些什么,虽然一种鸟的嘴喙的形状同另外一种不大一样。真是走运,你们今天夜里来了,因为明天一清早我们就都飞走了,孩子他妈、我自己还有我们的孩子都要迁徙到南方去。是呀,只要瞅上我一眼就可以明白,我是从尼罗河来的老朋友啦。孩子他妈也是这样的,虽然爱唠叨点,心地却很善良,她一直相信公主总会有办法对付磨难的。我和我的孩子们总算把羽毛衣裳衔到这里来了,哎呀,我真高兴!也真是走运,我们还在这里没有动身,你们若是等天亮以后再来的话，我们早就飞走啦！有一大群鹳鸟往南飞，我们飞在前头，你们跟在后面，这样就不会迷路了。我和孩子们也会留神照顾你们的。"

"我要把那朵莲花带回去，"埃及公主说道，"我女儿披着天鹅的羽毛衣裳飞在我的身边。原来我要带回去的是我心里开出来的花朵，整个谜团就这样解开了。回家去啦，回家去啦！"

可是海尔嘉说，她务必要先去见一下养母，那个善良的海盗的妻子，然后才可以离开丹麦大地。海尔嘉回想起每一件美好的事情，养母讲过的每一句充满慈爱的话，哭泣时的每一滴眼泪，此时此刻她觉得自己最爱的是那一个母亲。

"是呀，我们应该到海盗住的宅子去，"鹳鸟爸爸说道，"孩子他妈和孩子们都在那里等我哪！他们等得心焦的时候就会眼珠子转个不停，嘴巴里话也多起来了。不过，孩子他妈如今已不大唠叨了，说起话来简短得多了，这样一来她的好心眼就更加分明了。我得赶紧高叫几声好让他们听见我们快要到了。"

鹳鸟爸爸伸长脖子张大嘴喙，高声尖叫了几声，然后他带着那两只天鹅飞往海盗宅子。

海盗宅子里的人都还在熟睡之中。海盗的妻子直到深夜才睡着，她为小海尔嘉在担心。小海尔嘉同那个基督教神父已经不见了三个整天，必定是她帮助他逃走的，因为马厩里她的骏马也不见了。可是这一切究竟是靠了什么力量做到的呢，海盗的妻子觉得神秘得不可思议。她正在苦思冥想这个奇迹是怎样发生的，忽然她想起了那位白色的基督教神父和信仰他、跟随他的那些人来，她曾经听说过他们种种奇异的圣迹显灵。她想来想去，渐渐地这些想法变幻成了一个梦。在梦境里，她觉得自己还是醒着，坐在床上苦苦地思索着。窗外，天空里一片漆黑。忽然间狂风大作，暴风雨袭来了。她听到大海在怒吼、在咆哮，从东边到西边，从北海到卡特加特海峡，整个海面都翻腾起来。那条据说是首尾相衔环绕着地球的巨蟒，也在他盘踞的海底里骚动起来。他在痉挛，他在抽搐。她梦见了"拉格纳洛克"，也就是远古时候异教徒们称呼的世界的末日。众神悲惨的毁灭来到了，他们大难临头，没有一个能躲得过，甚至连至尊的主神也在劫难逃。天庭报警的号角吹响了，众神身披铠甲跃马驰过彩虹桥去做最后的殊死之战。冲在最前面的是长着翅膀的瓦尔基里氏仙女们，殿后的队伍是阵亡武士的英灵们。在他们身边,天空中北极光闪闪烁烁,可是那微弱的光芒马上就被黑暗所吞噬。那真是可怕之极的恐怖时刻。

紧挨在惊恐万分的海盗的妻子身边,小海尔嘉趴在地上,她的外形还是那只丑陋的青蛙。她在簌簌发抖,紧紧地依偎着她的养母。养母把她抱到双膝上,疼爱地搂紧了她,一点也不在乎披着青蛙皮的海尔嘉是多么的难看。天空中传来了刀剑磕碰的铿锵声,还有箭镞飞鸣的嗖嗖声,仿佛有无数巨大的冰雹朝她们的头上狂泻下来。天崩地裂、星辰陨落的时刻来到了,所有一切都在火巨人苏东的烈焰之中化为灰烬。

可是她知道一片新的天地将会出现。在大海翻腾的昔日荒凉的沙滩上,麦浪将会随风摇曳。那个名字不可以随便乱叫的上帝将会统治整个宇宙。那个温和可爱的光明神巴德尔从死亡之国被解救出来之后,就蒙上帝宠召升入天国。他来了,海盗的妻子看见了他,她认出了他,原来他就是那位英俊的基督教神父。

"白色的基督!"她高声呼唤道,在喊出这个名字的时候,她在那个丑陋的青蛙孩子的前额上亲吻了一下。于是青蛙皮忽然脱落下来,小海尔嘉站在她的面前,目光炯炯,从来不曾这样的温柔动人,她比以往任何时候更加美丽。她亲吻着养母的双手,感激她在自己受苦受难的日子里给予全部的爱和关怀,感激她在自己心中唤醒并培育了思想和智慧,感激她使自己能够叫出她方才呼唤的那个名字。小海尔嘉为她的养母祝福后,就变成了一只巨大的天鹅,展开双翅飞翔起来。翼翅摆动的声响就像有一大群候鸟飞过天空。

海盗的妻子这时惊醒过来了。窗外传来了簌簌的翅膀摆动的声音。她知道这表示鹳鸟将离开这里迁徙到南方去,她听到了这个响声,很想再去看看他们,向他们道别。于是她起身下床,走出屋外,来到门廊上。她看见两边房子的屋顶上密密麻麻地站满了鹳鸟,一只靠着一只排列成行。围绕着院子四周,在大树的上空,大群鹳鸟在盘旋翱翔。当她站在廊沿下,靠近那口海尔嘉常常蹲坐在那里用她的疯狂行为吓唬她的水井的时候,就在她的正对面有两只天鹅站着,用聪明的眼睛凝视着她。她忽然记起了她的那个梦,梦境所见的一切在她心目中依然是真实的。她想起了小海尔嘉变成了天鹅,她想起了那个基督教神父。这时,她禁不住心里涌起了一阵狂喜。

那两只天鹅拍打着翅膀，弯下了她们的脖颈，似乎在向她鞠躬致敬。海盗的妻子张开双臂朝她们迎了过去，好像她已经懂得了她们的意思。她淌着眼泪可是又在微笑，站在那里陷入了沉思。

所有的鹳鸟都展开翅膀，嘴喙里发出高声鸣叫，往南飞行而去。

"我们不再等候天鹅了，"鹳鸟妈妈说道，"她们想要一道走的话，就要赶快。我们不能在这里一直等到鹳鸟都走了还不动身。我们这样全家一起跟着鹳鸟家族大群迁徙还是比跟别人走要好得多，用不着像苍头燕雀或者鹨鸽那样雌的雄的分成两群走，在我看来那真不像个样子。怎么天鹅拍打起翅膀来了？"

"噢，那是因为各种鸟飞起来的姿势不同，"鹳鸟爸爸说道，"天鹅顺着斜线缓缓起飞，鹳鸟则是按三角形飞起来，而鹨鸟飞成一条曲线，像蛇那样。"

"我们飞在高空，千万不要提到蛇，"鹳鸟妈妈说道，"那只能吊起孩子们的胃口，却又无法让他们解馋。"

"我们的身体底下是不是我听说过的高山？"披着羽毛衣裳的海尔嘉问道。

"那是暴风雨的乌云在我们身底下滚滚翻腾。"母亲回答道。

"那边升得很高的白云又是什么呢？"海尔嘉又问道。

"你见到的那是终年积雪的山顶。"她的母亲回答道。她们飞过了阿尔卑斯山，飞向蔚蓝色的地中海。

"非洲的大地，埃及的海滩！"披着天鹅羽毛衣裳的尼罗河的女儿欢呼起来。她从高空中看到了她的祖国的大地，那是尼罗河两岸连绵不断的浅黄色波浪形的陆地和地峡。

别的鸟儿也看到了，他们都飞得更快了。

"我闻到了尼罗河的淤泥和黏糊糊的青蛙气息了。"鹳鸟妈妈说道，"是呀，这下子你们可以尝到可口的东西啦！你们可以见到秃鹳，看到朱鹭和鹤了。他们同我们全都是同一个家族的，不过没有我们这样好看。他们反倒一个个神气活现地摆出一副高傲的样子，尤其是朱鹭。朱鹭被埃及人娇宠坏了，埃及人还在他们的肚皮里塞满香料，把他们做成木乃伊。我倒宁可肚皮里塞满活青蛙的。你们也全都会这样想，还应该这样去干。宁可活着的时候肚皮吃得饱饱的，总归胜过死后风光一番。我就是这样想的，觉得这个想法任何时候都不会错。"

"鹳鸟飞回来啦。"尼罗河边上那幢富丽堂皇的宫殿里的人们说道。在宽敞华丽的厅堂里，国王躺在病榻上，他的身体底下垫着羽绒垫子，身上盖着豹皮。很难说是活着，可是也没有死去，正在等待着北方沼泽深潭中的莲花。皇亲国戚和侍从们围绕在他们四周站着。这时和鹳鸟一起飞来的两只美丽的天鹅飞进了厅堂。她们脱下了身上的羽毛衣裳，立即变成了两个美丽的女人，她们相似得像是两滴露珠。她们把长头发甩到脑袋背后，弯下身去俯向那个面色苍白的衰弱老人。当海尔嘉扑到她外祖父身上的时候，老国王的双颊显出了红润，他的眼睛里也有了光芒，他那僵硬的手脚又恢复了生机。老人站立起来了，身子骨硬朗而结实，女儿和外孙女用她们的胳膊挽着他，好像是在一场长长的噩梦之后，高高兴兴地向他问候早安。

整个王宫里充满了欢乐，连鹳鸟的鸟巢里也是这样。他们欢天喜地的原因不外乎食物可口而丰盛，在这里青蛙一群又一群，多得不得了。那些博学者可忙坏啦，他们匆匆忙忙地把有关公主母女俩还有那种能够起死回生的花朵的事迹载入史册，因为这是一件天大的幸事，使王室和全国都得到幸福。鹳鸟爸爸和鹳鸟妈妈按照他们自己的那一套说法把整个故事讲给全家听，当然是在大家美美地吃饱了肚皮之后再讲的，否则大家是不会有心思听故事的。

"现在你可是要飞黄腾达啦，"鹳鸟妈妈说道，"否则就太不近情理了。"

"那么我应该担任什么官职呢？我究竟做过什么轰轰烈烈的大事呢？啥也没有做哇。"

"你可是比谁的功劳都大，要不是你和孩子们，公主母女俩就绝对返回不了埃及，也就无法医治好那个老人。你必定会得到一官半职的，起码弄到手一个博士学位，这是不在话下的。我们的孩子们会继承这个职位，然后又传给他们的孩子，就这样子世袭千秋万代。你的派头已经像一位博士了，至少在我眼里看起来是如此。"

那些博学者和智者把这桩大事圆满告成的基本思路又做了进一步的发挥，他们对"爱能够起死回生"这个命题又做出了和以前不同的解说。他们说道："埃及公主就是温暖的阳光，她去找沼泽王就把阳光的温暖也带了去，于是他们相会就开出了那朵鲜花……"

"我可没本事把这些话原原本本背下来，"鹳鸟爸爸说，他在屋顶上听到了那些大人物的长篇大论，回到鸟巢里本想讲给全家听的，"他们讲得太深奥。他们是那么聪明绝顶，所以马上都加官晋爵，还有丰厚的赏赐。连厨师都得到了奖章，大概因为是汤做得鲜美的缘故。"

"那你到手了什么呢？"鹳鸟妈妈问道，"他们总不至于把最要紧的大功臣忘记在脑后吧？大功臣就是你！那些博学者从头到尾只不过动动嘴皮子而已。迟早要给你论功行赏的。"

夜深了，整个王国还有这个快乐的王室家庭都已经浸沉在睡眠的安宁静谧之中。唯独有一个人却还清醒着。那不是鹳鸟爸爸，虽然他在鸟巢里单腿独立地站着，不过还是睡着了，尽管他们很容易惊醒。那个醒着的人是海尔嘉。她探身到阳台外面，仰望着晴朗的夜空，夜空中大颗闪烁着光芒的星星，要比她在北方看到过的大得多，也明亮得多，尽管它们是同样的星星。她忽然想念起远在荒野的沼泽边上的海盗的妻子，想念着养母那双温柔的眼睛，想念着她为可怜的青蛙孩子而流过不知多少回的眼泪。这个青蛙孩子如今站在尼罗河畔，在星光灿烂的朗朗夜空下领略着初春的温馨。她想念着这个异教徒女人胸中怀着的爱心，这个女人把一颗爱心全都献给了一个小生灵。当这个生灵是人形的时候十分可恶可憎，但在变成青蛙之后却又那么可怜可悲，没有人愿意用正眼瞅她一下，更不敢去碰她一下。她仰望着光芒闪烁的满天星斗，不由得想起她同基督教神父一马双骑飞越过森林和沼泽的情景。那位已经死去的神父前额上闪烁着同样的光芒。他那抑扬顿挫的语调在她的脑际萦绕，她听见他讲的那些话，她坐在马背上浑身颤抖起来，心灵受到了震撼，因为这些话来自伟大的爱的源泉，是主的博爱，广博的爱对所有的生灵赐予恩泽。

是呀，她还有什么没被赐予的呢？还有什么没赢得呢？还有什么没做到呢？海尔嘉不论白天黑夜都在沉思着，在领略品味着她的幸福，就像一个孩子得到了各式各样的美丽的礼物之后便急不可耐地转过身去欣赏，而顾不上招呼送礼的人一样。她好像是沉浸在幸福之中，这种欢乐的心情愈来愈强烈地使她憧憬着即将来到的幸福，而且深信幸福必将来到。难道她不是曾经被奇迹赐予一个又一个且一个更比一个大的福祉吗！她陶醉于欢乐之中，以至于不能自拔，终于有一天她把赐予她这样的幸福欢乐的主给忘记到脑后去了。那是年轻人的心浮气躁。她的眼神里流露出一种年少气盛的好胜心理。突然间，从她身下的院子里传来了一阵嘈杂声，把她从好高骛远的沉思中惊醒过来。她低头张望，只见两只很大的鸵鸟绕着很小的圈子在疾步奔跑。她从来不曾见过这种鸟，个头十分高大，体态沉重笨拙，两只翅膀看上去像是被人剪掉了。

那种鸟本身的模样就好像是曾经受到过伤害的。她向人问起过这种鸟，还从埃及人嘴里第一次听到了关于鸵鸟的传说。

这种鸟过去是很美丽的，他的翅膀巨大而结实有力。有一天晚上，森林里别的体态高大的鸟对他说道："鸵鸟兄弟，倘若上帝允许的话，我们明天飞到河边去喝水好吗？"鸵鸟回答道："我情愿这样做！"天刚一亮，他们就飞出去了，先是往高空飞，朝着上帝的眼睛——太阳飞去。他们越飞越高，鸵鸟遥遥领先地飞在最前面，他的身后跟着所有别的鸟。他骄傲得不可一世，骄傲得只相信自己的力量，而把力量的赐予者忘记在脑后，他根本不说"倘若上帝允许的话"。于是，专管惩罚的天使揭开了遮掩在太阳光火焰上的帷幔，鸵鸟的翅膀立即化为灰烬，鸵鸟被烧得焦头烂额地跌落到地上。他和他那一族从此以后再也没有力量飞起来了，只能诚惶诚恐地绕着小圈子像要逃走似的没命奔跑。鸵鸟的故事给人的启示是：我们的言谈举止、一举一动都要想到说一句"倘若上帝允许的话"。

海尔嘉若有所悟地低下头去，瞅着那只像是遭到追赶而拼命狂奔的鸵鸟，看着他那惊恐慌张的神情，看着他见到阳光在白墙上映出他高大的影子时那样地踌躇满志，她的心灵里和头脑里，一个神圣的庄严肃穆的想法深深地扎下了根：她眼下已经得到了绚丽多彩的、非常幸福的生活，至于今后，未来生活中会发生什么事情，最好的安排就是"倘若上帝允许的话"！

初春来到了，鹳鸟们又要往北迁徙了。海尔嘉在她的金手镯上镌刻了自己的名字。她把鹳鸟爸爸叫到自己的身边，把金手镯套到他的脖颈上，请他捎带给海盗的妻子，让她见了金手镯就知道她的养女幸福地活在人间，而且牵肠挂肚地惦记着她。

"捎带这东西分量太重啦！"当金手镯套到脖颈上的时候，鹳鸟爸爸这样想道。可是黄金和荣誉是不可以随便扔到大街上去的。鹳鸟会带来好运气，那边的人都是这么想的。

"你生你的黄金，我生我的蛋，"鹳鸟妈妈说道，"你只生这么一回，我却年年都要生。可是我们两个谁也没落个好，真太叫人寒心啦！"

"可是咱们毕竟都有一颗良心呀。"鹳鸟爸爸说道。

"良心顶什么用，你能把它拿出来挂在脖颈上？"鹳鸟妈妈说道，"它既不能带来顺风又不能填饱肚皮。"于是，鹳鸟们飞走了。

在罗望子树丛里歌唱的夜莺不久后也要迁徙到北方去。海尔嘉在那荒野的沼泽边上常常听见他的歌唱。她要拜托夜莺替她捎个口信到北方去。她早已会说鸟语了，从披上天鹅羽毛衣裳那一刻起，她就时常同鹳鸟和燕子交谈。她知道夜莺必定懂得她的话。她请求他飞到日德兰半岛的山毛榉树丛，那里有一座用树枝和石块垒成的坟茔，她恳求夜莺请那里的小鸟们都来保护这座坟，在坟前唱首歌，再唱首歌，一直唱下去。于是夜莺飞走了。

到了秋天，站在金字塔上的苍鹰看见了一队一队浩浩荡荡的骆驼队，每只骆驼身上都驮满了东西。在骆驼队两旁是衣着华饰、佩挂刀剑的武士，他们雄赳赳气昂昂地骑在鼻孔里呼哧呼哧喷吐着泡沫的阿拉伯骏马上。每匹马的毛色都白得像银子那样耀眼，粉红色的鼻孔不断地扇动着，长长的马鬃几乎拖到了细长的马腿上。他们是远道而来的富有的贵宾，是一位阿拉伯王子和他带领的人马。这位王子长得非常英俊，就像一位王子应该长得那样的英俊。他走进了那座华丽的大宫殿，那里屋顶上的鹳鸟巢如今早已空荡荡了。那些曾经住在那里的鸟儿已经迁徙到了遥远的北方，不过他们很快就会回来的。一点不错，他们就在那个最快乐最热闹的日子里返回来了。一场喜庆的婚礼正在这里举行。新娘是美丽的海尔嘉，穿着丝绸婚服，戴着闪闪发光的首饰。新郎就是那个年轻的阿拉伯王子。新郎和新娘坐在筵席的上首，坐在新娘的母亲和外祖父之间。

可是海尔嘉的目光并没有落在新郎的那张长着黑色卷须、双颊被阳光晒成棕色的漂亮面孔上,她的目光也没有凝视着王子的眼睛,而王子的双眼却深情地看着她。她的目光仰望着屋外满天繁星,那里有一颗分外明亮的星星。

这时屋外的天空中传来了呼啦呼啦的扇动翅膀的声音,原来是鹳鸟们回来啦。鹳鸟爸爸和鹳鸟妈妈这老两口顾不得长途飞行的劳累,一刻不停地立即飞到王宫的门廊围栏上。他们知道这是一场什么样的喜庆婚宴。他们在刚飞进这个国度的边界时就听说了海尔嘉已经命人把他们的模样绘在王宫的墙壁上,因为他们是她的生平故事中的一个不可或缺的部分。

"真是想得周到。"鹳鸟爸爸说道。

"可是一点也不多,"鹳鸟妈妈说道,"再少就更不行啦!"

海尔嘉一眼瞅见他们飞回来了,就赶忙站起身来,离席走出屋外来到门廊。她走到他们身边,亲昵地抚摸他们的背。鹳鸟老两口弯弯脖颈,低头行礼。他们的孩子连最小的鹳鸟对这样的接待都觉得十分光荣。

海尔嘉抬起头来又仰望着那颗越来越明亮的星星。忽然间在她和那颗星星之间漂浮出一个人形的影子来,那个人影比空气还圣洁清纯,因此可以看得清清楚楚。他漂浮过来,离她身边很近。原来就是那位已经去世的基督教神父,他也赶来参加她的隆重的婚礼庆典,他是从天堂里来的。

"天堂里光辉灿烂,绚丽夺目,那是人间任何地方都找不到的。"他说道。

海尔嘉怀着比以前更虔诚更敬仰的心情祈祷恳求得到垂怜,让她能够亲自瞻仰天堂和上帝,哪怕只看一眼,哪怕只有一分钟也好。

于是仙乐缥缈,光华辉煌,他带领着她冉冉升入空中。这种辉煌和仙乐并非来自她的四周,而是从她的内心里发出来的,是萦绕在她的内心里的。

"现在我们该回去了,大家都在等着你。"他说道。

"让我再看一眼吧,"她恳求说,"只要再看短短的一分钟。"

"我们必须回到人间去了,客人们全都快走光了。"

"让我再看一眼吧,最后的一眼!"

海尔嘉又站在门廊上了。可屋外为婚礼而燃烧的火把早已熄灭,张灯结彩的厅堂里一片黑黝黝。鹳鸟们不见了踪影,宾客们也都不见了,连新郎也不知去向。一切都好像倏然消逝了,可是那只不过转眼的工夫,就在这短短的几分钟。

海尔嘉惊恐起来,弄不明白这是怎么回事。她从门廊穿过空空荡荡的厅堂,走进隔壁的一间房间,只见一些陌生的武士在里面睡觉。她打开了一扇通往她的卧室的边门。正当她要踏进去的时候,猛然间抬头一看自己却站在花园之中。可是早先明明不是这样的。天际已经泛现出了红色,天快破晓了。

只在天上待了三分钟,人间却已经过去了整整一个晚上。

后来她终于看见了鹳鸟们。她招呼他们,用的是他们的鸟语,鹳鸟爸爸朝着她转过头来,侧着脑袋细听了半晌她说的话,然后走近她的身边。

"你讲的倒是我们的话,"他说道,"你想要什么?为什么到这里来?陌生的女人!"

"我是海尔嘉呀!你们难道不认识我了吗?三分钟之前我们还在门廊上一起说话哪!"

"你弄错了吧,"鹳鸟爸爸说道,"你大概在做梦,梦见了这一切。"

"不是的,不是的。"她说道。她讲了关于那海盗宅子、那荒野的沼泽,还有她远

道而来……

鹳鸟爸爸眨巴着眼睛，半响才说道：

"那可是一个很古老的故事。我听说过那是发生在我数不清哪一辈老祖母时候的事情啦；在埃及，确实曾经有过这样一位公主，她来自丹麦的大地，可是她在婚礼的当天晚上突然失踪了。那是好几百年前的事情啦，她再也没有回来过。你可以自己去看看花园里的那座纪念碑，上面镌刻着天鹅和鹳鸟的形象，在纪念碑顶上站着的就是海尔嘉公主的大理石雕像。"

事情的经过就是这样。海尔嘉看到了那座纪念碑，她明白过来了，顿时她双膝跪下。

太阳出来了，阳光普照大他，就像在以往的年代里，青蛙皮在阳光下脱落，蜕变成一个美丽的人形来一样，此刻在阳光洗礼中，一个美丽的身躯冉冉升入天空。这个身躯比阳光还要明亮、还要圣洁，她化为一道闪亮的光芒飞向上帝。

她的血肉身躯化为尘埃，她站立过的地方只剩下一朵凋谢枯萎的莲花。

"这是个故事的新结尾，"鹳鸟爸爸说道，"我倒不曾想到过有这样的结局，不过我觉得这是一个很好的结尾。"

"我不知道孩子们会怎么说。"鹳鸟妈妈说。

"是呀，这才真的是最要紧的。"鹳鸟爸爸说。

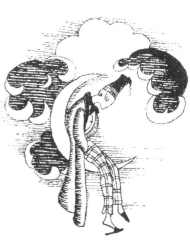

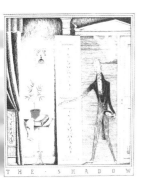

版权专有 侵权必究

图书在版编目（CIP）数据

安徒生童话 / (丹) 安徒生著；石琴娥译. — 北京：北京理工大学出版社, 2020.11

ISBN 978-7-5682-9035-7

Ⅰ. ①安… Ⅱ. ①安… ②石… Ⅲ. ①童话—作品集—丹麦—近代 Ⅳ. ①I534.88

中国版本图书馆CIP数据核字（2020）第173485号

出版发行 / 北京理工大学出版社有限责任公司
社　　址 / 北京市海淀区中关村南大街5号
邮　　编 / 100081
电　　话 / （010）68914775（总编室）
　　　　　（010）82562903（教材售后服务热线）
　　　　　（010）68948351（其他图书服务热线）
网　　址 / http://www.bitpress.com.cn
经　　销 / 全国各地新华书店
印　　刷 / 三河市宏图印务有限公司
开　　本 / 787毫米×1092毫米　1/16
印　　张 / 13.5　　　　　　　　　　　　　　责任编辑 / 徐艳君
字　　数 / 171千字　　　　　　　　　　　　文案编辑 / 徐艳君
版　　次 / 2020年11月第1版　2020年11月第1次印刷　责任校对 / 周瑞红
定　　价 / 99.00元　　　　　　　　　　　　责任印制 / 施胜娟

图书出现印装质量问题，请拨打售后服务热线，本社负责调换

杰尔达
凯伊

死神

猪倌的公主

奥勒·洛克奥依